本书受到云南省哲学社会科学学术著作出版专项经费资助

通向彼岸的路：

中国现代诗歌中的生存探寻（1917-1949）

刘纪新　著

中国社会科学出版社

图书在版编目（CIP）数据

通向彼岸的路：中国现代诗歌中的生存探寻：1917~1949 / 刘纪新著.
—北京：中国社会科学出版社，2016.3
ISBN 978 - 7 - 5161 - 7554 - 5

Ⅰ.①通…　Ⅱ.①刘…　Ⅲ.①诗歌研究—中国—1917~1949
Ⅳ.①I207.22

中国版本图书馆 CIP 数据核字（2016）第 018081 号

出 版 人	赵剑英	
责任编辑	周晓慧	
责任校对	无 介	
责任印制	戴 宽	

出　　　版	中国社会科学出版社
社　　　址	北京鼓楼西大街甲 158 号
邮　　　编	100720
网　　　址	http://www.csspw.cn
发 行 部	010 - 84083685
门 市 部	010 - 84029450
经　　　销	新华书店及其他书店

印刷装订	三河市君旺印务有限公司
版　　　次	2016 年 3 月第 1 版
印　　　次	2016 年 3 月第 1 次印刷

开　　　本	710×1000　1/16
印　　　张	15
插　　　页	2
字　　　数	258 千字
定　　　价	56.00 元

凡购买中国社会科学出版社图书，如有质量问题请与本社营销中心联系调换
电话:010 - 84083683

作者简介

刘纪新　1969年1月生，河北沧州人，现为云南师范大学副教授，硕士生导师，文学博士。曾做过多年焊工、泵工，1994年取得成人自学考试学士学位，与原单位办理停薪留职，赴北京大学旁听。1998年在北京某文化公司从事编辑工作。2003年考取广西师范大学硕士研究生，2006年在云南省楚雄师范学院任教，2007年考取南京师范大学博士研究生，毕业后任教于云南师范大学。主要研究领域：中国现代文学、壮族小说、汉语国际教育，发表学术论文五十余篇。

目　录

绪　论

中国新诗自诞生以来走过了近百年的历程，经过一代代诗人的努力，结出了丰硕的成果。本书所研究的对象是自新诗诞生（1917）至新中国成立（1949）之前这个历史阶段的新诗，沿用中国现当代文学的概念，将这个阶段的新诗称为中国现代诗歌。生存探寻是中国现代诗歌中的一种创作现象，简单地说，就是诗人在诗歌创作中追问个体生命终极价值的精神历程。

一　生存探寻：一种创作现象

人不仅需要现实层面的价值关怀，也需要超越层面的终极关怀，正如海德格尔所说："此在充当的就是首先必须问及其存在的存在者"①。在传统中国人的价值体系中，儒、释、道是互补的，儒注重现实关怀，为人的精神提供现实层面的价值关怀，释与道则提供了个人超越之路。不论是"禅悦"还是"逍遥"，都是要在终极层面上给予生命价值庇护，虽然最终得到的只是一种"乐感"。刘小枫在分析屈原自杀现象时精辟地分析了这一点。② 王维与苏轼不会自杀，正是因为他们建立了一种立足于个体生命的终极关怀，现实中的挫折只是外在的"穿林打叶声"，在一个超然的主体心中，永远是"也无风雨也无晴"。

但是，在新文化运动中，传统价值体系轰然倒塌，不仅"孔家店"被打倒，释与道同样遭到重创。与此同时，救亡图存成为时代主题，为中

_____

① ［德］海德格尔：《人，诗意地安居——海德格尔语要》，郜元宝译，世纪出版集团上海远东出版社 2004 年版，第 5 页。

② 参见刘小枫《拯救与逍遥》（修订本），上海三联书店 2001 年版。

国人提供了现实层面的价值关怀,科学与民主则在器用层面上为这一目的服务。但是超越层面的价值关怀仍然缺失,个体生命失去了自我超越之路,有学者称这种现象为"形而上文化层面的缺失"①。

中国现代诗歌中的生存探寻正是在这样的文化背景下出场的。对于诗人而言,尤其不能容忍精神的漂泊无依,不能接受没有终极价值关怀的虚无状态。刘小枫曾经说:"现世(可见世界)与超验的意义世界(不可见的世界)之间的中介者就是诗人。"② 王岳川也认为:"艺术在最为本真的意义上把握住了人的生存的意义问题。艺术以其对生活世界之谜的彻悟而揭示了人感领生活意义的无限可能性,以及人性与世界关系的真实价值。"③ 在此意义上,为生命寻求终极层面的价值关怀就是诗人不可摆脱的宿命,生存探寻也就是中国现代诗歌中必然的创作现象。

作为在特定时代、特定文体中出现的创作现象,中国现代诗歌中的生存探寻具有以下特征。

(一) 对生命虚无处境的认识与反抗

身处文化转型时期,旧的价值体系已经崩溃,新的价值体系只注重实用层面,缺乏形而上的关怀,作为对于人的终极意义尤为敏感的诗人,必然会遭遇虚无的困扰。在现代科学所展现的宇宙图景中,人不过是一粒微尘,在铁的自然法则面前,人对于自己的命运无能为力。来自茫茫无边的黑夜,去向茫茫无边的黑夜,生命不过是"死神唇边/的笑"(李金发《有感》)。在现代社会中,常人沉醉于自欺的状态,在种种无聊的消遣与虚假的意义中耗尽生命。这样的虚无境遇显然是诗人所不能容忍的,他们在创作中一方面揭穿种种谎言,彰显虚无的本相,一方面为生命寻找意义,创造意义。

在中国现代诗歌中,冰心的诗是以虚无为底色的,正是因为要反抗虚无,她才会走向基督教,才会与泰戈尔有相见恨晚之感,才会到自然、母爱与孩子中寻求意义,并在此基础上创造性地提出了一个功能性的意义:"爱的哲学"。冯至的诗同样萦绕着浓厚的虚无感,生存哲学不过是他反抗虚无的一种方式,杨家山上的一草一木引领他走上反抗虚无的精神超越

---

① 杨春时:《文化转型中形而上的缺失及其代价》,《文艺评论》1996年第5期。

② 刘小枫:《拯救与逍遥》(修订本),上海三联书店2001年版,第53页。

③ 王岳川:《艺术本体论》,上海三联书店1994年版,第251页。

之路。穆旦对于虚无有着尤为刻骨的体验，他残忍地揭去现代社会的种种伪饰，彰显生命的残缺、社会的荒诞。他在现代社会中挣扎、呼号，正是要寻求意义以反抗虚无。这样的诗人还有许多，例如，林徽因、李广田、陈梦家等在自然万物的变幻中看到生命的短暂易逝；金克木不能接受现代科学视野中人的处境，希望从宗教中寻求意义；路易士为了摆脱虚无的纠缠，在"身体"中寻找超越之路；卞之琳在学者的睿智中，认识到生命的虚无；废名沉溺于禅宗；宗白华追寻宇宙中的"大优美精神"……他们都是因为不能忍受生命的虚无处境，不能忍受终极意义的缺失，所以四面出击，多方求救，渴求意义，以反抗虚无。

（二）无法定义、不可言说的终极意义

正视虚无，反抗虚无，为此而追寻终极价值关怀，寻求一个最终的精神家园，是这些诗人的共同追求。但是除去极少数诗人之外，他们都无法踏上这个最终的家园，这个终极的精神伊甸园永远摇曳在前方，永远处于不可抵达的彼岸。它是无法确定的，不可言说的，随着诗人探寻的脚步前移，它也随之向无限的前方展开。诗人常常是在痛苦挣扎中找到一种价值依托的，但是在片刻的欣悦之后，发现抓住的不过是蝉蜕，蝉声仍然从更为遥远的彼岸传来。

冰心诗中的基督教是这样，"爱的哲学"也是这样，她既不信仰基督教，也不相信"爱的哲学"。正如茅盾所说，它们不过是冰心"灵魂的逋逃薮"和"橡皮衣"①。在此意义上，基督教和"爱的哲学"都是她在生存探寻之路上创建的意义驿站，最终的意义永远遥不可期。冯至对于存在主义哲学也并不是毫无保留的接受，事实上他对于存在主义充满怀疑，对于"选择""蜕变""关联"也只是半信半疑。他所期望得到的，不是"选择"，而是占有全部的"选择"，他渴望的是一个万全永生之"我"。杨家山上的一草一木为他敞开了一条精神超越之路，但是那蕴含在自然背后的精神仍然是无法确定、不可言说的。他只能敬畏地接受自然的引领，却不知道那引领自己的是什么？更不知道自己将被引领到哪里？穆旦的痛苦，可以说是痛苦到了残忍的程度，他将自己的血肉之心放在虚无的毒汁中烹炸，他的诗就是这颗血肉之心撕心裂肺的哀号。不论是宗教还是"肉体"，只是他在生存探寻之路上的精神小憩。宗白华好像是找到了一

---

① 茅盾：《冰心论》，范伯群编：《冰心研究资料》，北京出版社1984年版，第240页。

个可以依托的终极存在：宇宙中的"大优美精神"，但那只是一个含糊不清的东西，他无法予以明确的描述，事实上所谓"大优美精神"仍然是不可定义、不可言说的。废名在禅宗里得到了慰藉，但是禅宗本身并不构成超越，而是反向地自我消解，是在"禅悦"造成的假象中，遮蔽了虚无，消解了生存探寻。

（三）体验性

诗歌中的生存探寻，与哲学不同，必然强调体验性。诗是体验，不是科学的公式，逻辑的演绎，没有具体的生命体验就没有诗歌。诗人对于生存意义的追问注定是全身心的投入，是整个生命的行为，是知性与感性的交融，是肉身与智力的交融。从表面上看，诗的体验性决定了它不如哲学理论那样明晰，但这正是海德格尔等存在主义哲学家所推崇的，只有诗才能够保持与具体生命的直接关联，而不会像一些抽象理论那样，在不断的抽象中走向僵化，远离生命而去。

（四）个人性，即与国家、民族等集体本位相对立的个人本位

生存探寻是对于个体生命终极意义的精神探寻，它立足于个体生命，是个体生命的自我追问、自我超越，是个体生命向自由与无限境界的飞升。就诗歌本身来看，诗歌是一种个人的艺术创作活动，现代诗歌尤其强调表现个体生命经验。祈求于他者的精神超越不可能在诗歌创作中实现，至多只能在诗歌中得到表现，而其本身并不构成生存探寻。就中国现代诗歌史来看，这些诗歌都出自自由主义诗人笔下，至少在他们创作这类诗歌期间属于自由主义诗人。

在此基础上，可以给予中国现代诗歌中的生存探寻以一个严格的界定。

中国现代诗歌中的生存探寻就是诗人在创作中通过体验追问个体生命的终极意义，寻求终极关怀的过程。在此过程中，作为存在者的诗人从日常迷醉中猛醒，直面虚无的生存境遇，并通过反抗虚无、寻求意义、创生意义使生命不断自我生成，实现生命的超越。中国现代诗歌中的生存探寻具有三个基本属性：个人性、体验性、超越性。所谓个人性是指生存探寻的主体是个人。所谓体验性是指生存探寻的方式是体验。所谓超越性则包含两个方面的内容：首先，它是一个探寻生命终极意义、寻求终极关怀的过程，也就是追寻"存在"（海德格尔）与"大全"（雅斯贝尔斯）的过

程，这个终极存在是不可确定、不可言说的，所以这种追寻是永无止境的；其次，由于获得了一种超越性视角，从形而上的高度俯视现实，从而揭开了伪饰的面纱，直面生命的虚无境遇与世界的荒诞本质。

二　生存探寻与存在主义的关系

毋庸讳言，对于中国现代诗歌中生存探寻这一创作现象的认识，受到了存在主义的启示，这也是将其命名为生存探寻的原因。但是，以往关于中国现当代文学中"存在主义"的研究存在着一些问题。它受制于一种西方理论的束缚，不能从文学史事实出发，导致将一个完整的、丰富多彩的创作现象变得残缺、苍白。

自 20 世纪 80 年代以来，关于中国现当代文学中"存在主义思潮""存在主义文学""存在主题""存在主义创作倾向"等与存在主义相关的研究始终绵延不断，综观这类研究，其中存在两种思路。

首先是严格地从西方存在主义理论出发，梳理它在中国现当代文学中的流传、影响过程，并力求按照西方存在主义原旨对相关作家、作品做出阐释，这方面的代表是解志熙、杨经建等。在这类研究中，研究者可以从具体作品中拣出与西方存在主义类似的思想因素，但是除去冯至等个别作家之外，一般难以找到令人信服的接受西方存在主义影响的证据，相似的思想之间未必存在影响关系。

其次是从具体的文学史史实出发，不拘于西方存在主义理论的具体观点，将其视为方法与工具，对其进行大胆的转化与改造，这类研究以汪晖、张清华为代表。汪晖虽然在具体研究中使用了很多存在主义理论观点，但是在使用存在主义这个特定概念的时候，表现出谨慎和犹疑。张清华则对其进行了大胆改造，一方面使用存在主义一词，一方面又说这个存在主义与西方的存在主义不同。但是对于二者之间的联系与差异，他并没有做出严格的界定，只是在面对具体研究对象的时候，临时做一些简短的阐述。

今天看来，这两种研究思路都存在问题。如果严格从西方理论出发，能够纳入研究视野的对象很有限，形不成规模。事实上，这是用中国的材料论证一个西方理论，是用一个外国的框子来套中国的对象，把原本完整的对象切碎了。如果从史实出发，就必须对这种来自西方的理论方法进行改造，重新界定概念，以准确把握这种创作现象。但是就目前状况来看，这种转化并不成功，容易造成概念混乱。

本书不关注这种来自西方的理论是什么，而关注在这类研究中，在"存在主义"这个能指之下的所指是什么。由于上述研究的对象范围不同，有的是作家研究，有的是现代文学研究，有的是"文化大革命"后诗歌研究，有的是20世纪文学研究，所以这个"存在主义"的外延是无法归纳的。而且这项研究从80年代一直延续到现在，随着研究的深入，不断有新的对象被纳入视野。为此，要让这种创作现象浮出海面，就必须对这些"存在主义"的内涵予以归纳。

解志熙、杨经建虽然力图从严格的西方存在主义原旨出发，但这个来自西方的复杂理论是什么并不重要，重要的是他们在面对具体文学史对象的时候是如何使用这个理论的，也就是这个理论在中国现当代文学研究中具有有效性的那部分内容是什么。

解志熙在评价《野草》时说：《野草》"是对整个实在世界的形而上思考""对人的存在问题有着超越性的理解"①，是"对孤独个体在世的荒诞性的揭露"②"揭示了人的本源性虚无与被抛掷在世的荒诞性以及由此而来的那种刻骨铭心的绝望感"③。"真正的自我还是一种未来的可能性，尚待他去创造和实现"④。在评价《围城》时，他说："钱钟书则在《围城》中着力揭示人的存在的荒诞性以及人在失去信仰和意义之源后的畏怯与迷惘""是对人的存在困境的经典性阐释"⑤。此外，他还强调非理性与体验性："由于上述作家受存在主义哲学和文学的影响，注重从非理性的主观情绪体验的角度来理解人的存在，遂在传统的心理领域之外开辟了一块存在体验的领地。"⑥ 至此可以对解志熙所使用的"存在主义"的

---

① 解志熙：《彷徨中的人生探寻——论〈野草〉的哲学意蕴》（上），《鲁迅研究月刊》1990年第9期。

② 解志熙：《现代作家的存在探询——存在主义与中国现代文学》（上），《文学评论》1990年第5期。

③ 解志熙：《现代作家的存在探询——存在主义与中国现代文学》（下），《文学评论》1990年第6期。

④ 解志熙：《彷徨中的人生探寻——论〈野草〉的哲学意蕴》（下），《鲁迅研究月刊》1990年第10期。

⑤ 解志熙：《现代作家的存在探询——存在主义与中国现代文学》（下），《文学评论》1990年第6期。

⑥ 同上。

内涵做出如下归纳："形而上思考"，个体本位，虚无与荒诞的生存境遇，人的本质的生成性，体验与非理性。①

　　杨经建所使用的"存在主义"内涵主要包括以下几条：第一，荒诞与虚无。从杨经建的文章来看，所谓荒诞就是丧失了意义的生存，就是对于此在虚无境遇的认识，荒诞与虚无是相通的。第二，孤独。孤独的个体才是唯一的真实存在，同时也只有在孤独中才能通往那个不可言说的存在与大全，在此进程中，此在不断绽开。孤独既是此在的真实存在状态，也是通向超越之途，在此意义上，孤独就是本体层面上的个人本位。第三，"终极追问"。所谓"终极追问"是指"对存在的目的予以终极追问"，它"指向超越现存荒诞的存在""代表了人类的超越意向"②。可见"终极追问"就是对人的终极意义的追问，同时也是自我超越、自我生成的过程。③

　　汪晖、张清华的研究思路虽然与前者不同，但是他们使用的"存在主义"的内涵基本相似。

　　汪晖将西方存在主义概括为两个根本特征："把个人及其情感体验上升到本体论的高度""孤独个体是世界的唯一实在"④。关于《野草》，他认为："《野草》诞生了一种类似于'被抛入世界'的感觉（海德格尔）、被投入毫无意义或荒诞的存在之中的感觉（基尔凯郭尔、卡夫卡、萨特、

　　①　解志熙的相关著作及文章参见《生的执着——存在主义与中国现代文学》（人民文学出版社 1999 年版），《现代作家的存在探询——存在主义与中国现代文学》（《文学评论》1990 年第 5、6 期），《彷徨中的人生探寻——论〈野草〉的哲学意蕴》（《鲁迅研究月刊》1990 年第 9、10 期），《生命的沉思与存在的决断——论冯至的创作与存在主义的关系》（《外国文学研究》1990 年第 3、4 期），《诗与思——冯至三首十四行诗解读》（《中国现代文学研究丛刊》1992 年第 3 期）等。

　　②　杨经建：《中国文学中"孤独"与"荒诞"问题》，《文艺争鸣》2008 年第 4 期。

　　③　杨经建的相关文章参见《存在的"危机"与"边缘"的存在——再论 20 世纪中国存在主义文学"边缘性"》（《人文杂志》2009 年第 2 期），《中国文学中"孤独"与"荒诞"问题》（《文艺争鸣》2008 年第 4 期），《启蒙主义语境中的存在主义选择——论 20 世纪中国存在主义文学的历史文化语境》（《广东社会科学》2009 年第 4 期），《从存在的焦虑到生存的忧患——20 世纪中国存在主义文学"本土化"论之二》（《浙江学刊》2009 年第 5 期），《五四文学与存在主义》〔《厦门大学学报》（哲学社会科学版）2009 年第 3 期〕，《"身体叙事"：一种存在主义的文学创作症候》（《文学评论》）2009 年第 2 期），《现象学式书写：20 世纪晚期小说的一种存在主义创作倾向》（《小说评论》2008 年第 4 期），《寻找与皈依：论 20 世纪中国文学的追寻母题》（《文艺评论》2007 年第 5 期）等。

　　④　汪晖：《论〈野草〉的人生哲学》，《福建论坛》（人文社会科学版）1987 年第 3 期。

加缪)的东西。"① 关于鲁迅,他抓住了"绝望"与"反抗绝望",这正是使用存在主义理论方法在研究对象中得出的发现。所谓"绝望"就是此在认识到自身虚无处境之后的情绪,是虚无在主体情绪上的表现。"反抗绝望"其实就是反抗虚无,因为绝望的原因是虚无。反抗虚无就是寻求意义,寻求价值关怀,但是当意义不可确定之时,就只剩下不断反抗的行为,也就是追寻意义的过程。意义虽然不可确定,但是意义的牵引力始终存在,引领生命不断前行,生命的本质也在此进程中不断生成,这种意义的牵引就是"过客"耳中的声音。至此,可以归纳出汪晖在研究鲁迅的过程中所使用的"存在主义"(虽然他本人并没有使用存在主义概括自己的研究)的几个基本内涵:体验(以体验反对理性);个体(以个人本位反对集体本位);"本体论的高度";虚无感(此在对自身生存境遇的体验和认识)(绝望);自我的不断创生(此在的不断绽开)(反抗绝望)。②

张清华在谈到他所使用的"存在主义"的含义时说:它是"以个人精神为核心的价值取向,它是个体的自觉""它更多的是强调关注个人内心、个体生命体验、个体生存状况"③。它是"对'终极存在'的哲学命题的探寻与追问",是"关于人的本质与价值的追问,它表现为哲学、宗教和神话的合一,是对普遍而具体的存在着的世界(存在者)和人的本质及生命意义的假定、寻找和描述"④。张清华文章中的"存在主义"可以概括为以下内容:个体生命;体验;"人的本质与价值的追问"即对所谓"终极存在"的探寻。⑤

至此可以明白,不论他们是探讨西方存在主义思想在中国现当代文学中的流传与重构,还是探讨中国现当代文学史中一种类似于西方存在主义的创作现象,其实,他们所使用的这个存在主义概念的内涵是基本一致

---

① 汪晖:《论〈野草〉的人生哲学》,《福建论坛》(人文社会科学版)1987年第3期。

② 汪晖的相关著作与文章参见《反抗绝望:鲁迅及其文学世界》(河北教育出版社2000年版),《论〈野草〉的人生哲学》〔《福建论坛》(人文社会科学版)1987年第3期〕等。

③ 张清华:《从启蒙主义到存在主义——当代中国先锋文学思潮论》,《中国社会科学》1997年第6期。

④ 张清华:《存在的巅峰或深渊:当代诗歌的精神跃升与再度困境》,《诗探索》1997年第2期。

⑤ 张清华的相关著作与文章参见《内心的迷津:当代诗歌与诗学求问录》(山东文艺出版社2002年版),《存在的巅峰或深渊:当代诗歌的精神跃升与再度困境》(《诗探索》1997年第2期),《从启蒙主义到存在主义——当代中国先锋文学思潮论》(《中国社会科学》1997年第6期)等。

的。同时，如果将这个概念的内涵贯彻到中国现代诗歌中所列出的外延，正是本书研究的对象。或者说，这个在前人研究中被冠以"存在主义"的创作现象，在中国现代诗歌中的具体表现就是本书的研究对象。

文学史研究的对象是文学史上的具体问题与现象，而不是把这些现象用作验证某种既定理论的材料，各种理论方法只是研究者手中的武器和工具，而不是目的。汪晖注意到了这一点，但是汪晖研究的仅仅是一位作家。张清华是从对象出发的，但是仍然使用了存在主义这个既定概念，势必无法摆脱先入为主的理论牵制。杨经建注意到这种西方理论在中国语境中的转化与重构，但是转化与重构毕竟是建立在影响的基础上的，其实这种影响是否存在，在多大程度上存在，都是需要质疑的。

上述研究共同昭示了一个事实：在中国现当代文学史上，确实存在着一种类似于存在主义的创作现象，但是它与严格意义上的西方存在主义理论有很大的出入。因其相像，所以使得研究者纷纷使用存在主义理论来予以研究；因其不同，所以使用严格的西方存在主义理论研究这种现象是蹩脚的。为此，要准确而全面地把握这种现象，就必须冲破西方存在主义理论的束缚，回到具体的文学史中，从现象本身出发，实事求是，具体问题具体分析。生存探寻正是在此基础上提出的。

三 研究现状

关于中国现代诗歌中生存探寻的研究，本书尚属破冰之作。以往与本书有关的研究成果主要散见于作家作品的研究中，不能形成宏观视野，不能反映整体走向。这一研究课题虽在现代主义诗歌研究中以及前文所谈到的有关存在主义的研究中有所涉及，但是先入为主的理论将这个完整的创作现象切割得七零八落。

一 作家作品研究

由于本书涉及的作家作品很多，在此不可能对与之相关的研究成果一一予以评介，只讨论一些有代表性的重点作家，其他作家作品的研究现状散见于其后的相关章节之中。

关于冰心的诗歌，以往关注较多的是其中的基督教精神和"爱的哲学"。一般认为，冰心并不是基督徒，她是把耶稣作为现实人格来敬仰的,同时基督教作为文化资源促生了"爱的哲学"。

其实,冰心作品中的虚无意识很早就已经引起人们的关注,如阿英曾将其作为一种"不正确的倾向"予以批判。① 此后,随着冰心创作的转向,这种"不正确的倾向"很少再被提起。近年来,一些学者开始关注冰心作品中对于"人为什么存在和存在于何处"② 的追问,"对于人生终极意义的追问"③,但仍然是从基督教和"爱的哲学"角度切入的。例如,汪卫东的文章注意到冰心所表现的生命的虚无境遇,但是同时将"爱"夸大到极致,将其视为冰心的坚贞信仰,仿佛冰心在爱的灵光下远离了虚无。事实上,从冰心诗歌和散文来看,她对于"爱的哲学"也是怀疑的,无法构成信仰,最多只是一种权宜之计。刘岸挺的文章与汪卫东文大同小异,虽然涉及"对于人生终极意义的追问",但是同样将其归结于"爱"。此外,王学富的《冰心与基督教——析冰心"爱的哲学"的建立》(《中国现代文学研究丛刊》1994 年第 3 期)、盛英的《冰心和宗教文化》(《江苏社会科学》2004 年第 4 期)等文章在探讨冰心的基督教问题时涉及生存探寻,但仅仅是一带而过。

探讨冰心诗歌中的基督教意识和"爱的哲学"的文章和著作非常多,这里没有必要一一列举。这类文章即使涉及生存探寻,也是将其纳入前者的理论框架之内。事实上,从"爱的哲学"和基督教的角度来谈生存探寻,纯属本末倒置。贯穿冰心诗歌创作的核心精神既不是"爱的哲学"也不是基督教精神,而是生存探寻,具体而言就是对虚无的反抗。冰心不仅不信仰基督教,也不相信"爱的哲学",这二者之所以能够进入她的作品,是因为她清醒地认识到生命的虚无境遇,不能接受无意义的生命状态,所以四处求救,在基督教那里寻求意义,在泰戈尔那里产生相见恨晚之感,并在此基础上创生了"爱的哲学"。所有这些都是为了反抗虚无,为生命寻求意义。同时,不论是"爱的哲学"还是基督教都不能让冰心信服,她多次在作品中予以质疑,并承认这些都不过是对抗虚无的权宜之计,所以它们不过是生存探寻之路上的驿站。只有从生存探寻的角度分析

---

① 参见黄英(阿英)《谢冰心》,范伯群编:《冰心研究资料》,北京出版社 1984 年版,第 198 页。

② 汪卫东:《重读冰心》,《中国现代文学研究丛刊》2003 年第 1 期。

③ 刘岸挺:《有了爱才有和谐——冰心文学精神的文化价值和当代意义》,《山东社会科学》2007 年第 6 期。

冰心的诗歌，才能抓住隐藏在现象背后的精神主脉，不仅正确认识和估价"爱的哲学"和基督教精神，而且重新认识冰心的诗歌。

　　与冰心诗歌的研究现状不同，关于冯至诗歌特别是其《十四行集》中的生存探寻，前人已经做过很多研究。其中，解志熙的《生命的沉思与存在的决断——论冯至的创作与存在主义的关系》（《外国文学研究》1990 年第 3、4 期）和《诗与思——冯至三首十四行诗解读》（《中国现代文学研究丛刊》1992 年第 3 期）、马绍玺的《生存意义的关怀与探寻——读冯至〈十四行集〉的一个视角》（《思想战线》2001 年第 3 期）、张桃洲的《存在之思：非永恒性及其魅力——从整体上读解冯至的〈十四行集〉》（《名作欣赏》2001 年第 6 期）等文章都以此为重点内容。但是，上述研究过度依赖存在主义理论，将复杂的文学史现象简单化了。与之不同，顾彬的《路的哲学——论冯至的十四行诗》（《中国现代文学研究丛刊》1993 年第 2 期）、王泽龙的《论冯至的〈十四行集〉》（《贵州社会科学》1995 年第 6 期）、冯金红的《体验的艺术——论冯至四十年代创作》（《中国现代文学研究丛刊》1999 年第 3 期）等文章同样涉及《十四行集》中的生存探寻问题，但是没有受到存在主义的制约。另外，殷丽玉在《论冯至四十年代对歌德思想的接受与转变》（《文学评论》2002 年第 4 期）和《冯至与德国浪漫文学》（《外国文学评论》2002 年第 3 期）中对冯至存在主义以外的思想资源进行了深入研究。

　　本书在前人的基础上，从文本出发，认识到冯至诗歌中生存探寻的复杂性不是一种西方存在主义理论可以解释清楚的。冯至对于包括存在主义在内的多种理论观念都是半信半疑的，他有时不安于孤独，喜欢"关联"，有时又质疑诺瓦里斯的"关联"。对于存在主义的"选择"与歌德的"蜕变论"也表现出犹疑的态度，希望抓住一个固定不变的自我。他的所谓"向死而生"常常是出于无奈，其中隐含着悲观与绝望。所以，用任何单一的理论形态来定义冯至诗中的这种现象都是违背事实的，只有将其置于生存探寻之路上才能够得到正确解释。

　　近年来，对穆旦诗歌的研究一直很热，但是需要做的工作还很多。"文化大革命"后，穆旦的诗歌重新进入研究者视野，最初是作为九叶派诗人的最后一叶登场，其后穆旦诗歌的地位迅速上升，今天穆旦的光芒甚至已经掩盖了整个九叶派。对于穆旦诗歌成就的评价也在不断发生变化，最初《赞美》成为穆旦的代表作品，这显然是以艾青诗歌的标准来评价穆旦成就的，其后，其身体意识、宗教意识先后成为研究热点。①

　　研究穆旦的文章几乎都会涉及生存探寻，对于生命的形而上观照，对于虚无处境的揭示，但是将穆旦诗歌中的生存探寻现象作为独立的问题予以研究的尚且很少。他们或者关注宗教，或者关注"肉体"，却没有注意到隐藏在这些现象背后的精神主脉，这就是生存探寻。不论宗教还是"肉体"都仅仅是生存探寻之路上的驿站，或者说是穆旦漫长而痛苦的精神旅程上的小憩，也只有从这条没有终点的精神之路出发，才能够理解穆旦对于宗教和"肉体"时而信仰时而怀疑，并最终将其丢弃的原因。相对而言，王毅的文章与本书所关注的问题较为接近。

　　路易士的诗歌也与生存探寻密切相关，当前中国大陆对路易士的研究很少，较有价值的只有罗振亚、陈世澄的《感伤又明朗的缪斯魂——评路易士30年代的诗》〔《天津大学学报》（社会科学版）2000年第3期〕、潘颂德的《论纪弦大陆时期的诗歌创作》〔《海南师范学院学报》（人文社会科学版）2001年第6期〕，其他还有周良沛的《现代派诗人路易士》（《文艺理论与批评》1994年第6期）、章亚昕的《纪弦的"三级跳"》〔《山西大学学报》（哲学社会科学版）2000年第3期〕、张曦的《诗人档案——从路易士到纪弦》（《书屋》2002年第1期）等。在一些现代派诗歌研究、文学史研究中，涉及路易士的内容也不多，这或许与他有着无可辩驳的历史污点有关。在上述研究中，很少涉及路易士诗歌中的生存探寻问题。罗振亚、潘颂德虽然看到了这一点，却予以反面的评价，将其概括

---

① 相关论文参见王佐良《一个中国诗人》（初刊于英国伦敦 Life and Letters，1946年6月号，后又刊于北京《文学杂志》1947年8月号，本书据《蛇的诱惑》，穆旦著，曹元勇编，珠海出版社1997年版），袁可嘉《诗人穆旦的位置——纪念穆旦逝世十周年》（杜运燮、袁可嘉、周与良编《一个民族已经起来——怀念诗人翻译家穆旦》，江苏人民出版社1987年版），郑敏《诗人与矛盾》（杜运燮、袁可嘉、周与良编：《一个民族已经起来——怀念诗人翻译家穆旦》，江苏人民出版社1987年版），李方《解读穆旦诗中的"自己"》（《诗探索》1996年第4期），张同道《带电的肉体与搏斗的灵魂——论穆旦》（《诗探索》1996年第4期），谢冕《一颗星亮在天边——纪念穆旦》（《山花》1996年第6期），王毅《围困与突围：关于穆旦诗歌的文化阐释》（《文艺研究》1998年第3期），李方《穆旦与现代爱情诗》（《天府新论》1999年第2期），孙玉石《穆旦的〈诗八首〉解读》（孙玉石：《中国现代主义诗潮史论》，北京大学出版社1999年版），〔韩〕吴允淑：《穆旦的诗歌想象与基督教话语》（《中国现代文学研究丛刊》2000年第1期），易彬：《王佐良论穆旦——兼及其他穆旦研究》〔《长沙电力学院学报》（社会科学版）2003年第3期〕，张岩泉《肉搏空虚的破围之痛——穆旦诗作〈隐现〉神性救赎主题解读》（《创作评谭》2005年第6期），段从学《从〈出发〉看穆旦诗歌的宗教意识》（《中国比较文学》2006年第3期），王学海《穆旦诗歌中不存在宗教意识》（《文学评论》2007年第6期）等。

为"虚无思想与绝望的心境"。王文英在《上海现代文学史》一书中只简单提到路易士的某些诗歌"表达了某种危机感、恐怖感或虚无感"①，并没有做进一步探讨。本书由于引入了生存探寻的视角，使得路易士诗歌中的深刻内涵得到充分展现。路易士的诗歌不仅充满虚无体验和反抗虚无的精神，同时富有身体意识。在此基础上，他将二者结合，踏出了独特的生存探寻之路。

关于废名的诗歌，从佛禅角度进行研究的文章很多，也是主流。近年来，也有些文章开始突破这种研究思路，刘勇、李春雨注意到废名诗歌"对人类、宇宙，对生与死，对现实与梦幻等问题的整体性思考"，认为"废名对佛教禅宗的切入和痴迷，恰恰是与他对现实社会人生的某些本质问题的思考联系在一起的"②。张洁宇也谈道："废名的禅意更是一种'哲学'，一种关注生死问题的哲学。……很显然，废名希望以文艺的形式探索生命哲学的内容。"③ 本书也是从这种角度进入废名诗歌的，揭示在佛禅背后所蕴藏的诗人对于生命本质、生存意义的探寻。

关于宗白华的"小诗"，近年来的研究不多，一些文章涉及本书内容，但是没有作为问题展开。这些文章认为，宗白华的诗歌"增强了关于生命本体的审美内涵，它引领着新诗诗人在大自然中去获得生命，在社会中去享受充沛的情感，并融汇于对人类生命存在的诗意倾听与哲学的感悟"④ "是对生命存在的真切体悟和对理想生命境界的无限渴求"⑤ "具有明显的形而上意味"⑥。另外，赵君的文章《寻觅宇宙间的"美丽精神"——比较诗学视域中的宗白华形上诗学》〔《暨南学报》（哲学社会科学版）2003 年第 4 期〕虽然不是对宗白华诗歌的研究，但是涉及的问题与本书相近。他认为，贯穿宗白华美学思想的核心"是其对宇宙精神

---

① 王文英：《上海现代文学史》，上海人民出版社 1999 年版，第 490 页。

② 刘勇、李春雨：《论废名创作禅味与诗境的本质蕴涵》，《中国文学研究》2007 年第1 期。

③ 张洁宇：《论废名诗歌观念的"传统"与"现代"》，《南京师大学报》（社会科学版）2008 年第 1 期。

④ 宾恩海：《试论宗白华的小诗》，《广西大学学报》（哲学社会科学版）2004 年第 5 期。

⑤ 张应中：《宗白华小诗的生命意识》，《淮北煤炭师范学院学报》（哲学社会科学版）2002 年第 6 期。

⑥ 哈迎飞：《宗白华的小诗与禅宗文化的关系》，《武汉理工大学学报》（社会科学版）2004 年第 5 期。

和诗意人生及生命节奏的哲思"。笔者认为,宗白华对于"大优美精神"的追寻正是一种生存探寻,那种蕴藏在宇宙中神秘的不可定义的精神,与海德格尔的"存在"、雅斯贝尔斯的"大全"具有同样的性质。

林徽因的诗歌由于受到徐志摩等新月派诗人的影响,人们往往喜欢在新月派的背景下谈论林徽因,忽略了她作为一位身世独特的女诗人对于时间与生命的独特感受。其实,从林徽因的第一首诗到40年代的诗都蕴含着观察生命的超越性视角,所以有学者专门著文探讨林徽因诗歌中的哲学意蕴。① 本书在涉及林徽因的章节中探讨了她如何在自然时序中体验时间的无情流逝,直面虚无。

本书涉及的诗人很多,以上仅就书中较为重要的诗人研究现状做了简述,其他诗人诗作则散见于相关章节之中。

二 思潮、流派研究

虽然关于生存探寻的研究革新了对很多诗人、诗歌的认识,但是个案研究并不是研究重点,本书以中国现代诗歌作为研究范围,生存探寻是一种创作现象。前人在这方面的研究非常有限,相关的成果只零星地出现在两个领域:一个是关于现代主义诗歌的研究,另一个是有关存在主义的研究。

按道理说,在现代主义诗歌的研究中应该有一些类似的研究成果,但事实并非如此。例如,在罗振亚的《中国现代主义诗歌史论》(社会科学文献出版社 2002 年版)一书中,基本上没有涉及这方面的内容。在张同道的《探险的风旗——论 20 世纪中国现代主义诗潮》(安徽教育出版社 1998 年版)、陈旭光的《中西诗学的会通——20 世纪中国现代主义诗学研究》(北京大学出版社 2002 年版)等中,只是在论述具体诗人和创作群体时偶尔涉及,也是一带而过。在曹万生的《现代派诗学与中西诗学》(人民出版社 2003 年版)中,只在"现代派诗的病态美"一节中有所涉及,也是一带而过。相对而言,反倒是较早研究中国现代主义诗歌的孙玉石在《中国现代主义诗潮史论》(北京大学出版社 1999 年版)中谈得较多。在谈到"'中国新诗'诗人群"时,用一节的篇幅集中讨论了他们诗歌中的"玄学"内蕴,其中涉及本书所研究的内容。但是该节探讨的是

---

① 李蓉:《林徽因诗歌哲学意蕴解读》,《福建论坛》(人文社会科学版)2004 年第 6 期。

"哲理性沉思"和"抽象思辨"，其中既包括形而上也包括形而下，既有终极层面的思考，也有"现实世界与人生的沉潜性观照"。同样，在王泽龙的《中国现代主义诗潮论》（华中师范大学出版社 1995 年版）中，先是在研究具体诗人与诗人群体的章节中涉及本书的研究领域，在最后一章里，用一节的篇幅探讨了与生存探寻较为接近的现象。但是研究者的重点显然不在这里，所以没有充分展开。

总的来看，在当前现代主义诗歌研究范式中，研究者更为重视"中国化"的过程，也就是在融合中西的前提下，对于西方现代主义的改造。应该说，这样的研究思路是正确的，但是这也使得西方诗歌中像生存探寻这样的形而上的内容滑出了研究者的视野，没有引起足够的重视。

当前，在中国现代主义诗歌研究中，已经形成了一个共识：与西方现代主义诗歌相比，中国诗歌更为关注现实社会以及经验层面，对于超验的、形而上的层面较为冷漠，这也是符合事实的。但这只是在西方背景下所呈现出的相对欠缺，如果将其置于我们自己的文学史背景下，却是相对充盈的。从西方的眼光来看，中国现代主义诗歌中的这类内容以及在此之上所形成的精神品格，是很有限的。但是从我们自身的诗歌乃至文学的发展来看，却是空前丰富的，而这正是中国现代诗歌在现代化进程中的重要建树之一。

上一节已经梳理了中国现当代文学中所涉及的关于存在主义的研究，但是具体到现代诗歌，能够进入研究者视野的对象很有限。汪晖、彭小燕的研究对象是鲁迅，张清华的研究对象是当代诗歌、先锋文学，解志熙的文章只详细阐述了冯至的创作。杨经建主要是梳理存在主义创作思潮，从现代文学这段文学史来看，所涉及的作家作品基本上没有超出解志熙的视野，关于诗人还是只谈冯至，只是《从存在的焦虑到生存的忧患——20世纪中国存在主义文学"本土化"论之二》（《浙江学刊》2009 年第 5 期）一文将穆旦纳入了存在主义流脉。

由此可以明白，在所谓存在主义文学研究中，能够进入研究者视野的现代诗人只有冯至与穆旦（穆旦仅仅是一带而过），尚且不足以构成一种独立完整的创作现象。正如前文所言，这是因为一个先入为主的理论局限了研究者的视野，把原本丰富的对象变得干瘪、单薄。所以，只有从文学史的实际出发，突破西方理论的束缚，才能使中国现代诗歌中的生存探寻作为一种完整的创作现象得以呈现出来。

四　研究方法："思"的"道路"

哲学学者贺来认为："'生存哲学'与其说是一种'理论学说'，不如说是一条'思'的'道路'，与其说是一种'哲学'，不如说是一种对人具体的生存境况和生存意义的反省、解蔽和诠释性'活动'。""谈论'生存哲学'，最忌把它理解成一种先验的'现成'的'学说'，而应充分地意识到：'生存'优先于'哲学'而不是相反，'生存哲学'总是针对具体的人的生存境况所作的一种'唤醒'和'解蔽'性工作，只有在特殊的语境中它才能不断地生成自身。"① 贺来所谈的虽然是哲学研究，但对于文学研究而言，同样应该如此。在此意义上，对于生存探寻的研究就与以往的文学研究有着很大不同，不应拘泥于一种作为"哲学形态""理论学说"的西方理论，而应将其视为"具体生存境况"下的"活动"，是具体的思的"道路"。

不应将生存探寻这种创作现象抽象为几个形而上学的理论观点，任何对于生存意义的解答都是权宜之计，如果使用这种方法展开研究，最终导致的是抓住了被废弃的蝉蜕，放走了真正的蝉。所以，本书不是先抽象出几个理论观点，而后以此结构全篇，而是抓住"路"，以"路"来结构全篇。这正是遵循了"'生存'优先于'哲学'"的原则。具体到诗人而言，只有这样，才能够抓住其创作的内在动力、核心的精神脉络；具体到作品而言，只有这样，才能够揭示作品的真正主题：那个永远不会出场的存在。

具体而言，只有将生存探寻还原为一条无限延伸的路，一个精神探寻的过程，才能够正确解释冰心诗中的基督教意识、"爱的哲学"，冯至诗中的"选择""蜕变"与"关联"，穆旦诗中的宗教与"肉体"以及"痛苦"和"受难"，才能理解为什么宗白华无法定义那个"大优美精神"，为什么废名的禅诗中抛不开对"色"的沉醉、对美的流连忘返，为什么在路易士的诗中只有寻找意义的身体感觉和肢体动作，意义却永远隐而不现……相反，如果我们在研究中将生存探寻抽象为"爱的哲学"、宗教、"选择""蜕变""关联""肉体"和"大优美精神"等一些形而上学的意

---

① 贺来：《生存哲学：中国语境及其使命》，《哲学动态》2001 年第 1 期。

义形态，都将偏离生存探寻的本质，在一个个被遗弃的废墟上做无意义的勘探，把一个个前人的脚印当作前人。很多前人的研究正是陷入了这样的误区，当他们握着蝉蜕沾沾自喜时，我们却听到蝉声依然从前方传来。所有这些抽象的理论形态，只有放回到生存探寻的过程之中才具有意义；所有的意义的驿站，只有在意义的追问之途中才能够得到正确认识。

追寻意义的路不能抽象为几个固定的意义驿站，但是此在的真实处境是一个可以确定的状态，这就是虚无与孤独。生存探寻正是对于虚无的反抗，反抗之路是此在在孤独中的抗争，这就是为什么前人在面对生存探寻、研究存在主义文学时喜欢谈虚无与孤独。事实上，这只是此在的存在状态，并不构成追寻意义的行动，而后者正是生存探寻的重点内容。如果仅仅抓住虚无与孤独这两点，就如同只看到一条起跑线和一条空荡荡的跑道，却看不到在跑道上奔跑的人。

循着这样的研究思路，从中国现代诗歌的实际出发，可以归纳出四条生存探寻之路，由此也就构成了本书的一至四章。

宗教是最为传统的给予人终极关怀的方式，但是进入现代社会之后，受到现代理性的重创。对于中国现代知识分子而言，不论是传统的佛教、道教还是外来的基督教都无法为他们提供精神天堂。但是宗教中毕竟蕴含着丰富的超越性文化因素，令人陶醉、振奋的宗教体验更是诗人难以割舍的诱惑。当身处价值转型时期的中国现代诗人遭遇到虚无时，很自然地就会转向宗教寻求价值保护，走向宗教也就成为诗人的生存探寻之路。但是，作为现代知识分子，他们明白宗教只是虚假的超越，是"精神之梦"，他们不可能皈依宗教，在天国中建立精神家园。于是，他们或者化用宗教创生新的意义，或者只是用宗教反抗冰冷的现代理性，或者在宗教中寻求安慰，建立暂时的精神港湾。最终，宗教成为生存探寻的文化资源，借助宗教并超越宗教便成为生存探寻的一条路径。这方面的代表诗人是冰心、废名、金克木等。

大自然是古代中国人的精神家园，在道家哲学那里，自然是人自我超越的归宿，回归自然母体就是生命的终极追求。虽然道家的"逍遥"精神对于中国现代诗歌的影响不大，但是与自然寻求精神对话的方式却始终存在着。在存在主义哲学那里，在里尔克的诗中，自然中蕴藏着人的超越之路，受其影响的中国诗人同样向自然寻求超越。他们在自然中领悟到超越精神，在其引领下，让生命不断绽开，不断自我生成。同时，浩瀚无垠、亘古永恒的宇宙震撼了诗人的心灵，使其醒悟到自身的微末处境、虚无的存在境遇。总之，自然不仅让诗人从日常的自欺状态中猛醒，直面虚无，而且引领诗人实现自我超越，从而形成了又一条生存探寻之路。这方面的代表诗人是冯至、宗白华、林徽因等。

在传统观念中，追问人的终极价值，寻求生命的超越，必然是一种形而上的精神活动，与形而下的身体没有关系，甚至将身体视为需要克服的障碍。但是近代以来，理性主义遭到普遍质疑，人作为一个整体的血肉生命走上了历史舞台。对于身体的发现，或者说返回身体，同样表现在文学创作中，现代主义文学以非理性反对理性，就是对身体与感性的弘扬。在中国现代诗歌中也有同样表现，身体不再仅仅是一个皮囊，不再是精神的奴仆，甚至身体变得比精神更丰富、更神圣。在此背景下，身体也成为生存探寻不能绕开的重要领域，成为生命超越的一条路径。诗人或者通过返回身体，让生命突破理性的束缚，敞开被遮蔽的存在；或者在身体中寻找生存探寻之路，甚至把身体推上神坛；或者只是在身体的沉醉中获得心灵的慰藉。这方面的代表诗人是路易士、穆旦以及一些新月派诗人和现代派诗人。

伴随着中国社会现代化、城市化的发展，中国现代诗人对于城市生活有了越来越深刻的体验，城市不再只是蕴含着勃勃生机的现代化图景，更是把人推向异化的巨大怪物。利润与效率的驱赶，消遣与娱乐的引诱，让现代人沉迷于种种虚妄与谎言之中流连忘返。置身于这样一个虚假的世界，只有无情地撕开伪饰的面纱，在"去蔽"中彰显生存的本真状态，才能让此在觉醒，直面虚无，进而踏上超越之路。在中国现代诗人中，穆旦以他"抉心自食"的精神，冷静到残忍的品格，独自踏出了这条生存探寻之路。

经过以上四章的阐述，中国现代诗歌中的生存探寻已经完整地呈现出来，第五章集中探讨了生存探寻在中国现代诗歌史上的重要意义。首先，生存探寻丰富了中国现代诗歌的内容，提高了精神品格，建设了诗歌的审美超越性，对于过于黏滞于现实的中国现代诗歌而言，尤其可贵。其次，生存探寻丰富了诗歌的艺术风格，创造了大批迥异而多彩的诗歌意象。最后，生存探寻成就了一批优秀诗人，如果不是直面虚无、反抗虚无并在痛苦中寻求生命超越，很难设想冰心、冯至、穆旦能够取得今天这样的成就。

　　本书首次提出中国现代诗歌中生存探寻这一创作现象，既借鉴又转化了西方存在主义理论，从而突破了僵化、教条的研究模式，拓宽了视野，从文学史事实出发，使这种丰富多彩的创作现象得以完整地呈现。同时，将以往零星散落在作家作品研究中的、各自孤立的现象上升到史的高度，使其以独立形态呈现，从而能够把握其整体特征、总体走向。在此基础上，革新了对一批诗人的认识，例如推翻了冰心诗歌研究中的既成定论，揭示了冯至诗歌的复杂内涵，加深了对穆旦、宗白华、废名、林徽因等人诗歌的认识。同时，挖掘了新的诗人、诗作，例如以往很少被提及的路易士的诗歌（纪弦大陆时期的诗歌），其中蕴含着丰富的身体意识，而且与生存探寻相融合，具有独特的思想和艺术魅力。另外，在研究方法上，遵循"'生存'优先于'哲学'"的原则，冲破"'现成'的'学说'"的束缚，走出了以往相关研究所陷入的僵化的、教条主义的误区。

第一章　穿越"精神之梦"

　　人的存在是意义之在，不能没有意义的引领与维系，即使意义是不可言说的。只有在反抗虚无、绝望和荒诞的过程中不断追寻它，使其成为一种牵引的力量，人才能够不断超越自身，走向生命的自由境界。宗教是人类最古老的寻求终极关怀的方式，同时它又是"人类面对现实的不自由所产生的一种以虚幻甚至歪曲的形式使自由得以理想地实现的努力"[①]。现实中的一切事物都将走向毁灭，终极意义只摇曳在缥缈的彼岸，中国现代诗人在虚无的折磨中，也遇到宗教的诱惑。"中国现代作家无疑也感受到置身现代世界的精神迷惘，他们最终在宗教的世界里，发现了一道灵魂苦闷的出口和一处疗救精神创伤的栖息之地。"[②]

　　对于中国现代诗人而言，可以借助的宗教资源，除去传统的佛、道之外，主要是外来的基督教。佛、道是在反向消解主体自身的过程中，求得解脱，其出世倾向与五四时期的文化精神相抵牾。而且新文化运动具有鲜明的反传统倾向，佛、道作为传统文化的重要组成部分必然在反叛之列。相对而言，基督教来自西方，西方文化是新文化运动再造文明的主要资源，基督教便伴随着西方现代文化进入中国并产生影响。不仅如此，与佛、道相比，基督教倾向于入世，对现实人格建设有一定的意义，所以得到中国知识分子的重视。陈独秀曾经说："要把耶稣崇高的、伟大的人格和热烈的、深厚的情感，培养在我们的血里，将我们从堕落在冷酷、黑暗、污浊坑中救起。"[③] 周作人也认为："要一新中国的人心，基督教实在

---

　　① 潘知常：《诗与思的对话——审美活动的本体论内涵及其现代阐释》，上海三联书店1997年版，第187页。

　　② 张桃洲：《宗教与中国现代文学的浪漫品格》，《江海学刊》2003年第5期。

　　③ 陈独秀：《基督教与中国人》，秦维红编：《陈独秀学术文化随笔》，中国青年出版社1999年版，第177页。

是很适宜的。"①

基督教传入中国可以上溯至唐代，但是其影响十分有限。只有到了近代，大批传教士进入中国，教会以及教会开办的学校、医院遍布各地，使得基督教在中国的影响日益强大，真正进入中国人的生活中，在文化领域也产生了影响。在此背景下，中国现代作家也与基督教产生了千丝万缕的联系。他们或者在家庭中受到基督教的熏染，或者在教会学校就读，或者通过西方文学作品接触到基督教文化精神，到国外特别是欧美留学的经历更让他们直接感受到基督教在西方社会中的深远影响。

在中国现代诗人中，冰心、陈梦家、陆志韦、梁宗岱、徐志摩都曾经在教会开办的学校就读，冰心、闻一多、陆志韦还举行过入教仪式，陈梦家生长在牧师家庭。虽然上述诗人受到了基督教文化的滋养，但是他们在诗歌创作中未必都表现出明显的宗教意识。有的诗歌虽然蕴含着宗教意识，但是没有借助基督教展开生存探寻。相反，有些诗人虽然没有有据可考的基督教背景，但是由于受到了基督教文化潜移默化的影响，其创作表现出一定的基督教文化精神，而且将其化为生存探寻的文化资源。

佛教在中国历史上影响很大，其中，禅宗对中国古代文学的影响尤为深远。进入 20 世纪之后，佛教的影响遭到削弱。"当以文学介入现实政治成为时代创作的主流心态时，像佛学这样以了脱生死为目的，以探求人生根本问题为宗旨的文化思想对于文学创作的影响和制约就会被削弱甚至淡化，这是理所当然的事。"② 但是佛教作为一种文化已经深入中华民族的精神血脉之中，在现实生活中，到处都可以看到打着佛教印记的事物，到处有着佛教的影子。在这样的历史背景之下，中国现代诗人也从佛教中寻找文化资源，以应对生存困境，抵御虚无的逼视。在这方面最为突出的诗人是废名、金克木，其他还包括宗白华、徐志摩、冰心和陈梦家等。此外，在中国现代诗歌中，道教的文化精神很少作为独立形态出现，所以本

①　周作人：《山中杂信·六》，周作人：《自己的园地·雨天的书》，人民文学出版社 1988 年版，第 200 页。

②　谭桂林：《20 世纪中国文学与佛学》，安徽教育出版社 1999 年版，第 5 页。

章没有涉及。①

第一节　彼岸的神与此岸的爱：以基督教为文化资源的生存探寻

在中国现代诗人中，受基督教影响最大、能够将其引入诗歌创作并且取得显著成就的首推冰心。同时，她的基督教精神与生存探寻密切相关，成为生存探寻的重要文化资源。与冰心相比，其他诗人在这方面的成就很有限，所以本节以冰心为重点，兼及其他诗人。

一　投入神的怀抱

文学的目的常在于寻找人类最终的精神家园和命运指归，而宗教的意义则在于替人类的灵魂发现一块净土——一片了无纤尘澄明清澈的彼岸世界，两者的终极价值可谓异曲同工……②

——马佳《十字架下的徘徊——基督宗教文化和中国现代文学》

（一）虚无的底色

虚无与对虚无的反抗是交织在冰心创作中的一条重要脉络，但是前人的研究常常只关注对虚无的反抗，也就是基督教精神与"爱的哲学"，仿佛虚无本身不能单独构成研究对象。其实不然，对于虚无的体验，正是冰心诗歌的重要内容，也是推动冰心创作的重要动力。没有对于虚无的真切体验，她就不会到基督教中去寻求意义，也不会创生"爱的哲学"。

翻开冰心最早的诗集《繁星》，随处晃动着虚无的影子：

---

① 以上内容参见马佳《十字架下的徘徊——基督宗教文化和中国现代文学》（学林出版社1995年版），杨剑龙《旷野的呼声——中国现代作家与基督教》（上海教育出版社1998年版），王列耀《基督教与中国现代文学》（暨南大学出版社1998年版），谭桂林《20世纪中国文学与佛学》（安徽教育出版社1999年版），王本朝《20世纪中国文学与基督教文化》（安徽教育出版社2000年版），谭桂林《百年文学与宗教》（湖南教育出版社2002年版），许正林《中国现代文学与基督教》（上海大学出版社2003年版）。

② 马佳：《十字架下的徘徊——基督宗教文化和中国现代文学》，学林出版社1995年版，第8页。

死呵！
起来颂扬它；
是沉默的终归，
是永远的安息。

——《繁星·25》

我的心呵！
警醒着，
不要卷在虚无的旋涡里！

——《繁星·53》

命运！
难道聪明也抵抗不了你？
生——死
都挟带着你的权威。

——《繁星·91》

我们是生在海舟上的婴儿，
　不知道
先从何处来，
要向何处去。

——《繁星·99》

　　有学者这样评价冰心："她一起笔，就表现出对于人类的生存状态的关注，对于人类合理生存方式的探索，对于人生终极意义的追问，对于人类前途命运的神圣忧思。"①《繁星》正是如此，上述诗歌表现了冰心对于生与死、意义与虚无、时间与生命等问题的思考与体验。生只是瞬间，死才是永恒，不论人如何挣扎都逃不脱必死的命运。我们每时每刻所体验到

---

　　①　刘岸挺：《有了爱才有和谐——冰心文学精神的文化价值和当代意义》，《山东社会科学》2007 年第 6 期。

的只有不断流逝的时间，我们置身其间，不知所来，不知所去，这样的生命到底有什么意义？正如冰心在《"无限之生"的界线》中写到的："这样的人生，有什么趣味？纵然抱着极大的愿力，又有什么用处？又有什么结果？到头也不过是归于虚空，不但我是虚空，万物也是虚空"①。

　　冰心曾经说自己具有一种"天赋的悲感"②，所谓"天赋的悲感"其实就是对于生命的虚无体验，不仅诗歌如此，在小说、散文中也回荡着虚无和死亡的气息。《两个家庭》《秋风秋雨愁煞人》《庄鸿的姊姊》《一篇小说的结局》《世界上有的是快乐……光明》《最后的安息》《"无限之生"的界线》《一只小鸟——偶记前天在庭树下看见的一件事》或者涉及人物死亡，或者集中思考死亡问题。

　　海德格尔说："此在充当的就是首先必须问及其存在的存在者。"③ 人应该直面虚无，但是不能接受虚无。反抗虚无，寻求生存的意义不仅是哲人的职责也是诗人的宿命。面对虚无，冰心希望依靠"思想"去抗争，用人智支撑终极意义的大厦："漫天的思想，/收合了来罢！/你的中心点，/你的结晶，/要作我的南针"（《繁星·109》）。"命运！/难道聪明也抵抗不了你？"（《繁星·91》）但是最终只有失望："我的心呵！/你昨天告诉我，/世界是欢乐的；/今天又告诉我，/世界是失望的；/明天的言语，/又是什么？/教我如何相信你！"（《繁星·132》）既然人智无法回答对于终极的追问，冰心便转而祈求神的帮助，于是长期熏浸着冰心的基督教便出场了。

（二）　神的引领

　　冰心早年就读的贝满中学是一所教会办的学校，中学毕业后，考入协和女子大学，后来并入燕京大学，这两所学校也都是由教会开办的。在燕京大学期间，冰心还曾经在一位牧师家受洗。关于冰心与基督教的关系，一般认为：冰心仅仅是深受基督教文化的熏陶，并不是严格意义上的基督徒。受洗之事并不能说明什么问题，当时不少年轻人都曾经受洗，后来大

　　① 冰心:《"无限之生"的界线》，卓如编:《冰心全集》第1卷，海峡文艺出版社1994年版，第90页。

　　② 冰心:《遥寄印度哲人泰戈尔》，卓如编:《冰心全集》第1卷，海峡文艺出版社1994年版，第115页。

　　③ ［德］海德格尔:《人，诗意地安居——海德格尔语要》，郜元宝译，世纪出版集团上海远东出版社2004年版，第5页。

多没有成为基督徒。

　　不管冰心是不是基督徒，早年深受其影响是事实。可以推测，冰心观察生命的形而上角度，很可能受到基督教的启发。但是当冰心认识到生存的虚无处境，转而寻求意义的时候，并没有马上回到基督教。《繁星》的创作始于1919年，其中看不到基督和上帝的身影，在此期间的其他作品也是如此。在《繁星》中，支撑冰心生存探寻的是"思想"，是自然、"母亲"和"小孩子"。同时，正如前文的分析，在《繁星》中随处晃动着虚无的影子。正因为诗人依靠上述思想文化资源，无力反抗来自虚无的压力，所以才祈求于上帝，于是神的形象走入了冰心的诗歌。

　　　　生命，是什么呢？
　　　　要了解他么？
　　　　他——是昙花，
　　　　是朝露，
　　　　是云影；
　　　　一刹那顷出现了，
　　　　一刹那顷吹散了。
　　　　上帝啊！
　　　　你创造世人，
　　　　为何使他这般虚幻？
　　　　昨天——过去了。
　　　　今天——依然？
　　　　明天——谁能知道！
　　　　上帝啊！
　　　　万物的结局近了，
　　　　求你使我心里清明，
　　　　呼吁你祷告你，
　　　　直到万物结局的日子，阿们。

　　　　　　　　　　　　　　　　　　　　　　——《生命》

　　《生命》以追问生命的终极意义开篇，得到的答案是生命如昙花、朝露、云影，都是刹那间的虚幻之物。当追问不能在人智中得到满意的回答时，冰心转向了神，诗中出现了一个可以祈求的神：上帝。她向上帝呼吁、祷告，希望他给予解答。此时，冰心已经不再是孤独地面对无边的虚无了，不再孤独无告，而是有了一个可以依靠的、万能的神。

在《黄昏》中，冰心仍然是祈求上帝给予"我"指示，把自己无法解答的问题推给上帝。

> 上帝啊！
> 无穷的智慧，
> 无限的奥秘，
> 谁能够知道呢？
> 是我么？是他么？
> 都不是的，
> 除了你从光明中指示他，
> 上帝啊！
> 求你从光明中指示我，
> 也指示给宇宙里无量数的他，阿们。
>
> ——《黄昏》

在上述诗歌中，追问演变为祈求，成为"求你使我心里清明""求你从光明中指示我"。在虚无的背景中，站起了一个神的形象，他代替诗人面对虚无的压力，在他的庇护下，诗人的心灵得到慰安。随着神的形象的出场，诗中出现了来自彼岸的、引领的力量，人得以在虚无中看到了希望。在《何忍》中，无论现实是如何地"衰萎""败亡"，"他们"是如何地孤独无助，但是"他们的使者在天上"，一个来自天上的线牵引了在虚无中遭受折磨的人。在《晚祷·二》中出现了蕴含着神性的星光："这一星星——点在太空，/指示了你威权的边际，/表现了你慈爱的涯。"从此"我""不听秋风/不睬枯叶""我只仰望着这点点的光明！"在《客西马尼花园》中，漆黑的天空下，冰冷的山石间，流着血汗的、伤痛着的"他"，终于得到上帝的指引："父啊，只照着你的意思行。"在《清晨》中，冰心高歌：

> 上帝啊！你的爱随处接着我，

你的手引导我，
你的右手也必扶持我，
我的心思，小鸟般乘风高举，
乘风高举，终离不了你无穷的慈爱，阿们。

在《天婴》中，诗人连续追问："我这时是在什么世界呢？"最终却演变成为对神的礼赞，感谢他赐予的"天恩无量"。在神的庇护下，她摆脱了被虚无折磨的痛苦心境，生命找到了意义，精神找到了家园，于是心中只有"感谢的心情/恬默的心灵"。但是，在一片祥和之中，那个敢于独立面对虚无，独立质疑、追问的人消失了。她不必再去思想，不必再去体验那彻骨的寒冷与灵魂的战栗，她躲在神的背后，自甘为一个"微小的人儿"。诗人之所以为生命的虚无而痛苦，是因为她不甘于没有意义的处境，要寻找意义，而且依靠自己的力量去探寻。但是现在她放弃了追问，也就放弃了实现生命超越的权力。冰心之所以在宏大的宇宙中体验到自己的微小，并为此而痛苦，正是因为她不甘于这微小的地位，要超越有限的生命。但是当她在神的面前甘于做一个"微小的人儿"时，也就放弃了自由而独立的精神，一个勇敢的生存者便不复存在了。

（三）幸福的天国

借助神的引领进行生存探寻，最终的归宿也就不言而喻了，神会一步步把人引向幸福的天国，在那里没有任何意义的苦恼。在前文谈到的诗歌中，还能够看到追问的思想痕迹，不管归宿是否走向了主体的自我消解，毕竟存在着一个探寻、追问的过程。就全诗来看，神还只是诗人所借助的力量，是为生存探寻而存在的。但是当诗人进入天国时，主体就已经消失在神的光辉中，也就没有了困惑，在无比的喜悦中，她找到了"家园"，陶醉于宗教的温暖梦乡。于是，天国降临了：

严静的世界，
灿烂的世界——
黎明的时候，谁感我醒了？
上帝啊，在你的严静光明里，
我心安定，我心安定。
我要讴歌。

> 心灵啊，应当醒了。
>
> 起来颂美耶和华。
>
> 琴啊，瑟啊，应当醒了。
>
> 起来颂美耶和华。
>
> 黎明的时候，
>
> 谁感我醒了，阿们。
>
> ——《黎明》

　　黎明时分，在严静的光明里，沐浴着上帝之爱的灵光，虚无的折磨、"被抛"的无所适从感、此在的缺失感都已荡然无存。在灿烂的基督世界里，"我心安定，我心安定"。此时诗人进入了宗教的高峰体验，个体的痛苦完全消失在信仰的灵光中，仿佛骤然间通体透明，不染纤尘。冰心在诗中反复吟唱"我心安定"，这才是她久久寻觅的东西，也是这首诗的核心，"耶和华"不过是她借来的工具，是她抵达生命"圆满"的途径。纵观冰心这个时期的创作，不论是诗歌还是散文、小说，都难以摆脱虚无的纠缠，时时处于精神危机之中，只有在完全皈依基督的这个瞬间，她才彻底摆脱了虚无的困扰。此时没有追问，只有颂赞。

　　花儿开着，鸟儿唱着，生命的泉水潺潺地流着，伟大的耶和华在园中漫步。他是永恒的在，他就是存在。诗人仿佛回归了伊甸园，重新享受上帝的爱。

> 光明璀璨的乐园里：
>
> 花儿开着，
>
> 鸟儿唱着，
>
> 生命的泉水潺潺的流着，
>
> 太阳慢慢的落下去了，
>
> 映射着余辉——
>
> 是和万物握手吗？
>
> 是临别的歌唱么？
>
> 微微的凉风吹送着，
>
> 光影里，
>
> 宇宙的创造者，他——他自己缓缓的在园中行走。

耶和华啊！

你创造他们，是要他们赞美你么？

是的，要歌颂他，

要赞美他。

他是昔在今在以后永在的，阿们。

——《傍晚》

宗教对于渴望终极关怀、渴望"绝对真理"的人而言，必然是一个极大的诱惑。在这里，生命有了意义，困惑得到彻底解决，人不再是宇宙间的微尘，而是上帝的选民，未来充满光明。当我们在教堂中倾听唱诗班的歌声，看他们坦然祥和的神态，尤其是在那一双双眼睛中闪烁着神性的灵光，就能够想象在神的怀抱里是何等的幸福。

冰心其他体裁的作品也表现了皈依的幸福感，最典型的是《画——诗》。遭受虚无折磨的冰心，在牧人对迷路的小羊的抚慰中，感受到神的关怀，像受尽磨难的孩子回到母亲的怀抱一样，流下了幸福的泪。"当某种高级权威来到灵魂之中，人的意志暂停了，向内心信仰虔诚皈依，在此状态下实现了直接感受到的、非推理的宗教超越，在这一超越中，现实中的痛苦被升华为持久深刻的快乐。"①

（四）追问者的自我消解

"从表面上看，它（宗教）也是对于生命的有限的超越，但实际上却不但并未超越，而且反过来庇护和容忍生命的有限，因为它的价值关怀的尺度是虚幻的。"② 人的存在是一个不断自我生成的过程，正如海德格尔所说："超越存在者是此在的本性。"③ 但是人一旦将意义交付给神，人就自动放弃了对意义的追问，也就丧失了超越自身的机会。不仅如此，当人将终极意义交付给神，自我也消失在神的光辉之中，神的形象越高大，人的形象越卑微，生命就越能进入一种精神迷醉状态。所以，在冰心的诗歌中，当她讴歌基督的时候，获得了祥和、欣悦的心境，摆脱了生存困境，

---

① 朱立元、刘阳：《论审美超越》，《文艺研究》2007年第4期。

② 潘知常：《诗与思的对话——审美活动的本体论内涵及其现代阐释》，上海三联书店1997年版，第182页。

③ ［德］海德格尔：《人，诗意地安居——海德格尔语要》，郜元宝译，世纪出版集团上海远东出版社2004年版，第34页。

但是同时也发出了这样的声音：

> 尽思量不若不思量，
> 尽言语不如不言语；
> 总是来回地想着，
> 来回地说着，
> 也只是无知暗昧。
> 似这般微妙湛深，
> 又岂是人的心儿唇儿，
> 能够发扬光大。

这是冰心《沉寂》一诗的第二节，这首诗共有三节，每一节都以"尽思量不若不思量，/尽言语不如不言语"开头。诗人沉醉于神的"慈气恩光""不思量""不言语""口里缄默""心中蕴结"。心中停止了思想活动，口里停止了言语，这样的人还怎么会去追问意义？此时，生命不是走向超越，而是走向了自我消解。此后在《春水》中更是如此："我真是太微小了呵！"（《春水·9》）"我只是一个弱者！/光明的十字架/容我背上罢"（《春水·26》）。"沉默着罢！/在这无穷的世界上，/弱小的我/原只当微笑/不应放言"（《春水·137》）。

曾经执着地追问生存意义的冰心，曾经经受虚无煎熬的冰心，在上帝无穷的慈爱中得到了安慰。但是当上帝赋予她心灵慰安的时候，她也消失在上帝的光辉里。此时，她不再追问生与死、意义与虚无、时间与生命等问题，而是在一片"慈气恩光"中，消解了自己。

（五）其他诗人

在通过基督教探寻存在的诗人中，冰心无疑是主将，同时其他诗人也走在这条道路上。

梁宗岱早年就读于教会开办的培正中学，接受有着浓厚宗教色彩的教育，在女友的影响下加入了基督教。1923—1924 年，他创作了一些带有基督教色彩的诗歌。在这些诗歌中，整个世界变成了一个基督的爱的世界：晨雀在晨光里唱出"圣严的颂歌""赞美那慈爱的黑夜""讴歌那丝丝溶着的晨光"（《晨雀》）。星空中，"万千光明的使者""正齐奏他们的无声的音乐"，天河里回荡着"颂赞的歌声"，整个宇宙在造物的慈爱中沉醉（《星空》）。大地"在昭苏的朝旭里／开出许多娇丽芬芳的花儿／朵朵的向着天空致谢"（《夜露》）。

谈到梁宗岱诗歌中的宗教意识，人们常常会提到他的两首《晚祷》，这两首诗可以说都浸透着"造物主温严的慈爱"。在《晚祷——呈泛，捷二兄》中，诗人置身于夜幕下的旷野里，体验神的慈爱，"一切忧伤与烦闷"随之消融。《晚祷（二）——呈敏慧》注明呈给敏慧，敏慧是他暗恋的同学。据此，一些学者认为这首诗不是对上帝的颂赞，而是对爱人的倾诉，但是就诗歌本身而言，这样的解释是片面的。

> 我独自地站在篱边：
> 主呵，在这暮霭底茫昧中，
> 温软的影儿恬静地来去，
> 牧羊儿正开始他野蔷薇底幽梦。
> 我独自地站在这里，
> 悔恨而沉思着我狂热的从前，
> 痴妄地采撷世界底花朵。
> 我只含泪地期待着——
> 祈望有幽微的片红
> 给春暮阑珊的东风
> 不经意地吹到我底面前。
> 虔诚地，轻谧地
> 在黄昏星忏悔底温光中
> 完成我感恩底晚祷。
>
> ——《晚祷（二）——呈敏慧》

诗人在感情受到挫折后，忏悔过去的狂热与痴妄，在主的怀抱里找到了精神安慰。在"暮霭底茫昧中"，感受到神的存在，在暮色中晚祷，沉入一片神性的祥和之中。情感上的挫折是诱因，对上帝的皈依（哪怕是瞬间的皈依）是结果，也是全诗的主旨。诗的总体情绪也是处于祈祷中的安宁、祥和。

梁宗岱的上述诗歌表现了诗人在宗教信仰中所获得的心理安慰，在神的庇护下的生命状态。但是在他的诗中并没有出现一个完整的生存探寻的过程，而仅仅是一个片段，一个在宗教中沉醉的片段。

与梁宗岱相比，穆旦的诗中存在着典型的生存探寻，但是穆旦对于宗教的态度主要是怀疑，偶尔也把宗教作为生存探寻的文化资源。在穆旦的诗中，明确在神的引领下探寻存在的诗基本上没有，在宗教中沉醉的诗也很少，只有《忆》一首。穆旦的诗大多笼罩着否定与怀疑情绪，会唤起读者的焦虑与危机感。像《忆》这样肯定、祥和、圆满、给人安宁感的诗，极为罕见。

诗人一个人静坐，夜幕中的一朵白花，给诗人以启示。刹那间，他听到主的召唤：

> 但是那沉默聚起的沉默忽然鸣响，
> 当华灯初上，我黑色的生命和主结合。
> ……
> 在一无所有里如今却见你隐现。
> 主呵！淹没了我爱的一切，你因而
> 放大光彩，你的笑刺过我的悲哀。

宗教是人的精神之梦，《忆》正是穆旦的一次精神之梦。在主的怀抱里，缓解一下紧张的心灵，主赐予他短暂的慰藉。

在中国现代诗人中，几乎没有人真正虔诚地信仰基督教，即使像冰心、梁宗岱、穆旦这样在某个阶段或者某个瞬间进入精神的天国并将其呈现在诗歌中的诗人也不多见。更多的时候，他们不是从信仰的层面进入基督教，而是将其作为文化资源。

二　从天国回返人间

> 我宁可保持我无力的思想，决不肯换取任何有力而不思想的宗教。[1]
>
> ——胡适

---

[1] 胡适：《思想不可变成宗教——答陈之藩》，欧阳哲生编：《读书与治学》，三联书店1999年版，第311页。

在中国现代诗人中，真正纯正的宗教信徒是很少的。更多情况下，他们是将宗教作为一种文化资源来解决自己所面临的生存困惑，为生命寻找意义的。他们一方面希望得到宗教的精神抚慰，一方面又对宗教充满怀疑，保持着警觉。这不仅是中国现代诗人的态度，中国现代作家乃至新文化阵营中的人对待宗教的态度基本上都是如此。

冰心诗中的基督教意识是最受人关注的，但是表现纯正基督精神的作品并不多，真正贯穿冰心文学创作的是"爱的哲学"。在"爱的哲学"与基督教之间存在着密切联系，这一点已有定论。例如，杨剑龙说："受基督教文化的影响，冰心在创作中努力精心营构她独特的爱的世界，从她笔下呈现出的具有救赎意味的爱、爱人如己的爱和宽恕精神的爱中，可以清晰地看到她所受到的基督教文化的深刻影响。"[1] 王本朝说："冰心把对宗教的感受转化为'童心'、'母爱'和'自然'，使宗教伦理化和自然化，融合了神性之爱与人性之爱，让爱的终极关怀所具有的纵向深度，向横向的平面展开。"[2] 汪卫东说："冰心'爱'的赞歌，一方面因来自苦难的亲证而真切动人，一方面，在其价值的文化形态上又有着基督教博爱主义的价值背景。"[3] 冰心自己也说过："因着基督教义的影响，潜隐的形成了我自己的'爱'的哲学。"[4] 基督教是"爱的哲学"的重要文化资源，"爱的哲学"是冰心在基督教的启发下，结合自己的个体生命体验所创造的人生哲学。"爱的哲学"成为冰心对抗虚无，冲出生存困境的意义建构。

（一）现实中的神谕："爱的哲学"

在中国传统文化观念中，彼岸意识较为淡薄，彼岸的天国与彼岸的神对于中国人来说很是隔膜，所以印度佛教传入中国之后转化为禅宗。禅宗融合了道家思想，主张在此岸得救，取消了彼岸。基督教的天国与上帝对中国人来讲同样是隔膜的。同时，20世纪的中国是一个张扬科学理性的

---

① 杨剑龙：《旷野的呼声：中国现代作家与基督教文化》，上海教育出版社1998年版，第80页。

② 王本朝：《基督教与中国现代文学的文化和文体资源》，《湖北大学学报》（哲学社会科学版）2001年第2期。

③ 汪卫东：《重读冰心》，《中国现代文学研究丛刊》2003年第1期。

④ 冰心：《我的文学生活》，卓如编：《冰心全集》第3卷，海峡文艺出版社1994年版，第8页。

时代,科学不仅是认识世界、改造世界的方法,而且成为人生观,直接进入价值领域。这一点在陈独秀、胡适等人的文章中有明确的阐述,20 世纪 20 年代的人生观大讨论更是一次集体展示。科学与宗教的冲突在西方历史上不断上演着,在现代中国,中国人对于基督教本来就很隔膜,在理性主义的时代大潮中,它的处境是可想而知的。

冰心同样不能跳出这样的时代背景,虽然她在一系列“圣诗”中表现了进入宗教体验的极度愉悦的心理状态,但她并不是一个虔诚的基督徒。她在文章中写道:“我看到一个穷苦木匠家庭的私生子,竟然能有那么多信从他的人,而且因为宣传‘爱人如己’,而被残酷地钉在十字架上,这个形象是可敬的。但我对于‘三位一体’、‘复活’等这类宣讲,都不相信,也没有入教做个信徒。”① 由此来看,冰心并没有将耶稣当作神,而是当作可敬仰的人。既然她没有在基督教中建立起信仰,也就无法摆脱虚无的纠缠,所以仍然亟待寻求一种终极价值关怀,这样,基督教就成为她最为便捷的文化资源。

在从基督教到“爱的哲学”的精神之途中,冰心主要做了两项工作。首先是把彼岸的神拉回到此岸。在“爱的哲学”中没有了彼岸的上帝与伊甸园,而代之以此岸的母亲、孩子与自然。然而现实中的事物终归是要灭亡的,要让它们来承载生命的终极关怀就不能仅限于其现实性,所以在母亲、孩子与自然之中,我们看到了神的灵光。这三者既有现实性也有超越性,既有人性也有神性,它们是一种半人半神的事物,这也就导致“爱的哲学”经不起科学理性的质疑。“爱的哲学”是价值层面上的文化观念,不是认识层面上的科学知识,“爱的哲学”正是冰心在基督教基础上建立的终极价值关怀。

其次,冰心将基督教与自身的生命体验相结合,将宗教转化为生存探寻。宗教不能脱离生命体验,没有体验的宗教就变成了拙劣的说教和神话故事。但是宗教的普世性决定了它与个体生命体验之间的裂痕,一个让人无条件膜拜的、至高无上的神阻止了个体生命的意义创生,使生命停止超越。冰心的“爱的哲学”,一方面,是在摆脱了神的桎梏之后,作为主体的人的自我意义创生,是生存探寻的结果。它不是把人的痛苦与自由全部

---

① 冰心:《我入了贝满中斋》,卓如编:《冰心全集》第 7 卷,海峡文艺出版社 1994 年版,第 463 页。

交给神，而是独立担当，并在主动的探寻中寻求超越。另一方面，"爱的哲学"又是立足于个体生命体验的，是对于个体生命终极意义的探寻。在"爱的哲学"中，母亲、孩子与自然无不与冰心的个人生活经验密切相关。冰心有一个幸福的家庭，从小深得母爱；作为年轻女性，对于孩子的爱也是出自天性；冰心自小就对大海等自然景色有着敏锐的感受力。所以"爱的哲学"正是诞生于冰心生存探寻的路上，是冰心为反抗虚无而创造的价值关怀。

> 母亲呵！
> 撇开你的忧愁，
> 容我沉酣在你的怀里，
> 只有你是我灵魂的安顿。
>
> ——《繁星·33》

> 母亲呵！
> 天上的风雨来了，
> 鸟儿躲到它的巢里；
> 心中的风雨来了，
> 我只躲到你的怀里。
>
> ——《繁星·159》

> 寥廓的黄昏，
> 何处着一个彷徨的我？
> 母亲呵！
> 我只要归依你，
> 心外的湖山，
> 容我抛弃罢！
>
> ——《春水·97》

在上述诗中，母亲是冰心精神皈依的对象，为她提供灵魂安慰，成为躲避风雨的精神港湾。正如阿英所说："她始终的认定母亲是人类的'灵魂的安顿'的所在地，母亲的爱如那'春光'，母亲的爱能以解决人间的一切的艰难纠纷而有余。"① 冰心诗中的母亲与母爱不仅限于现实关怀，她要建立的价值关怀是终极性的，所以母亲具有一定的神性色彩。

　　　　假如我走了，
　　　　彗星般的走了——
　　　　母亲！
　　　　　我的太阳！
　　　　七十年后我再回来，
　　　　　到我轨道的中心
　　　　　　五色重轮的你时，
　　　　你还认得这一点小小的光明么？

　　　　假如我去了，
　　　　　落花般的去了——
　　　　母亲！
　　　　　我的故枝！
　　　　明年春日我又回来，
　　　　　到我生命的根源
　　　　　　参天凌云的你时，
　　　　你还认得这一阵微微的芬芳么？

　　　　她凝然……含泪的望着我，
　　　　无语——无语。
　　　　母亲！
　　　　致词如此，
　　　　累你凄楚——
　　　　万全之爱无别离，
　　　　万全之爱无生死！

　　　　　　　　　　　　　　　　　　——《致辞》

――――――――――

① 黄英（阿英）：《谢冰心》，范伯群编：《冰心研究资料》，北京出版社1984年版，第207页。

在这首诗中，母亲显然已经不是现实中的母亲，不是一个凡人。首先，母亲已经超越于时间之外，是一种无限的存在。我如彗星般来去，象征了生命的轮回，但是母亲却是永恒的太阳，永远不变；我是枝头的落花，一岁一枯，母亲却是永在的参天凌云的大树。其次，"彗星"与"太阳"，"落花"与"故枝"，"一点小小的光明"的我与"五色重轮的你"，"一阵微微的芬芳"的我与"参天凌云的你"，显然不是一个等级上的存在。我同母亲的关系，已经不是人与人之间的关系。最后，冰心在诗中写道：母亲是"我轨道的中心"，是"我生命的根源"。母亲成为我生命的意义所在，成为我的所来与所去。这样的母亲形象与基督教的上帝已经没有多少差别了。果然，在诗歌最后，母爱已经与基督之爱无法分辨了："万全之爱无别离，／万全之爱无生死！"

此外，在《安慰（一）》中，诗人先是抒发自己的畸零、孤独之情，而后来到母亲身边，在与母亲的含泪相对中，却得到了"造物者无穷的安慰"。在《向往——为德诗人歌德逝世九十周年纪念作》一诗中，先是讴歌上帝，结尾却是："在母亲的爱里／互相祝福吧！"在《春水·105》中，冰心先是向"造物者"祈求，祈求"永久"和"极乐"，其后却是在母亲的怀里得到了安慰。在这些诗中，母亲横亘在上帝与诗人之间，具有了神性。

冰心作品中母亲的神性特征，还表现为这个母亲是没有个性的，这一点在冰心的散文中表现得最为明显。在冰心早期散文中，虽然极力讴歌母爱，但是母亲的性格特征始终是模糊的。在《寄小读者（十）》中有一段冰心与母亲的对话：

> 有一次，幼小的我，忽然走到母亲面前，仰着脸问说："妈妈，你到底为什么爱我？"母亲放下针线，用她的面颊，抵住我的前额，温柔地，不迟疑地说："不为什么，——只因你是我的女儿！"
> ……她爱我，不是因为我是"冰心"，或是其他人世间的一切虚伪的称呼和名字！她的爱是不附带任何条件的，唯一的理由，就是我是她的女儿。

幼小的冰心显然是想从现实层面探究母爱的根源，然而，爱与被爱都是无条件的、非个性的、非社会性的，在现实层面是找不到答案的。其实，冰心的母爱也只有超越个体差异，才能将其演变为具有普世性的"爱的哲学"，施恩于一切人，才能上升到形而上的高度，给予人终极关怀。有意思的是，冰心中年之后曾经有意识地追忆母亲的个性之美，她希望从现实层面、从个人性格来确立母亲的神圣性。40 年代初，冰心在重庆歌乐山继续她的《寄小读者》写作，在《再寄小读者·通讯三》中，她有意识地塑造母亲的个性特征，但是我们看到的只是一个尽职尽责的贤妻良母，没有了早期作品中神性的灵光。

　　冰心诗中的儿童，同样不只是现实中的儿童，而是与母亲具有同等性质。孩子是天使，是上帝的影子，她在孩子的身躯里看到伟大的灵魂、超越的力量，从婴儿的啼声中，听到来自另一个世界的无限神秘的语言。孩子同样为冰心提供了一个精神港湾，给予她心灵慰安。

　　　　万千的天使，
　　　　要起来歌颂小孩子；
　　　　小孩子！
　　　　他细小的身躯里，
　　　　含着伟大的灵魂。

　　　　　　　　　　　　　　　　　——《繁星·35》

　　　　真理，
　　　　在婴儿的沉默中，
　　　　不在聪明人的辩论里。

　　　　　　　　　　　　　　　　　——《繁星·43》

　　　　婴儿，
　　　　在他颤动的啼声中
　　　　有无限神秘的言语，
　　　　从最初的灵魂里带来
　　　　要告诉世界。

　　　　　　　　　　　　　　　　　——《春水·64》

　　在现实生活中，我们无法理解小孩子有着伟大的灵魂，婴儿的沉默里有着真理。诗中的儿童已经不是现实中的儿童，而是闪烁着基督的灵光，带着来自天国的圣洁色彩。儿童成为沟通天国与现实的使者，成为神与人之间一种半人半神的形象。

　　在冰心其他体裁的作品中同样如此。在小说《世界上有的是快乐……光明》中，儿童已经成为凌瑜膜拜的天使，指引他走向光明和爱。在小说《爱的实现》中，孩子成为静伯创作灵感的源泉。

　　冰心诗中的自然较为复杂，有时它只是一个现代科学视野中的自然，浩瀚无涯，亘古无限，冷漠无情，反衬出人的微末处境，使人从日常迷醉中猛醒。有时又是一个充满神性的自然，蕴含着神的启示，引领诗人超越尘世。前者将在第二章中讨论，这里只探讨后者。

　　　　造物者呵！
　　　　谁能追踪你的笔意呢？
　　　　百千万幅图画，
　　　　每晚窗外的落日。

　　　　　　　　　　　　　　　　——《繁星·65》

　　　　星儿！
　　　　世人凝注着你了，
　　　　导引他们的眼光
　　　　超出太空以外罢！

　　　　　　　　　　　　　　　　——《春水·92》

　　诗中的夕阳与晚霞蕴含着神的意旨，夜空中的星光，成为导引世人的神灵，这里的自然显然已经不是现代科学视野中的自然。神性的自然更为突出地表现在两首《晚祷》中。在《晚祷（一）》中，树影、草坡、明月、天空共同构成"我"叩拜上帝的圣殿。诗人祈祷："万能的上帝！/求你丝丝的织了明月的光辉，/作我智慧的衣裳，/庄严的冠冕，/我要穿着它，/温柔地沉静地酬应众生。"在《晚祷（二）》中，繁星成为上帝的灵光：

> 这一星星——点在太空，
>
> 指示了你威权的边际，
>
> 表现了你慈爱的涯涘。
>
> 人物——宇宙，
>
> 销沉也罢，
>
> 晦冥也罢，
>
> 我只仰望着这点点的光明！

这样的自然在冰心其他体裁的作品中也有很多，如小说《月光》《遗书》《悟》，散文《山中杂感》《寄小读者》《绮色佳 Ithaca》等。在《月光》中，维因陶醉于自然之美，面对人世的繁杂、庸俗，人生的无意义，他在自然中寻得了精神家园，最终融入月下湖波。正如范伯群所言："自然在冰心的心目中，形成了一种宗教式的迷恋。"[①]

关于"爱的哲学"，一方面应该看到它背后浓厚的基督教色彩，基督教是其主要文化资源；另一方面还应该看到，冰心的主要成就并不是"圣诗"之类的宗教诗歌，而是能够在基督教基础上创造性地形成自己对于生存意义的解答。"爱的哲学"是对于基督教的创造性改造，她没有简单地皈依宗教，消失在上帝的灵光里，而是作为一个独立的生存者走上自己的追问之路。

（二）对"爱的哲学"的再度超越

虽然冰心将人的终极关怀从神殿中移出来，转化为个人的生存探寻，但是简单的"爱的哲学"又注定只能是生存探寻之路上的一个驿站。人，总是处于自我生成的过程之中，价值关怀也必然处于不断地发展之中，"爱的哲学"不可能成为最终的答案。且不谈"爱的哲学"在冰心步入中年后逐渐演变为现实层面的意义，失去超越性，即使在当时冰心就已经意识到"爱的哲学"仅仅是一种慰安。

在《往事·序诗》中，"爱的哲学"已经坍塌。这首诗可以说是冰心诗歌中生存探寻的典范之作。诗中塑造了一个在孩子的引领下卖唱的盲人，盲人显然象征着冰心迷失了目标、丧失了意义的生命状态，卖唱象征

---

① 范伯群、曾华鹏：《论冰心的创作》，范伯群编：《冰心研究资料》，北京出版社 1984 年版，第 274 页。

着文学创作，孩子象征着"爱的哲学"。

诗歌开篇写道："我是一个盲者，/看不见生命的道途"，这是诗人自我精神的写照。这个盲者只有在孩子的引领下，才能够踏上通衢，孩子显然喻示着"爱的哲学"。盲者"心头有说不出的虚空与寂静/心头有说不出的迷茫与糊涂"，这正是冰心的心理状态。

"第一部曲是神仙故事"，很容易让人联想到基督教，想到冰心的"圣诗"，由此盲者得来了"人声哗赞"。但是他弹唱的第二部曲却只得到嘘声：

> 第二部曲我又在弹奏，
> 我唱着人世的欢娱；
> 鸳鸯对对的浮泳，
> 凤凰将引着九雏。
>
> 人世间只有同情和爱恋，
> 人世间只有互助与匡扶；
> 深山里兔儿相伴着狮子，
> 海底下长鲸回护着珊瑚。
>
> 我听得见大家嘘气，
> 又似乎在搔首捋须；
> 我听得见人家在笑，
> 笑我这般的幼稚，痴愚……

这一部分显然是在表现"爱的哲学"。当冰心停留在神的世界中，她得到赞美；当她试图用"爱的哲学"拯救人间，就显示了它的虚幻无力，无法令世人信服，得到的只有嘲笑。由此可以联想到当时左翼文学以及现实主义评论家对冰心"爱的哲学"的不屑与指责。第三部曲还没有开始，孩子却已经不见了：

> 小孩子，你天真已被众生伤损，
> 大人的罪过摧毁了你的无辜，

觉悟后的彷徨使你不敢引导，

你茫然的走了，把我撒在中途！

这里受伤的显然不只是诗中的小孩子，更是冰心"爱的哲学"。失去孩子引导的盲者，正是失去爱的信念的冰心，她被抛在生命的中途，无所适从，四顾茫然。但是盲者仍然要坚强地前行，仍然要高唱，要用歌声填满人生的虚无。

这首诗可以说是解开冰心前期创作的钥匙，是她对自己创作生涯、创作心态的诗化阐释。茅盾当年的文章《冰心论》就深得这首诗的启示。20 世纪 30 年代也有论者给予该诗很高的评价："这首诗无论如何是很好的诗歌，不管在思想、格调方面，都是很占优胜的，至少，比她写《繁星》、《春水》等的时候要好得多了。"①

其实，冰心从一开始就不是对"爱的哲学"确信无疑的，正如同她没有确信基督教与上帝一样，这二者都只是给予她暂时的精神慰安，怀疑与虚无始终纠缠在她的创作中。可以说，冰心对待基督教、"爱的哲学"的态度与冯至对待"蜕变""关联"的态度、穆旦对待"肉体"的态度如出一辙。它们既是诗人的精神慰安、灵魂小憩，也是在生存探寻之路上创生的意义的驿站。在生存探寻的途中，一切的意义形态都注定是权宜之计，所有的意义都不是终极的，而仅仅是功能性的。

冰心不仅在《繁星》中充满怀疑、虚无情绪，就在写出《圣诗》、《晚祷》之后的两年里，她又写出了充满虚无、怀疑情绪的《解脱》。在这首诗中，冰心抛开了一切慰藉，抛弃了宗教与"爱的哲学"的保护，直面虚无。走出意义的保护，意味着独自面对生存困境，经受虚无的折磨，但同时她也获得了自由，成为独立的存在者。她"鹤一般的独立""云一般的自由"，然而她也面对着"无边的黑海"。此时她不再叩拜上帝，也不再投入母亲的怀抱，而是勇敢地鞭自己的影子。

冰心鞭自己的影子，正是对生命的考问，对生存意义的追问。诗中写道：人生本来就是不分明的梦，人却要它分明，所以就有了烦恼。这正是她对人生的认识：人生本来没有意义，人却必须寻找意义。最后诗人的结

---

① 张逸菲：《〈往事〉与冰心女士》，范伯群编：《冰心研究资料》，北京出版社 1984 年版，第 394 页。

论是："人生纵是一个梦"，也要做"一个分明的梦"。冰心看到生命无意义，但仍然在无意义中按照有意义的方式去生活，从而暂时悬置了意义。但是她没有明白生存的过程正是一个创造意义的过程，意义需要人去赋予，此在是不断地自我绽开，人是不断地自我生成，"存在者的'本质'在于它去存在"①。一个固定不变的、形而上学的生存意义必然是虚假的，没有一个不变的终极价值在彼岸等着人去采摘。

在《解脱》中，不论诗人对人生采取多么积极的态度，最终还是不能解答生命的终极意义，只能重新回到虚无。由"沉思里拾起枯枝，/慨然的鞭自己/地上月中的影子"，到"沉思里抛了枯枝，/悠然的看自己/地上月中的影子"，正是一次生存探寻的过程。最终结果还是不能战胜虚无，只能悬置意义，采取一种积极的态度对待人生。宗教以及"爱的哲学"并没有使她摆脱虚无的纠缠，她并没有找到灵魂的家园。

如果把冰心其他体裁的创作作为材料纳入考察视野，可以更为清楚地看到，"爱的哲学"不过是一种自欺欺人的慰安，连冰心自己也不能确信。"爱的哲学"只不过是蒙在虚无之上的一张美丽的面纱而已。

就在她创作"圣诗"的当年，她还创作了《问答词》《我》《最后的使者》《除夕》等，这些作品都充满着虚无意识。在《问答词》中，当宛因问及"我"所宣扬的"爱的哲学"的时候，我说："这只是闭着眼儿想着，低着头儿写着，自己证实，自己怀疑，开了眼儿，抬起头儿，幻像便走了！乐园在哪里？天国在哪里？""我已经入世了。不希望也须希望，不前进也须前进。车儿已上了轨道了，走是走，但不时的瞻望前途，只一片的无聊乏味！这轨道通到虚无缥缈里，走是走，俊彩星驰的走，但不时的觉着，走了一场，在这广漠的宇宙里，也只是无谓！"在《最后的使者》中，冰心干脆承认诗人祈求来的双翅洁白的婴儿，不过是给予人迷醉和蒙蔽："'神呵，你可怜见他们激箭般的年月，也为着完成了我的使命，又何妨使他们暂时痴狂沉醉？我原知世上到头都是空虚，但也何妨使他们暂时蒙蔽？'"

其实，当年茅盾在《冰心论》中同样看到了这一点，所以他认为："爱的哲学"不过是冰心"灵魂的逋逃薮"、"定心丸"和"橡皮衣"②。

---

① ［德］海德格尔：《存在与时间》，陈嘉映、王庆杰译，三联书店1987年版，第52页。
② 参见茅盾《冰心论》，范伯群编：《冰心研究资料》，北京出版社1984年版，第240页。

但是，茅盾的批评只停留在现实层面，所以无法认识其中的原因与深远意义。

（三）其他诗人

陈梦家是后期新月派诗人，生长在宗教家庭。父亲一生致力于传教、宗教著述等工作，是南京西城某神道学院的提调和创办人。虽然在陈梦家还是婴孩的时候就曾经受洗，但是他最终并没有皈依基督，他曾经说："我不信仰任何的神，自己的行为是不必要谁饶恕的。"① 不过，早年基督教文化的熏陶给他留下了深刻的精神印记。"每个礼拜天，我们听见四根杆子大钟摇响，即时欢欣起来，换了干净衣服去了。在那儿有主日课专对孩童讲述圣经上的故事，这些含有喻义的故事，促成我对于文学的爱好。而且那两小时静默无哗的礼拜，那庄严的仪式，让我们一刻间感觉灵魂的清涤，恍如入于神圣境界……"② 即使在成年以后，听到儿时唱过的赞美诗仍然深受感动："一种温柔的心使我回到从前的童年，满身舒快，平和无杂念，我会闭目静思过去黄金光彩的一瞬，终至受感动而流泪。"③

陈梦家的诗歌创作时间不长，主要集中在 20 世纪 30 年代，出版了《梦家的诗》《铁马集》等。这样的宗教背景对陈梦家的诗歌有很大的影响，方玮德在《铁马集·玮德旧跋》中就谈到陈梦家诗中的基督教气息："我知道梦家的先人以及他的外家都是有名的景教牧师，这是对于他极其有影响的。他自己并不皈依基督教，然而在他的诗里，处处可以透出这方面潜伏的气息，因这气息便觉得他的诗有说不出的完美，有无上内涵的聪慧"④。近年来，也有学者指出："陈梦家在其诗歌创作中对心目中那种具有形而上意味的'大爱'精神的向往，以及对于超越尘世的'真实的美'的追求，都影影绰绰地闪现着希伯来宗教的'灵光'。"⑤

在陈梦家的诗中，直接取自基督教的语言、意象、题材很多，与之相比，真正的宗教精神倒在其次，更谈不上信仰。在《叮当歌》中，对于教堂的深情不过是个人童年的诗意记忆，与一个在军营长大的孩子听到军号的感觉一样，这是人性的，而不是神性的。在《圣诞歌》中，圣诞节

① 陈梦家：《青的一段》，陈梦家：《梦甲室存文》，中华书局 2006 年版，第 91 页。
② 同上书，第 98 页。
③ 同上书，第 97 页。
④ 方玮德：《铁马集·玮德旧跋》，陈梦家：《铁马集》，上海书店 1992 年影印本，第 9 页。
⑤ 陈山：《陈梦家论》，《中国现代文学研究丛刊》1988 年第 3 期。

不过是一个温馨、欢快的人间节日。事实上，与其说他的诗中有宗教精神，不如说他的诗中表现出对于生命终极意义的关注。所以有学者指出："宗教，对于诗人陈梦家，是一种修养。这表现在，宗教对他并不是一种皈依诱惑，而是一种对生命奥秘的深切感悟、人格的自我塑造，是一种对宇宙神秘的体验、对超然之爱的崇敬。"①

《自己的歌》一诗尤为鲜明地表现了这种倾向。诗人将这首诗命名为"自己的歌"，可见它在诗人心目中的位置。这首诗虽然使用了很多宗教典故、宗教语汇，却是反宗教的。诗中，"苍天""上帝"都是神的形象，"苍天""捏成了人的罪""像骆驼往针眼里钻"都来自宗教典故。但是这些因素在诗中并不是用以弘扬宗教信仰的，而是诗人生存探寻的材料。"苍天"与"上帝"的混用，显然是为宗教所不允许的。"苍天"在中国传统观念中，或者是一个至高的人格神，或者是一种人无法左右的至高规律，总之是一种超越于人之上的、冥冥之中的一种主宰力量。诗中的"苍天"与"上帝"可以任意替换，相互借代。在诗的前面是"苍天"，中间是"司幕的人"，最后变成了"上帝"，显然都是同一个所指。"像骆驼往针眼里钻"显然是化用基督教典故，但原意是指得救的艰难，在这首诗中却指要保持自己的"一丝灵魂"、保持清醒不被迷惑是如何艰难，这是化用基督教典故用来反基督教。

诗中的"我"是一个主体意识极强的人，拒绝成为上帝的"玩偶"和"刍狗"。从"苍天也有它不赦的错"到"这原是苍天的错，捏成了人的罪"，不仅不接受原罪，而且将责任推给上帝，否定了基督教的原罪。诗人看到人世的黑暗虚无，但是他拒绝皈依宗教，而是坚持唱"我自己的歌"。

与冰心、陈梦家等有着较为深厚的宗教背景不同，另外一些诗人更为轻灵地穿越基督教，将其化为资源，用以探寻生存意义，例如在周作人、冯至、穆旦的诗歌中都能看到这种现象。在他们的诗中，基督教失去了神圣性，成为诗人可以任意选择的生活道路、人生方式。

　　　　荒野上许多足迹，
　　　　指示着前人走过的道路，

---

① 许正林：《中国现代文学与基督教》，上海大学出版社 2003 年版，第 129 页。

有向东的，有向西的，
也有一直向南去的。
这许多道路究竟到一同的去处么？
我相信是这样的。
而我不能决定向那一条路去，
只是睁了眼望着，站在歧路的中间。
我爱耶稣，
但我也爱摩西。
耶稣说，"有人打你右脸，连左脸也转过来由他打！"
摩西说，"以眼还眼，以牙还牙！"
吾师乎，吾师乎！
你们的言语怎样的确实啊！
我如果有力量，我必然跟耶稣背十字架去了。
我如果有较小的力量，我也跟摩西做士师去了。
但是懦弱的人，
你能做什么事呢？

——周作人《歧路》

在这首诗中，耶稣不是神，而是人，不是不可怀疑的神圣信仰，而是可以任意由我选择的路，而且是许多条路中的一条。诗中的耶稣不是我的"主"，我是自己的"主"。为了更好地理解这首诗，可以参看周作人在《山中杂信》中的一段文字，与《歧路》的写作时间相差仅一个多月。

般若堂里早晚都有和尚做功课，但我觉得并不烦扰，而且于我似乎还有一种清醒的力量。清早和黄昏时候的清澈的磬声，仿佛催促我们无所信仰无所归依的人，拣定一条道路精进向前。我近来的思想动摇与混乱，可谓已至其极了，托尔斯泰的无我爱与尼采的超人，共同生活主义与善种学，耶佛孔老的教训与科学的例证，我都一样的喜欢尊重，却又不能调和统一起来，造成一条可以实行的大路。我只将这各种思想，凌乱的堆在头里，真是乡间的杂货一料店了。

此时的周作人正是失去了一个安全的价值体系的庇护，没有一个可以安身立命的生存意义，无法选定生命的路。他在彷徨中寻找，在茫然中失措，伫立在无数的歧路中间，无所适从。此时无论是耶稣、摩西，还是托尔斯泰、尼采、"耶佛孔老"都只是他生存探寻的文化资源。

在冯至的《黄昏》中，诗人"在这黄昏里的路上彷徨"，不知自己从什么地方来，更不知道要到什么地方去，"我要去的到底是什么所在？／是不是那丰饶的人生的花园，／但那花园却永久地把我关在门外！"此后诗人面临着多种选择，其中第一个就是宗教的诱惑：

> 我走过一座书店的门前，
> 书店的主人和蔼地向我招呼：
> "请你看这书架上是怎样地辉煌，
> 有孔子，有释迦，还有耶稣；
> 只要你化去少数的银钱，
> 便不难买到你一生走不尽的途程。"
> 我想，人间当真有这样平稳的事体，
> 为什么人人的灵魂还是不得安宁？
> ……

最终诗人没有皈依宗教，而是继续前行。在烟卷公司、在酒店、在象征了爱情的鲜花中他都没有找到归宿，"丰饶的花园依然是紧紧地关闭"。在另一首《艰难的工作》中，上帝交给"我"的"艰难的工作"正是要"我"为生命建立终极关怀，找到生存意义，但是"我"最终只有无奈与失望。这首诗很有意思，从常理上说，应该是人向上帝索要意义，正因为上帝赐予人意义，人才会信仰上帝。但是在这首诗中，却是上帝要人去寻找意义。这一方面说明上帝不能给诗人提供意义，另一方面，也说明寻找意义是人与生俱来的宿命。

最后再来看穆旦的诗。关于穆旦诗中的宗教意识，前人已经有很多研究成果，前文也谈到《忆》一诗。事实上，宗教在穆旦诗中不过是生存探寻的文化资源，在穆旦的诗中，对于宗教的怀疑成分远远大于信仰成分，至于绝无仅有的《忆》，不过是穆旦的一次精神小憩。在更多的诗中，穆旦对于基督教是怀疑甚至讥讽的。在《他们死去了》中，穆旦谴责上帝的冷酷无情。当可怜的人们死去了时，我们却"听见上帝在原野上/在树林和小鸟的喉咙里情话绵绵"。"他们是为无忧的上帝死去了，/他们死在那被遗忘的腐烂之中。"在《我向自己说》中，穆旦不甘于"命定的绵羊的地位"，在神坛下忏悔之时，"暗笑"却在周身传开，"我仅存的血正恶毒地澎湃"。虽然在穆旦的诗中经常出现"上帝""主"等词语，但那不过是一种借用，用以维系他追求超越的精神指向，事实上穆旦否认一切神的存在。在《神魔之争》中，他借"魔"的口说出对于神的怀疑："O，天！/不，这样的呼喊有什么用？/因为就是在你的奖励下，/他们得到的，是耻辱，灭亡。"

基督教对于中国现代诗人而言，是一种具有超越性的文化资源，而不是一种宗教信仰。身处价值转型时期，诗人亟待为生命寻找价值关怀，基督教也便进入了诗人的艺术视野。由于中国传统文化中彼岸意识较为淡薄，基督教也就成为现代诗人生存探寻的重要文化资源。他们虽然在上帝那里得到了慰藉，得到抵抗虚无的力量，但是并没有迷失在宗教的梦中，没有在神的光环里消隐自己。虽然一些诗人也曾经在宗教的天国驻足，但最终还是宁愿返回痛苦的人间，艰难地踏上生存探寻之路。

第二节　在"空"与"色"之间徘徊：以佛教为文化资源的生存探寻

在现代中国，佛教对文学的影响远远不及古代，但是由于佛教已经深深融入传统文化，散播于日常生活之中，所以对文学潜移默化的影响仍然不可估量，对于现代诗歌而言，也是如此。佛教曾经为古代中国人提供了终极关怀，成为文化生活中不可或缺的重要组成部分，虽然在现代中国遭遇严峻挑战，但是对于身处文化转型时期急需价值关怀的中国现代诗人而言，仍然不失为一种可以利用的文化资源。对于一些生长于佛教家庭、佛教盛行地区的诗人而言，当其面对虚无、寻求价值关怀之时，佛教就成为重要资源。在这方面成就最为突出的是废名，所以本节以废名为中心，兼及其他诗人的作品。

一　佛土上的家园：在"空"中沉没

废名是中国现代诗人中极为罕见的曾经真正在精神上皈依佛教的人，

他在文章中曾经明确表示："我信佛，信有三世。"① 在《阿赖耶识论》中，他批评康德和中国的程朱一派说："可惜他们终是凡夫，不能进一步理智与宗教合而为一了。照我的意义，哲学进一步便是宗教，宗教是理智的至极。"② 至于废名所说的"理智"的具体内涵是什么，在这里无须深究，只就他认为宗教高于哲学来看，他已经不是从哲学的角度认识宗教，而是从宗教的角度看待哲学了。

废名出生于湖北黄梅，黄梅是佛教史上的圣地。据冯健男介绍："禅宗五祖弘忍是黄梅人，他受衣钵于四祖道信，传衣钵于六祖慧能，这在佛教史和哲学史上是有名的和重要的事情。黄梅县城外西南一里许有东禅寺，是慧能受于弘忍处；县城外西北三十华里有四祖寺，县城外东北二十五华里有五祖寺，都是著名的丛林，尤其是五祖寺，规模宏大，建筑成群，不仅是佛教圣地，而且是旅游胜境。"③ 废名在黄梅生活到 16 岁，这期间五祖寺、东禅寺香火不绝，使其深受佛教文化的熏浸。

废名在北平大学求学期间，仍不忘研读佛经，曾经因佛学见解不同而与熊十力扭打，此事被周作人写入文章，被后人传为趣闻。"废名平常颇佩服其同乡熊十力翁，常与谈论儒道异同等事，等到他着手读佛书以后，却与专门学佛的熊翁意见不合，而且多有不满之意。有余君与熊翁同住在二道桥，曾告诉我说，一日废名与熊翁论僧肇，大声争论，忽而静止，则二人已扭打在一处，旋见废名气哄哄的走出，但至次日，乃见废名又来，与熊翁在讨论别的问题矣。"④

20 世纪 30 年代中期，废名更加专注于佛学研究，最终于抗战期间完成了《阿赖耶识论》。该书反驳熊十力的观点，反对进化论等"近代思想"，同时鲜明地表达了废名的宗教信仰："我所宗仰的从我的题目便可以看得出是佛教。"⑤

废名不像一般文人那样只对佛教义理感兴趣，不事修行。据说废名坐禅功夫不在僧人之下，入境后，身体自然舞动，"有如体操，不能自已，

---

① 废名：《阿赖耶识论》，辽宁教育出版社 2000 年版，第 22 页。

② 废名：《阿赖耶识论·序》，废名：《阿赖耶识论》，辽宁教育出版社 2000 年版，第 2 页。

③ 冯健男：《说废名的生平》，《新文学史料》1984 年第 2 期。

④ 药堂（周作人）：《怀废名》，陈振国编：《冯文炳研究资料》，海峡文艺出版社 1991 年版，第 59 页。

⑤ 废名：《阿赖耶识论》，辽宁教育出版社 2000 年版，第 2 页。

仿佛自成一套……其中学同窗有为僧者，甚加赞叹，以为道行之果，自己坐禅修道若干年，尚未能至"①。抗战前，废名在北京大学任教，曾将家人打发回老家，一个人住在雍和宫的寺庙里。

1931年，废名在北京西山卜居期间创作了一批禅意盎然的诗歌。此时，他热衷于佛理，经常打坐参禅。废名曾在文章中记述了这段生活："我于民国十六年之冬日卜居于北平西山一个破落户之家，荏苒将是五年。这期间又来去无常。西山是一班士女消夏的地方，不凑巧我常是冬天在这里，到了夏天每每因事进城去。"② 废名在这里创作了大批诗，原想整理出版，最终未能如愿。今天只能见到《〈天马〉诗集》一文，大概是他为诗集所写的序言，由此可见废名当时的创作状况。"我于今年三月成诗集曰《天马》，计诗八十余首，姑分三辑，内除第一辑末二首与第二辑第一首系去年旧作，其余俱是一时之所成；今年五月成《镜》，计诗四十首。"③

> 耶稣叫我背着十字架跟他走，
> 我想我只有躲了，
> 如今我可以向空中画一枝花，
> 我想我也爱听路上的吩咐，
> 只是我是一个画家，
> 一晌以颜料为色，
> 看不见人间的血。
>
> ——《耶稣》

废名的诗以晦涩难懂著称，其中包含内容与表现两个方面的原因。从内容来看，废名的诗有着深玄的宗教背景，不了解佛理禅机的人自然难以体会诗中的意蕴，这种晦涩不能只责怪作者。废名也说："有许多人说我的文章 obscure，看不出我的意思。但我自己是怎样的用心，要把我的心

---

① 药堂（周作人）：《怀废名》，陈振国编：《冯文炳研究资料》，海峡文艺出版社1991年版，第59页。

② 废名：《今年的暑假》，冯健男编：《废名散文选集》，百花文艺出版社1990年版，第58页。

③ 废名：《〈天马〉诗集》，止庵编：《废名文集》，东方出版社2000年版，第223页。

幕逐渐展出来！我甚至于疑心太 clear 得利害。"① 废名诗的晦涩也表现出他在艺术手法上确实存在问题，卞之琳就曾经指出："他的分行新诗里，也自有些吉光片羽，思路难辨，层次欠明。他的诗，语言上古今甚至中外杂陈，未能化古化欧，多数佶屈聱牙，读来不顺，更少作为诗，尽管是自由诗，所应有的节奏感和旋律感。"②

回到《耶稣》这首诗来看，初看上去很晦涩，其实只要懂得一些禅宗知识，并不费解。"耶稣叫我背着十字架跟他走／我想我只有躲了"，这是无须多做解释的，这是说诗人拒绝皈依基督教。

为了更好地理解这首诗，先来看写于同期的《上帝的花园》一诗。该诗对上帝很不以为然："上帝呀，／你的花园好不神秘，／以前伊在那里？／如今我晓得伊在那里，／我却一个人在你的花园里寻寻觅觅……"诗人走在上帝的花园里，像是在朋友家散步一样轻松，仿佛上帝不过是他的一位好友。同时，诗中存在着两个花园：一个是"我"的花园，一个是上帝的花园，两个花园处于平等地位。"我"去上帝的花园是为了找"伊"，同时顺便走走看看，显然诗中的"我"与上帝处于平等位置，在基督教看来，这显然是对上帝的大不敬。诗人继续写道："我想着把我的花园里画一枝佛手"，这时我的花园显然已经不那么简单了。花园是要种花的，但是废名却不是种花，而是"画"，这里就充满禅机了。不仅如此，画的不是花，而是佛手。这时"我"的花园已经不是一般的花园，而是一个信佛的人的心境了，是佛家心中的花园。按照禅宗的观点，人人心中自有佛性，只要能够破除迷妄，摆脱无明，就能孤明独发，明心见性，于是自己就成了佛。如此一来，我的花园就是佛的花园，在不信仰基督的废名看来，佛的花园何以不可以与上帝的花园同等看待？

再回到《耶稣》一诗，诗人在拒绝了耶稣的引领之后，"向空中画一枝花"。在《上帝的花园》中，他是在花园画了佛手，在这里干脆向空中画一枝花。"画"作为动词，在废名现存不多的诗作中经常出现，是很值得深究的一个现象。除去上面提到的两首，还有"梦中我画得一个太阳"（《梦中》），"爱画梦之光阴"（《空华》），"厌世诗人我画一幅好看的山

① 废名：《说梦》，陈振国编：《冯文炳研究资料》，海峡文艺出版社 1991 年版，第 101—102 页。

② 卞之琳：《冯文炳（废名）选集·序》，《新文学史料》1984 年第 2 期。

水，/小孩子我替他画一个世界"（《梦之使者》），"我催诗人画一幅画罢"（《画》），"我想我画一枝一叶之何花？"（《点灯》）从这些诗句来看，不论是"诗人""厌世诗人"还是"我"，应该指的都是废名自己。诗人不去写诗，却要作画，这其中很有意味，而且画的又不是真正的画，多是虚空中的、空想中的画，其中正是大有禅机。《楞伽阿跋多罗宝经》（第 1 卷）在阐述禅宗眼中的自然时，就是以画作喻："譬如工画师，及与画弟子，布采图众形，我说亦如是。彩色本无文，非笔亦非素，为悦众生故，绮错绘众象。"在禅宗看来，自然万物都是心相外化，都是虚无之物，是空。但是，这个"空"并非存在于"色"以外，而是以色证空，借境观心。正如马祖道一所说："凡所见色，皆是见心。心不自心，因色固有"（《祖堂集》卷 14）。由此看来，为求得禅悟，一方面要视自然万物为空，同时又不能脱离自然万物，要借境观心。自然万物就如同画中山水，既空又不空，既虚无又蕴含真理。废名正是深得此道，一再在诗中作画。

　　在《耶稣》中，废名又说自己看不见人间的血。在佛家看来，世间万象都是色，都是空，血也是空。所以在废名眼里血与颜料无异，不过是给他作画的。修禅的人要由色悟空，人间的苦难，不论是十字架还是血，都是空，都是给我参禅悟道的"画"而已。视世间万物为空的废名自然不会听从耶稣的吩咐，不会肩起十字架，而是在空寂中解脱了凡尘。

　　以上从佛禅的角度解读这首诗，是为了突破它深玄的禅学背景，在此基础上，再来看这首诗与生存探寻的关系。在《耶稣》一诗中有三个角色：一个是代表基督教的耶稣，一个是"我"，还有一个就是佛。佛在禅宗里就是我心中的佛性，在诗中就是那个成为"画家"之后的"我"。诗中的十字架和血都是属于基督教的，画家与花属于佛教，属于这个尚未成佛的"我"的就是"路"和"走"。作为精神的"走"，可以向外"走"，皈依一个外在的上帝，也可以向内"走"，孤明独发，明心见性。关键的是这个"我"在"走"，而且可以有意识地选择自己的"路"。他拒绝了耶稣，走向佛禅，这正是一个自我选择的过程，自我创造的过程，也就是此在起来的过程，这正是一次生存探寻。但是，走入宗教的生存探寻，注定要走向自我消解，在宗教的沉醉中，中止了"路"的延伸，所以我们在废名以下的诗中看到了自得而圆满的禅悦境界。

我独立在池岸，

望那一朵好花，

亭亭玉立

出水妙善——

"我将永不爱海了。"

荷花笑道：

"善男子

花将长在你的海里。"

——《海》

　　这是废名自己最喜欢的一首诗。他曾经说："我当时自己甚喜欢它。要我选举我自己的一首诗，如果林庚不替我举《妆台》，我恐怕是举这首《海》了。"[1]诗人立在池边看花，这样一朵"亭亭玉立""出水妙善"的荷花，对于佛家而言不是一般的花，其出淤泥而不染的品行，深得佛家喜欢。在佛经中，经常以莲花为喻，如"譬如莲花出自淤泥，色虽鲜好，出处不净"（《大智度经·释初品中尸罗波罗密下》）。"清白之法最具圆满……犹如莲花，于诸世间，无染污故"（《无量寿经》）。另外，佛座也被称为"莲台"，佛国也被称为"莲界"。

　　在佛教中，荷花代表着佛性，人可以因观花而悟道。在《海》中，废名面对荷花，自然心领神会，诗人说"我将永不爱海了"。这里的海如何解释？从全诗背后的佛学理路来看，应该是废名观花悟道，舍弃现实，进入禅境，所以这里的海应该是指俗世，就是色界。同时，考察"海"这个意象在废名诗歌中的象征意蕴，也是如此。在《妆台》中，诗人梦见自己是个镜子，沉到海里也是个镜子；在《十二月十九夜》中，深夜独坐，燃起一盏灯，便有了"身外之海"。在这两首诗中，海就是俗世和色界。由此来看，《海》中出现的第一个海，应该是指现实世界。当诗人要弃绝现实世界的时候，"荷花笑道：／'善男子/花将长在你的海里。'"如何理解"你的海"？这个海肯定与前面的海不是一个海。按照禅宗的观点，一切物象都是心相的外化，如此来看，这个海是心海。按照禅宗的观

　　①　废名：《〈妆台〉及其他》，陈振国编：《冯文炳研究资料》，海峡文艺出版社1991年版，第113页。

点，人人皆有佛性，"善男子"观花悟道，心中佛性显现，自然就有荷花开在他的心海之中了。

　　在禅宗看来，一切众生都有佛性，只是不能认识自己的佛性，这就是无明。众生可以通过修行"见"自己的佛性，就是明心见性。一旦进入这个境界，就会得以解脱，所以，禅宗的终极关怀就是明心见性。废名的诗正是刻画了这种境界。在《无题》中，"得到解脱""微笑死生"；在《梦中》中，在梦与现实之间悟得一个"空"；在《自惜》中，"自喜其明净"。

　　但是，佛禅并没有真正实现人的自我超越，佛教以"空"为本，认为一切事物包括人自身都不是实体，没有"自性"，唯有"空"才是最高的实体，才是世界的本体。当废名进入这样的境界，主体在"空"中消亡，追问自然中止。正如冰心等人在耶稣面前变为弱者，不再言语和思量一样，废名在落入空寂之后，在觉悟解脱之后，也不再言语和思量，而只有在禅悦中沉醉，生存探寻也到此中止了。

　　前文提到的冰心与陈梦家，虽然深受基督教文化的影响，但是毕竟不是基督徒，宗教对于他们而言，不过是生存探寻的一种文化资源。当他们向宗教寻求资源之时，必然不会仅仅局限于基督教，蕴含在中国人精神深处的佛教精神，像空气一样散播在中国人日常生活中的佛教文化必然会进入他们的视野。

　　　　灵台上——
　　　　燃起星星微火，
　　　　黯黯地低头膜拜。

　　　　问："来从何处来？
　　　　去向何方去？
　　　　这无收束的尘寰，
　　　　可有众生归路？"

　　　　空华影落，
　　　　万籁无声，
　　　　隐隐地涌现了：

是宝盖珠幢，

是金身法相。

……

——冰心《迎神曲》

这又是一首直接向神追问生存意义的诗歌。此时，冰心面前呈现的不再是繁星在天，不再是漫天飞舞的天使，不再是上帝，是灵台上的星星微火，是隐隐涌现的"宝盖珠幢""金身法相"。冰心不仅向上帝祈求爱的庇护，此时又向佛膜拜，求问生命的来处与归宿。不论是基督还是佛，其实都是她生存探寻之路上的凭借之物，谈不上虔诚的信仰。不论是冰心的《迎神曲》还是《送神曲》，神都没有给出明确的回答，几句没有人能够解释的偈语，把读者和作者一起抛入迷雾之中。

陈梦家的《观音》写出了佛教给予人的心灵安慰："大慈悲的眼睛发出金光；/伸出你引渡的手，施舍/给虔人无量求讨的希望。""就在黑夜里也是光明，/你不熄灭的心——长明的灯。"永远给你希望，永远给你光明，永远向你伸出引渡的手，这样的大慈大悲、救苦救难的神慰藉了多少代中国人的心灵。直至今天，仍然是香火旺盛，令无数人双膝跪倒，潸然泪下。同样的沉醉也表现在金克木的诗中，让我们以其《题〈蝙蝠集〉集尾》中的诗句结束这一小节：

小儿可以在黯夜中跟邮筒私语，

那么僧伽何以不能高奏梵曲呢？

夜无尽，铙钹声不停，

南无阿弥陀佛永在。

愿孤魂来领甘露味。

但我并非发卖慈悲。

静对着远方来信，

我心随万物俱化了。

……

二 对佛禅的超越：不能割舍的人间情怀

同冰心不能确信基督教和"爱的哲学"、无法安居于基督的天国一样，废名的诗也不时流露出与佛禅境界不符的情绪。不论废名后来撰写《阿赖耶识论》期间是否真正皈依了佛门，是否得到解脱，至少在他卜居北京西山期间，在创作《海》《耶稣》等诗的同时，还创作了不少佛性不纯的诗，可以看出他对于"身外之海"，依然有着难以割舍的情感，有时甚至表现得非常强烈。

《妆台》常常被视为废名的代表作之一，该诗创作于《海》之后4天。

> 因为梦里梦见我是个镜子，
> 沉在海里他将也是个镜子，
> 一位女郎拾去，
> 她将放上她的妆台，
> 因为此地是妆台，
> 不可有悲哀。

废名曾经谈到这首诗的创作心境："当时我忽然有一个感觉，我确实是一个镜子，而且不惜投海，那么投了海镜子是不会淹死的，正好给以女郎拾去。"① 由此来看，解读这首诗的关键就是读懂这面镜子。镜子的意象在废名的诗中出现得非常频繁，可以说"镜"的意象也是打开废名诗这个黑匣子的一把钥匙。1931年，废名曾经打算结集出版两本诗集，其中一本就命名为《镜》。在《镜铭》一诗中，他以镜自比。诗中镜的意象就更多了，例如："如今我是在一个镜里偷生"（《自惜》）；"病中我起来点灯，/仿佛起来挂镜子"（《点灯》）；"海是夜的镜子"（《十二月十九夜》）；"我不愿我的镜子沉埋，/于是我想我自己沉埋"（《沉埋》）；"时间如明镜，/微笑死生"（《无题》）；"自从梦中我拾得一面好明镜，/如今我晓得我是真有一副大无畏精神"（《镜》）；"余有身而有影，/亦如莲

---

① 废名：《〈妆台〉及其他》，陈振国编：《冯文炳研究资料》，海峡文艺出版社1991年版，第111页。

花亦如镜"(《莲花》)。上述诗中镜的意象都蕴含着禅机。

镜子在佛教中是一个重要喻象，深谙禅机的废名自然懂得其中的奥妙。"明镜的作用是朗照对象，它圆明无垢，本身是虚空清净的，其中本没有像（相），然而它能映现万有，但所有像（相）也是虚幻的。显然，镜是心之喻。"① 修禅的人常常以镜比心，镜本身是"空"，但它能照见世间万物，同时世间万物也不过是心相的外化。"凡所见色，皆是见心。心不自心，因色故有。"所以，心与物的关系就像镜与镜像的关系。

搞清楚了这个禅学背景，这首诗就不那么玄奥了。在禅宗看来，人人心中都有佛性，正如人心中都有一面明镜一样，但是被种种迷妄所遮蔽，人的修行，"譬如磨镜，垢去明存，即自见形"(《四十二章经》卷一)。废名梦见自己变成了一个镜子，是暗示佛性显现。而后写道："沉在海里他将也是个镜子"。海的意蕴前文已经分析过，在这里可以理解为人世间、世俗人生。既然已经彻悟，证得佛性，即使处身俗尘，仍然不染于心，依然是"心如明镜台"。

到此为止，这首诗中的禅意依然纯净无瑕，但是后面就不同了，废名的人间情怀，对于人间的留恋，对于美的钟情开始流露出来。

既然"镜子"落入了俗世，那么被女郎拾去，放上妆台，也在情理之中，但是"因为此地是妆台，/不可有悲哀"就出问题了。先看妆台，世间万物本来就是"色"，是幻象，而妆台是化妆的地方，是在虚幻之物上再涂脂抹粉，在虚幻上再加一层虚幻，在迷妄之上再蒙上一层迷妄，可见这妆台距佛性更远了。在这种地方，禅家应该尤为超然，但诗人却是充满情绪的。废名的诗以节制情感而著称，甚至给人感觉情绪寡淡，所以这里的情绪就显得颇为突出。废名自己是这样解释的："女子是不可以哭的，哭便不好看，只有小孩子哭很有趣。所以本意在妆台上只注重在一个'美'字。"在修禅的人看来，美貌不过也是镜花水月，虚无之物，应该从中悟到"空"，但是废名注重的却是"美"。在佛家看来，"三界无安，犹如火斋"，沉迷其中，难逃轮回之苦。而废名置此于不顾，只希望女郎保持一个美的形象。可见废名对于"身外之海"还是迷恋的，他迷恋色界，不能看透色界的虚无，并从中证得佛性。可见，废名并没有真正彻悟和解脱，这个精神的港湾并不那么安全。

---

①　张节末:《禅宗美学》，浙江人民出版社 1999 年版，第 122 页。

再如《星》一诗：

> 满天的星，
> 颗颗说是永远的春花。
> 东墙上海棠花影，
> 簇簇说是永远的秋月。
> 清晨醒来是冬夜梦中的事了。
> 昨夜夜半的星，
> 清洁真如明丽的网，
> 疏而不失，
> 春花秋月也都是的，
> 子非鱼安知鱼。

　　如果只看前半部分，这首诗是纯净的佛家之诗。不论是星还是花影，都自以为自己是永恒的，就如同凡夫俗子把世间万物看成实在之物一样。其实，春花秋月不过是转瞬即逝的，是虚幻之物。此后，诗人又追述说，这些也不过是昨夜一梦，在虚无之上再加一层虚无，一切都是空。但是此后诗的内容开始转变，诗人以赞叹的口吻写道："清洁真如明丽的网，／疏而不失"。对春花秋月之类的事物极尽赞美，显然有违佛理，这同《妆台》结尾一样，表现出诗人对世间之美的留恋，过于执着于色本身，而不能由色悟空。最后一句"子非鱼安知鱼"，在佛家看来，更是犯了不可饶恕的错误。废名引用了庄子与惠子于濠梁之上的辩论："子非鱼，安知鱼之乐？""子非我，安知我不知鱼之乐"……（《庄子》）在纠缠不清的诡辩中，其实是把佛家眼中空与色的质的差别模糊了，这在佛家看来是大是大非的问题。佛家讲"色即是空"，是说色本身是空，要通过色悟到空，色本身没有意义，是虚无，是迷妄。"凡所见色，皆是见心。"但是在该诗中，废名却怀疑春花秋月可能也是真的，而且沉醉于春花秋月之美。这就可看出，废名还是一个人间的诗人，他并没有真正在禅宗中得到超脱。

　　在吴晓东《新发现的废名佚诗 40 首》一文中有一首《灯》，与人们过去常常论及的那首《灯》同名，这首诗同样表现了废名的人间之情、爱美之情。

　　人都说我是深山隐者，

　　我自夸我为诗人，

　　我善想大海，

　　善想岩石上的立鹰，

　　善想我的树林里有一只伏虎，

　　月地爬虫

　　善想庄周之鼋神，

　　褒姒之笑，

　　西施之病，

　　我还善想如来世尊

　　菩提树影，

　　……

　　《大乘起信论》中说："一切色法，本来是心，实无外色。若无外色者，则无虚空之相。所谓一切境界，唯心妄起故有。若心离于妄动，则一切境界灭，唯一真心无所不遍。"由此来看，《灯》中飞舞的想象不过都是"妄起""妄动"，按照佛理，应该"心离于妄动"，才能"唯一真心无所不遍"，但是废名却沉醉于这些"虚空之相"不能自拔。而且，在他想象的这些事物中，有不少是充满人间气息的。该诗后面的部分很是费解，但无论如何，如此沉溺对于人间事物的想象，总是有问题的。诗人自己对此也不以为然，所以开篇就说自己更希望成为诗人，而不是深山隐者。显然，此时的废名并不能让自己的灵魂安睡在佛界净土。

　　废名不仅多次表现出对于人间的留恋，对于"色"的沉醉，有时甚至直接写道："我害怕我将是一个仙人""我欣喜我还是一个凡人"（《掐花》）。可见，他并不是完全以佛理禅机决定进退，而是放任性情，以主体的意志决定取舍，不在乎是否合于佛法，不是让主体融化在佛禅的境界，而是让佛禅为我所用。正如一些学者指出的："废名对佛教禅宗的切入和痴迷，恰恰是与他对现实社会人生的某些本质问题的思考联系在一起的。"①

---

　　① 刘勇、李春雨：《论废名创作禅味与诗境的本质蕴涵》，《中国文学研究》2007 年第 1 期。

"废名的禅意更是一种'哲学'，一种关注生死问题的哲学。……很显然，废名希望以文艺的形式探索生命哲学的内容。"① 至此，可以清楚地看到，废名与那个时代的中国知识分子一样，同他的老师周作人一样，很难把灵魂安放在宗教之中，宗教只能是他们建立价值关怀的一种文化资源。虽然废名多次大谈自己如何信佛，但是他的诗却透露了人间情怀，表现了诗人对于"色界"的留恋。

金克木同样深受佛教的影响，以佛教文化为资源，甚至直接借用佛教方法进行生存探寻。金克木一般被看作现代派诗人，虽然他自己并不认同这样的归属。20 世纪 30 年代，他在北京求学、工作期间开始发表新诗，但是创作时间不长，创作量也不大。他回忆说："我写新诗寄出去发表是在 1932 年冬天，停下来是在 1941 年写《少年行丙》不成篇之后。1936 年出版诗集《蝙蝠集》。"② 金克木嗜好读书，而且不受学科限制，终其一生对世间万物充满着探索欲，生命的终极意义当然是他躲不开的问题。在他的创作中，有几首长诗颇为独特，集中表现了他的精神困惑与生存探寻。

作为在"五四"影响下成长起来的年轻人，金克木接受了现代科学世界观，同时又深受佛教哲学的影响。在他的诗中，两种世界观相互混杂，甚至交锋，共同指向对生存意义的探索。总体来看，虽然他试图用科学理性解释世界，但科学理性只能给他一个虚无的世界，所以他的诗常常借助佛教哲学来对抗由科学理性建构的虚无世界。

《宇宙疯》是金克木生存探寻的典范之作，其追问方式尤为独特，带有鲜明的佛教特征。佛教悟道的方式是所谓"闻声悟道，见色明心"，《宇宙疯》正是以这样的思路展开的。诗人于雨中独倚危栏，"雨声，风声，花声，树声，古屋的唏嘘，/以至于鸟声，兽声，人声，欢呼与啜泣""奔赴耳边""小山，小湖，少壮的洋楼以及衰颓的宫殿"映入眼帘。"我昂然直视，望入浩渺无尽的长天。"不仅如此，诗人还刻意进入佛教的静观状态，他抛开一切知识储备，卸去一切妄念，期待神的启示，等着我佛如来的指引。

---

① 张洁宇：《论废名诗歌观念的"传统"与"现代"》，《南京师大学报》（社会科学版）2008 年第 1 期。

② 金克木：《新诗集序》，金克木：《挂剑空垄：新旧诗集》，三联书店 1999 年版，第 7 页。

我遗弃了一切语言，忘却了一切文字，
不再分辨生命与死亡，光明与黑暗，
但等着我佛如来化我眼耳鼻舌身意，
然后从无边静观里将万古千秋重付与一声长叹。

此后诗人分别就世界的本质、生命的意义展开追问。追问星光灼灼的长空从何而来？追问星空是各种宇宙物质的战场还是天堂？是动还是死？是刹那还是永恒？最后的结论是：宇宙只是死寂的沙漠上一霎时的风雨。对于生命，诗人不能接受"无限中的灰尘""暴风雨中的蚊蝇"的状态，于是追问"这有什么意义？"但是追问的结果还是回到起点：虚无，只剩下"些许微末的灰尘在空中荡漾"。

在这一部分中，充满自然科学的语汇和观念：星空是流星、彗星、星团、星云等星际物质的战场，"燃烧是宇宙的生涯"，"你们的可怜的宇宙只是有限的气球，/以每秒钟万万光年的速度向死亡狂走"。这是一个现代人眼中的世界图景，是现代科学对于世界、对于宇宙和人生的解释。

佛教面对一个现代科学视野中的宇宙，变得软弱无力。它无力为诗人提供意义的保护，无力把人从"暴风雨中的蚊蝇"的可怜境地中解救出来。诗人只能继续挣扎在虚无之中。最后，他索性抛开现实，抛开面前的科学宇宙，进入宗教的冥想世界，在佛教的轮回中，找到归宿。这显然是牵强的，诗人自己也未必信服：

善人恶人都一概不分被邀入地狱。
死去几千年的鬼魂再重新爬出坟墓。
狮虎熊豹以及无数猛兽的狂吼新辟洪荒，
千岁的大恐龙也悠然自得地怪声叫好，
于是万年苦修的妖魔便都争先祭起法宝。
……
庄严灿烂的七宝楼台也在混沌中化成灰烬。
下迄十八层地狱，上至虚无缥缈的天官，
一切都在这混沌中消灭得无影无踪。
……
宇宙的玄机化成一阵儿啼，

一阵儿啼啼醒了新天新地。

一次冷静、严肃的生存探寻，就这样在虚妄的宗教狂想中结束了，这一部分无疑是失败的。在现代理性构筑的虚无世界中，诗人变得惊慌失措，进退失据。这首诗反映了在现代中国建立终极价值关怀是何等艰难，反映了中国现代知识分子在高扬科学理性的同时，内心却遭受着虚无的折磨。

《怀乡病》同样是通过佛教展开生存探寻的，又循着"闻声悟道，见色明心"的思路展开。在黄昏的号角声中，诗人独自于湖边参悟生命，追问意义。在粼粼湖光中，悟到人间的虚幻；在苍茫的号声里，体验了人类轮回之苦。

诗中的村落、溪流、树荫、炉火、草舍甚至恋人都不过是湖光中的幻影，转瞬即逝。这正是佛家眼中的世界，世间万物都是镜中花、水中月。诗中一代代人生生死死，战火永远准时再来，正是"三界之内犹如火斋"。但是这一切并没有让诗人解脱，全诗弥漫着虚无气息。他没有禅悟后的愉悦，也没有像印度佛教那样皈依一个彼岸的神。诗中虽然出现了"佛爷""观音老母"，但是他们并不能拯救那些痛苦的生灵。由此来看，金克木一方面借助佛教追问生存意义，一方面又怀疑佛教对世界与人生的解释。

不论是对于宗教的信仰，还是对宗教的反叛，以及对宗教的转化，其实都不是诗人是否信仰宗教的问题。问题的关键是诗人并没有把宗教作为目的，宗教仅仅是他们生存探寻的一种文化资源、一条途径。"从最为本质的动因来说，中国现代作家希冀在各类宗教那里寻求的，乃是一种精神的避难所，他们急于解决的是作为现代个体的信仰危机。"[①] 所以，只有从生存探寻的角度来理解诗人对待宗教的态度才是切中要害的，他们必然会走出宗教，开始自己独立的追问之路。

---

① 张桃洲：《宗教与中国现代文学的浪漫品格》，《江海学刊》2003 年第 5 期。

第二章　自然的震撼与生命的"领受"

大自然历来是古代中国人的精神家园，在道家哲学那里，回归自然母体就是生命的终极追求。人通过自我消解，也消解了对于生命本体的困惑，在陶然忘机中，远离了困惑，仿佛进入了精神家园。近代以来，伴随着西方自然科学以及各种文化观念的涌入，现代中国人的自然观发生了重大变化。一个浩瀚无垠的宇宙出现在国人面前，人们忽然发现自己不过是一粒尘埃，同时这个宇宙有着铁的法则，人对于自己的命运无能为力。此时的大自然变得不再可爱，既不是精神家园也不是世外桃源，而是让我们的灵魂战栗，突然被抛入虚无与绝望之中。自然不仅唤醒了中国现代诗人，使其直面生命的虚无境遇，而且自然中也蕴含着引领生命实现超越的可能。宗白华追随着宇宙中的"大优美精神"，踏出了自己的生存探寻之路，冯至通过对自然谦虚地观看、虔诚地领悟，接受了来自"彼岸"的力量，引领生命向无限飞升。

第一节　生命的战栗：在自然中体验虚无

……是谁说服他相信，一望无际的美丽天空，终年流转不息的日月星辰，无垠海洋的惊涛骇浪，从开天辟地以来是为了人类的便利和福祉而存在的？这个可怜脆弱的创造物，连自己都不能掌握，受万物的侵犯朝不保夕，却把自己说成是他既没有能力认识、更没有能力统率其一小部分的宇宙的主宰，还有比这个更可笑的狂想吗？人还自称在茫茫太空中唯有他独一无二，唯有他领会宇宙万物的美，唯有他可以向创造主表示感恩，计较大地的得失，这又是谁给了他这个特权？

请他向我们出示这份光荣显赫的诏书。①

———〔法〕蒙田

面对亘古、浩瀚的自然,人常常感受到自身生命的短暂和渺小。自古以来,无数的文人墨客在浩瀚的星空、无边的大海、苍茫的群山、广漠的荒原面前慨叹生命的微末。同时也正是在宏大自然的震撼中,人才得以从日常迷醉中猛醒,对生命的终极意义产生困惑,在虚无的逼视中战栗,生存探寻也由此成为可能。

自然在文学作品中不是无情的物质存在,文学中的自然山水常常蕴含着作家对于人自身的思考。置身于宏大的自然时空中,人往往会返身发现自身的虚无。只有正视虚无,才能反抗虚无,寻找意义,并在生存探寻的途中,让生命之树茁壮成长。所以说,发现虚无,正是此在的觉醒,没有对于生命的虚无体验,也就不会有追问意义的自觉。

一

渴望永生是人与生俱来的奢望,但是现实中万物都是过客,人生不过是白驹过隙。面对在时序流转中不断变幻的自然,诗人痛苦地看到了无法阻滞的时间洪流,所有的生命都在它的裹挟中奔向死亡。

> 谁爱这不息的变幻,她的行径?
> 催一阵急雨,抹一天云霞,月亮,
> 星光,日影,在在都是她的花样,
> 更不容峰峦与江海偷一刻安定。
> 骄傲的,她奉着那荒唐的使命:
> 看花放蕊树凋零,娇娃做了娘;
> 叫河流凝成冰雪,天地变了相;
> 都市喧哗,再寂成广漠的夜静!
> 虽说千万年在她掌握中操纵,
> 她不曾遗忘—丝毫发的卑微。

---

① 〔法〕蒙田:《蒙田随笔全集》中卷,潘丽珍等译,译林出版社1996年版,第121—122页。

难怪她笑永恒是人们造的谎，

来抚慰恋爱的消失，死亡的痛。

但谁又能参透这幻化的轮回，

谁又大胆的爱过这伟大的变幻？

　　　　　　　——林徽因《"谁爱这不息的变幻"》

　　这是林徽因的第一首诗，诗人置身于大自然中，看到无处不在的"变幻"，从云雨到星辰，从峰峦到江海，从花蕊到树木，都处于"不息的变幻"之中。与变幻的自然相对，是诗人体验到生命的易逝："娇娃做了娘""毫发"变色，"恋爱的消失""死亡的痛"。此时的林徽因已经27岁，第一个孩子梁再冰已于两年前降生，在此前的几年里，父亲林长民、公公梁启超相继去世，诗中的感慨无疑来自自身的生命体验。在自然界万物的变幻中，诗人看到生命是无法把握的，由此反观自身，从日常的自欺状态中猛醒。

　　《"谁爱这不息的变幻"》写于林徽因在香山养病期间，梁从诫在回忆母亲的文章中说："香山的'双清'也许是母亲诗作的发祥之地。她留下来的最早的几首诗都是那时在这里写成的。清静幽深的山林，同大自然的亲近，初次做母亲的快乐，特别是北平朋友们的真挚友情，常使母亲心里充满了宁静的欣悦和温情，也激起了她写诗的灵感。"[1] 与大自然的亲近，与朋友们的来往，无疑激发了林徽因的灵感，但是她所抒发的情绪却未必如梁从诫所说的那么单纯，从这首诗中很难看到"宁静的欣悦和温情"。

　　《"谁爱这不息的变幻"》是林徽因的第一首诗，与香山的自然景象有着密切关系。不仅在香山期间的创作如此，在后来的创作中，香山的红叶、山泉、云霞、星月经常出现在她的诗中，香山的自然风光已经深深印在林徽因的记忆中。同时也正是香山的自然景象唤起了她对生命与死亡的深切感悟，使其置身于时序之流，直面生命的虚无。

　　两年后，在一首《秋天，这秋天》中，林徽因再次表现了置身变幻的自然中所产生的虚无感。秋天是绚丽的，但是秋天也是生命凋零的季节，预示着死亡。诗中写道：秋日色彩斑斓的枝叶"像醉了的蝴蝶，或

---

　　[1]　梁从诫：《倏忽人间四月天——回忆我的母亲林徽因》，梁从诫编：《林徽因文集·文学卷》，百花文艺出版社1999年版，第419页。

是/珊瑚珠翠"，秋天是"梦一般的喜筵"，但是这"喜筵"却经不住"一夜的风，一夜的幻变"，最终不过是"一把落花似的幻变"。在这样的秋景之中，诗人感到的是人生的悲哀："悲哀，归根儿蒂结住/在这人生的中心！"进而她对意义与真实展开追问："在这样的深秋里，/你又同谁争？现实的背面/是不是现实，荒诞的，/果属不可信的虚妄？"至此，此诗表现了对于生命终极意义的困惑。

面对无法把握的变幻，面对在时间中逝去的生命，面对秋天无处不在的死亡，诗人想到了"信仰"。只有在"信仰"中建立意义，才能抵抗来自虚无和死亡的压力。但是受过现代教育的林徽因，很难轻易建立一种一劳永逸的"信仰"来彻底解决生存的困境。她在诗中写道："信仰只一细炷香，/那点子亮再经不起西风/沙沙的隔着梧桐树吹！"最终诗人还是回到了现实：

> 切不用哭泣；或是呼唤；
> 更用不着闭上眼祈祷；
> （向着将来的将来空等盼）；
> 只要低低的，在静里，低下去
> 已困倦的头来承受，——承受
> 这叶落了的秋天。

从整首诗来看，前后情绪有明显的变化。开始是一片绚丽的秋景，只是隐隐露出伤秋的情绪。但是随着诗的展开，伤感情绪越来越重，这种伤感不是一般的儿女之情，而是看到了死亡与虚无的威胁，看到个体生命的有限，一切支撑此在的价值体系都在死亡面前轰然倒塌。由面前的秋日景色，逐渐上升到形而上的境界，最终诗中不见了美，只有无奈地承受"这惨的变幻"。诗中，山间斑斓的枝叶、山泉的水光等意象蕴含着诗人在香山生活的经验。想起秋日的香山，她不会不想到那时常去香山的徐志摩，此时好友已经不再，生命如此脆弱。《红叶里的信念》仍然延续着这样的情绪："年年不是要看西山的红叶/谁敢看西山红叶？""再看红叶每年，山重复的/流血""自己山头流血，变坟台！""别忘记，今天你，我，红叶，/连成一片血色的伤怆！"

同样是在自然的变幻中看到生命的虚无，《题剔空菩提叶》与上述诗作有所不同。前者仿佛诗人置身于一条奔向死亡的洪流之中，茫然失措。《题剔空菩提叶》则将艺术视野聚焦于一片落叶，从一片无声坠地的落叶，洞悉时间的无情，生命的孱弱。

> 认得这透明体，
> 智慧的叶子掉在人间？
> 消沉，慈静——
> 那一天一闪冷焰，
> 一叶无声的坠地，
> 仅证明了智慧寂寞
> 孤零的终会死在风前！
> 昨天又昨天，美
> 还逃不出时间的威严；
> ……　……

剔空菩提叶，透明而美丽，象征了智慧，这片美与智慧结晶的叶子，不能不让人想到有着才女之称的林徽因。这首诗更像是诗人顾影自怜，面对一片落叶想到自己韶华将逝，生命短暂，聪明智慧与美丽容颜都将如云烟散去，所有这一切都"逃不出时间的威严"。

在现实生活中，林徽因是一个乐观、热情、善于言谈、多才多艺的才女，在 30 年代北平文化圈里，是一个活跃的人物，从当时文人所写的回忆文章中可以看到她的风采。那么林徽因何以写出如此对于生命充满虚无感的诗呢？其实，那个谈笑风生的林徽因不过是她性格的一面，在她的作品和书信中，可以看到另一个林徽因。这个林徽因时常从形而上的高度反观现实人生，直面虚无。

1931 年，好友徐志摩意外身亡，这对她的打击很大。在《悼志摩》以及《纪念志摩去世四周年》两篇文章中，面对好友的死，她不仅仅是一般的悲伤，而是将具体的一次死亡上升到形而上的高度，喟叹命运的不测，生命的脆弱：

> 我们中间没有绝对信命运之说的，但是对着这不测的人生，谁不感到惊异，对着那许多事实的痕迹又如何不感到人力的脆弱，智慧的

有限。世事尽有定数？世事尽是偶然？对这永远的疑问我们什么时候能有完全的把握？

——《悼志摩》①

此时，我却是完全的一个糊涂！习惯上我说，每桩事都像是造物的意旨，归根都是运命，但我明知道每桩事都有我们自己的影子在里面烙印着！我也知道每一个日子是多少机缘巧合凑拢来拼成的图案，但我也疑问其间的摆布谁是主宰。据我看来：死是悲剧的一章，生则更是一场悲剧的主干！

——《纪念志摩去世四周年》②

1934 年，在给沈从文的信中，她写道："我认定了生活本身原质是矛盾的，我只有生活；体验到极端的愉快，灵质的，透明的，美丽的近于神话理想的快活。"③ 由此可以看到，林徽因不论在生活中表现得如何快活，不论如何喜欢交际，却清醒地认识到人生的底色是虚无与绝望。

林徽因对生命产生这样的认识，也与她的身世和经历有关。虽然出身颇为显赫，又成为梁启超的儿媳，活跃于高层文化圈，但是背后有着沉痛的遭遇。她 21 岁时，父亲死于乱军之中；25 岁时，公公梁启超去世。这一切不仅给她精神上很大的打击，使她直接面对死亡，而且使得显赫的家世骤然变得暗淡。1931 年，好友徐志摩死于空难，林徽因又为此遭受舆论的指责。身边的至亲好友接连遭遇不测，必然让她感到生命的脆弱，不论是高官，还是在历史上曾经叱咤风云的人物，或者风流倜傥的诗人都在那"不息的变换"中，化作秋天的落叶。

同时，这样一个光彩照人的林徽因，却几乎终生病魔缠身，年轻时就患上了肺病，后来多次复发。事实上，从 1930 年之后，她一直没有摆脱肺病的阴影。她的第一首诗《"谁爱这不息的变幻"》就写于在香山养病期间，疾病必然会影响她对于生命的感受。

---

① 陈学勇编：《林徽因文存——散文书信评论翻译》，四川出版集团四川文艺出版社 2005 年版，第 3—4 页。

② 同上书，第 30 页。

③ 林徽因：《1934 年 2 月 27 日致沈从文信》，陈学勇编：《林徽因文存——散文书信评论翻译》，四川出版集团四川文艺出版社 2005 年版，第 79 页。

梁从诫在回忆母亲的文章中说："母亲爱文学，但只是一种业余爱好……然而，对于古建筑，她却和父亲一样，一开始就是当作一种近乎神圣的事业来献身的。"① 今天，在林徽因的墓碑上也赫然写着："建筑师林徽因墓。"作为一位古建筑学家，林徽因对古代建筑的深入研究，实地考察，也影响了她对于生命与时间的感悟。她在《平郊建筑杂录》中写道："无论那一个巍峨的古城楼，或一角倾颓的殿基的灵魂里，无形中都在诉说，乃至于歌唱，时间上漫不可信的变迁；由温雅的儿女佳话，到流血成渠的杀戮。"② 在《山西通信》中她写道："我们因为探访古迹走了许多路；在种种情形之下感慨到古今兴废。在草丛里读碑碣，在砖堆中间偶然碰到菩萨的一只手一个微笑，都是可以激动起一些不平常的感觉来的。"③

正是其身世与经历，加上个人的聪慧，使林徽因超出新月诗人对于爱与美的咏赞，从更高的层面把握生命的本质，追问生存的意义。

林徽因显然不是如某些学者所说的那样，只是"一位总走不出闺阁深院的，在粉红抑或枯黄的诗笺上低低倾诉的女诗人"④。她第一首诗就直面生命的虚无，追问永恒，把诗的境界提到形而上的高度。"对生命本体的思考构成了林徽因诗歌的理性形态"，⑤ 其思想力度绝非一般新月诗人可比，所以她也否认自己是新月诗人。客观地讲，林徽因的诗歌在艺术上有着明显的新月诗人的印记，林徽因的诗歌受到徐志摩的影响也是无可辩驳的事实。梁从诫也认为："从她早期作品的风格和文笔中，可以看到徐志摩的某种影响，直到她晚年，这种影响也还依稀有着痕迹。但母亲从不屑于模仿，她自己的特色越来越明显。"⑥ 这个评价是客观而公正的。

---

① 梁从诫：《倏忽人间四月天——回忆我的母亲林徽因》，梁从诫编：《林徽因文集·文学卷》，百花文艺出版社1999年版，第423页。

② 林徽因：《平郊建筑杂录》，陈学勇编：《林徽因文存——散文书信评论翻译》，四川出版集团四川文艺出版社2005年版，第9页。

③ 林徽因：《山西通信》，陈学勇编：《林徽因文存——散文书信评论翻译》，四川出版集团四川文艺出版社2005年版，第21页。

④ 张北鸿：《林徽因诗歌论》，《徐州师范学院学报》（哲学社会科学版）1991年第1期。

⑤ 李蓉：《林徽因诗歌哲学意蕴解读》，《福建论坛》（人文社会科学版）2004年第6期。

⑥ 梁从诫：《倏忽人间四月天——回忆我的母亲林徽因》，梁从诫编：《林徽因文集·文学卷》，百花文艺出版社1999年版，第421页。

二

在中国现代诗人中，像林徽因这样在自然中直面虚无的诗人还有很多，为了便于问题的深入，前文集中对林徽因做个案研究，下面将视野扩展，做整体的考察。

（一）弘大自然的震撼

王岳川在评论杜甫的《登高》一诗时，谈到诗人处身宏大自然之中的心灵震撼，表述得尤为精彩："诗人在苍凉恢宏的空间意象上，叠加上永恒流逝的时间意象，同时将个体生命无常的有限性从浩渺的宇宙时空之中抽离出来，从而形成巨大的审美反差：生命的有限性将人从永恒的时间之维中带出，而还原为一种拂之不去的人生飘逝感；个体的渺小（生年不满百）将人从广漠无边的宇宙境界中震醒，而产生出无限大与无限小冲突中的人的不自由感……在心灵震慑的刹那，完成了对宇宙人生的痛苦反思和认同。"① 同样的境界也表现在冰心、徐志摩、李广田、陈敬容以及前文提到的林徽因等中国现代诗人的笔下。

冰心是一位在作人和作文方面都与林徽因截然不同的女诗人，在第一章里已经讨论过她的一些诗歌，正是生存探寻促生了她的"爱的哲学"。冰心也主张作家要主动接近自然，表现自然，她认为："自然的美，是普遍的，是永久的，在文学的材料上，要占极重要的位置的。文学家要迎合它，联络它，利用它，请它临格在自己的思想中，溶化在自己的文字里。"② 在冰心的诗中，自然不仅闪烁着神性的光芒，而且也以其亘古、宏阔反衬出生命的短暂与渺小。

> 高峻的山巅，
> 深阔的海上——
> 是冰冷的心，
> 是热烈的泪；

---

① 王岳川：《艺术本体论》，上海三联书店 1994 年版，第 247 页。
② 冰心：《文学家的造就》，卓如编：《冰心全集》第 1 卷，海峡文艺出版社 1994 年版，第 150 页。

可怜微小的人呵！

——《繁星·26》

高峻的山、深阔的海构成一个宏阔的空间，诗人置身其中，精神为之震撼，反观自身，何其可怜而渺小。虽然人有多愁善感的心灵，有表达喜怒哀乐的泪水，但是置身自然之中，这一切都是那么微不足道。正如冰心在文章写道的："我们人在这大地上，已经是像小蚁微尘一般，何况在这万星团簇，缥缈幽深的太空之内，更是连小蚁微尘都不如了！"[①]

同样的感触也出现在徐志摩的后期诗歌中，这位讴歌爱与美的新月派代表诗人，在生命与自然的对立中，同样表现出对于生存意义的困惑。

我仰望群山的苍老，
他们不说一句话。
阳光描出我的渺小，
小草在我的脚下。

我一人停步在路隅，
倾听空谷的松籁；
青天里有白云盘踞——
转瞬间忽又不在。

——《渺小》

在《渺小》一诗中，苍老而宏伟的群山构成巨大的时空背景，"我"何其渺小而短暂。诗人还没有来得及感叹，又为脚下的小草——更为短暂、更为渺小的生命所触动。在绵延的群山与数寸的小草之间，在亘古的山脉与一岁一枯之间，诗人无法把握、无法描述、无法评判自己的生命，怅然若失。在第二段中，他驻足路边，倾听松籁，远眺白云。声音是转瞬即逝的，白云是飘忽不定的，一切都无法把握，"我"的生命也同样处于流动之中，像风声、云影一样无法把握。在《三月十二深夜大沽口外》

---

① 冰心：《"无限之生"的界线》，卓如编：《冰心全集》第 1 卷，海峡文艺出版社 1994 年版，第 91 页。

中,徐志摩被困在大沽口外的轮船上。深夜,摇曳的船,海涛阵阵,星光闪烁,他忽然感觉生命也不过是"绝海里的俘虏""人生是浪花里的浮沤!"

现代派诗人同样在自然中体验着生命的虚无境遇,李广田《夕阳里》中的"我"漫步在空旷的白沙旷野,从沙里的贝壳追怀大海平湖:

> 夕阳里我走向白沙旷野,
> 白沙里闪着些美丽的贝壳。
> 多少年前——
> 此地可是无底的大海?
> 多少年前——
> 此地可是平湖绿波?
> 我步步地踏着,颗颗地拾掇,
> 我心里充满了说不出的凄切!

同样是哀叹个体生命在时间长河中的脆弱无力,林徽因是在动态的自然时序中看到时间的无情,李广田则在静态的沙滩、贝壳、卵石中读出时间的伟力。在浩瀚的时空中,"无底的大海"也可以变作荒漠的旷野,渺小的生命又算得了什么。诗人拾掇散落在白沙里的贝壳和卵石,同林徽因面对一片飘落的菩提叶的感触何其相似,在他们眼中看到的同是生命的虚无。

陈敬容是九叶派诗人,《瞩望》一诗同样是在自然的启示中体验生命的虚无。

> 寂静中有我的瞩望:
> 远的山脉,田畴,近的灯光,
> 无边的广博将我包围,
> 压缩我到一个小小的点上,
> ……

诗人独自面对远山、田野,自然界在空间上的广大无边给诗人微小生命形态以强烈的压迫感,生命在自然面前不过是一个小小的点。此后,诗人从空间转到时间，表现生命的短暂与偶然，同时也由视觉画面转为错杂的声音。

> 鸟语，人声，或是犬吠，
> 以及匆促的汽笛，轻缓的脚步，
> 一片常住的阴影，
> 一线偶然的亮光，
>
> 轻叩在我门上的又是
> 哪一个世纪的音响？
> 有些事物我曾在梦中看见，
> 醒来对自己感到隔世的陌生。

　　鸟语、人声、犬吠、汽笛、脚步都是转瞬即逝的声音，在无边的寂静中，如同"常住的阴影"上"一线偶然的亮光"，即使如此偶然的声音和亮光，在诗人看来也是恍如隔世，虚幻得如梦如烟。从小小的点到偶然的亮光，全诗先后从时间和空间上展开，在广博的自然之景与匆促的自然之声中，体验到生命的渺小与短暂。

　　（二）渺小生命的启示

　　大自然给予诗人的启示是多样的，不仅有浩瀚的大海、辽远的星空、雄伟的山脉给予人空间上的震撼，还有沧海桑田、摧枯拉朽的时间洪流给予人生如朝露的悲叹，那些更为微小的生命同样给予诗人灵魂的震撼。在一朵小花、一片落叶、一条小鱼、一只昆虫身上，诗人看到自己、看到人类生命的真实处境，体验到生命的虚无，对生存的意义产生怀疑，此在也在此觉醒了。

　　首先看冰心的小诗，在《繁星·8》中，她从落花感受到生命的短暂：

> 残花缀在繁枝上；
> 鸟儿飞去了，
> 撒得落红满地——
> 生命也是这般的一瞥么？

在《春水·60》中，生命不过如流星一样转瞬即逝：

> 流星——
> 只在人类的天空里是光明的；
> 它从黑暗中飞来，
> 又向黑暗中飞去，
> 生命也是这般的不分明么？

虚无意识一直纠缠着冰心的创作，甚至可以说，虚无就是冰心作品的底色，反抗虚无是其创作的内在动力。在这两首诗中，生命如花儿一般脆弱，如夜空中的流星一样短暂，不过是从黑暗中来，又将回到黑暗中去，生命不过是一刹那的闪光。正如她在小说《遗书》中借宛因讲出的话："在广漠的宇宙里，生一个人，死一个人，只是在灵魂海里起了一朵浪花，又没了一朵浪花，这也是无限的自然。"有学者说："冰心对大自然所吟唱的深情而精美的诗文，也正是她沉浸于自然，神往'无限'所迸射出来的精神火花。"① 冰心在自然中体验到的虚无，正是这样的"精神火花"。

新月诗人陈梦家的《生命》也以同样方式表现出对于生命的虚无体验，诗人从"小小的红花"和"小金鱼"看到生命美丽而短暂：昨天一朵盛开的小红花，今天"在水面飘零"；三条在梦想中欢喜的小金鱼，不知道寒冷与死亡在不远处等候。诗人虽然没有直接喟叹自身所处的同样处境，但是以"生命"为该诗命名，可见其中的喻义。在《红果》中，一颗红果见证了诗人过去的爱情，在生机盎然的红果与远去的爱情所形成的强烈反差中，诗人只有无尽的叹息，由此很容易让人想到崔护那句流传很广的诗句："人面不知何处去，桃花依旧笑春风。"但是陈梦家并没有停留于一般的叹逝伤往，而是进一步上升到生存探寻的高度，追问生与死。红果貌似坦然、达观的态度流露出诗人的无奈，如果没有永恒，如果生命与爱情都必将随风而逝，我们也只能在"西风"中"等着吹落"。正如有学者指出的："陈梦家把对于生命及其存在的悲观的哲学思考辐射到了他

---

① 盛英：《冰心和宗教文化》，《江苏社会科学》2004 年第 4 期。

的许多诗歌当中，从而使其诗歌具有了普遍、抽象意义上的生存宿命的悲剧意识。"[1]

以智性见长的现代派诗人卞之琳，尤为喜欢通过一些微小的昆虫表现生命的虚无感。在《倦》中，他在蚂蚁、蜗牛、蝉、蟪蛄、小蠓虫的身上看到了生命的微末与虚无。

> 忙碌的蚂蚁上树，
> 蜗牛寂寞的僵死在窗槛上
> 看厌了，看厌了：
> 知了，知了只叫人睡觉。
>
> 蟪蛄不知春秋，
> 可怜虫亦可以休矣！
> 华梦的开始吗？烟蒂头
> 在绿苔地上冒一下蓝烟？

忙碌的蚂蚁，在寂寞中僵死的蜗牛，其中暗示了两种人生状态：蚂蚁是忙碌的、积极的、辛劳的、入世的，蜗牛是寂寞僵死的、慵懒的、消极的、出世的。但不论是哪一种人生方式，最终都没有意义，只是让诗人厌倦。在时间的长河里，人不过是不知春秋的蟪蛄，人生的华梦不过如烟蒂头最后一缕蓝烟，虚无缥缈，转瞬即逝。

在《足迹》一诗中，他从蜜蜂细微的动作联想到人生的虚无：

> 蜜蜂的细腿已经拨起了
> 多少只果子，而你的足迹呢
> 沙上一排，雪上一排，
> 全如水蜘蛛织过的水纹？

诗人由蜜蜂的细腿踏过果子，想到人的"足迹"。人的一生也许自以为轰轰烈烈，事实上不过如蜜蜂细腿留在果子上的足迹，细微到无法辨

---

① 王昌忠：《浅析陈梦家早期诗歌的精神指向》，《南京师大文学院学报》2006 年第 3 期。

认，又如沙上、雪上的痕迹，就像水蜘蛛织过的水纹一样，转瞬消逝。这便是生命了，这便是生命的"足迹"了。在《灯虫》中，诗人从夜晚灯下逐光而死的小蠓虫，想到人类历史上那些被大书特书的英雄壮举，那些为梦想献身的"寻梦者"，最终也如扑火的飞蛾一样毫无意义。不论是蚂蚁、蜗牛、蟋蟀还是蜜蜂、水蜘蛛、小蠓虫，都不是简单的写实，卞之琳从这些细小生命中，看到的是生命的虚无。人生不过是"蓝烟"，不过是"水纹"，最终都难逃风扫落红的命运。

同属现代派诗人，吴奔星在落叶中寻找生命的痕迹，最终只有虚无。

似乎在惝恍的梦中，
又象在神昏的时节，
上帝启示我：
如要了解人生，
无妨捡点落叶，
它能告诉你，
生命在何时毁灭。

拾起一堆将变泥土的落叶，
仔细地检验——
一片又一片，
我要在它的中间，
追寻呀，
追寻我的生命，
到底经过了多少裂变！

我小心地打量着：
叶脉，叶缘，叶柄跟裂隙；
眼睛花了，一刻儿也不停息。
终于在那枯焦的叶脉里，
依稀地见到青春的一些痕迹；
它，飘忽地随着九月的吹风
唑——已无归意！

——《落叶》

　　吴奔星在老年回顾自己这个时期的创作时曾经说："在那样黑暗的年代，我是贫困的、孤独的、寂寞的""我不愿轻易地把自己的诗打上太多的阶级烙印，我只是坦率地表现自己的思想，流露自己的感情"①。《落叶》就是在这种背景下创作的。有学者在谈到吴奔星的这类诗歌时说："由于心境的颓唐，他笔下所表现的客体对象，几乎都被涂抹上了一层厚厚的消沉色彩。""这不是吴奔星个人的思想局限，而是那个时代的小资产阶级知识分子思想苦闷的共性特征。"② "奔星结集的两部诗集《暮霭》、《春焰》，因抗战军兴未及广泛发行，而作品多是忧患意识（《暮霭》）和幻灭感的反映。"③ 今天看来，不论是吴奔星自己的回忆还是其他学者的评价都带有一定的时代局限。就《落叶》来看，诗中的所谓"消沉色彩""幻灭感"并不是只属于一个具体时代的情绪，也不只是"小资产阶级知识分子"的思想特征，而是超越于具体时代之外，超越于特定阶级、特定人群之上的人的本体情绪。生命终会凋零，只有敢于正视死亡，直面虚无，清醒面对生命有限性的人，才会有所谓的"消沉色彩""幻灭感"。吴奔星还写过一首《秋叶》，从窗前飘落的一片红叶哀叹青春短暂，生命易逝，与《落叶》相似。

　　前文曾经提到的九叶诗人陈敬容，在一首《给杏子》中反复吟咏"菊花将开放，/菊花将萎去"，从花开花落，看到时间的无情流逝，青春、爱情都将如花儿谢去。诗人希望能够"去时间的岸边/筑一道堤"，把时间留住，把生命留住，把青春和爱情留住。但她明白这一切都是不可能的，最终只能"去我们的堤边哭泣"。

　　最后，让我们以李金发那首著名的《有感》作为这一节的结束。一颗思考着生命终极意义的心灵，与一片美丽的红叶相遇，他读出的不是美，而是死亡，是生命的短暂，死亡的永恒：

　　① 吴奔星：《都市是死海·自序》，吴奔星：《都市是死海》，漓江出版社1988年版，第2页。

　　② 宋剑华：《都市流浪汉咏叹调——试论吴奔星早期诗歌创作》，《中国文学研究》1992年第2期。

　　③ 晏明：《夕阳美过早霞——记老诗人、诗美学理论家吴奔星教授》，《新文学史料》2005年第4期。

如残叶溅
血在我们
脚上，

生命便是
死神唇边
的笑。
......

第二节　"自然底大梦"：在自然中沉醉

与上述诗歌在自然的震撼中体验生命的虚无不同，以宗白华为代表的一些诗人在自然中探寻存在的踪迹，并进一步在自然中建立精神家园，将无法摆脱的精神痛苦交付给自然，让失去意义的生命在自然中得到安慰。

一

宗白华不仅是一位诗人，也是一位美学家，五四时期还曾经编辑上海《时事新报》副刊《学灯》，他在诗歌创作方面的成就，只有一本薄薄的诗集《流云》。在中国现代文学史上，宗白华与冰心并列为"小诗"的代表诗人。当前，学术界对"小诗"的成就普遍评价不高，对于宗白华《流云》的评价也不高，事实上《流云》不仅是"小诗"中的高峰，即使在整个现代诗歌史上也是不可小觑的。

宗白华的诗歌有着深厚的哲学底蕴，其核心就是生存探寻。宗白华曾明确表示，一流的诗人应该追问生命的意义与真相。"人生是什么？人生的真相如何？人生的意义何在？人生的目的是何？这些人生最重大、最中心的问题，不只是古来一切大宗教家、哲学家所殚精竭虑以求解答的。世界上第一流的大诗人凝神冥想，探入灵魂的幽邃，或纵身大化中，于一朵花中窥见天国，一滴露水参悟生命，然后用他们生花之笔，幻现层层世界，幕幕人生，归根也不外乎启示这生命的真相与意义。"① 这样的文学观始终贯彻在他的诗歌创作中，也是其诗歌的精神内核。

如果将视野扩展到宗白华的美学理论上，就会发现这条主线也同样贯穿在他的学术研究中。宗白华在留学期间选修的是哲学、心理学、生物学②，按照常规的学科分类，这三门课差异很大，跨越了人文科学与自然科学，但是内在是有联系的，这条红线就是对于生命本质的探寻。不论是自然科学还是人文科学，不论是形而上还是形而下，其最终旨归就是探寻生命本质。有学者这样概括宗白华的美学追求："这巍峨学术体系的底座是其对宇宙精神和诗意人生及生命节奏的哲思，是他试图将宇宙世界与心性、美学、宗教、伦理、科学、社会等领域完全打通的形上论。"③

前人的研究也已经注意到宗白华诗歌中的生存探寻。有学者指出："与同时代诗人相比，宗白华的《流云》具有明显的形而上意味。在他笔下，一花一石、一草一木似乎都是一个深厚广博的宇宙大精神的表现。"④ "他的小诗则显然增强了关于生命本体的审美内涵，它引领着新诗诗人在大自然中去获得生命，在社会中去享受充沛的情感，并融汇于对人类生命存在的诗意倾听与哲学的感悟。"⑤

在宗白华的诗中与生存探寻密切相关的是自然，二者在诗中水乳交融、合二为一，生存探寻通过自然得以具体实现，自然成为生存探寻的一种形式、一条途径。

宗白华自幼深爱自然，他在文章中写道："我小时候虽然好玩耍，不念书，但对于山水风景的酷爱是发乎自然的。天空的白云和覆成桥畔的垂柳，是我孩心最亲密的伴侣。" "湖山的情景在我的童心里有着莫大的势力。一种罗曼蒂克的遥远的情思引着我在森林里，落日的晚霞里，远寺的

---

① 宗白华：《歌德之人生启示》，宗白华：《宗白华全集》第 2 卷，安徽教育出版社 2000 年版，第 1 页。

② 1920 年 7 月 30 日，宗白华在与周太玄、王光祈、魏时珍自德国佛朗克（法兰克福）寄给少年中国学会会员的信中说：宗白华"终身欲研究之学术"为"哲学、心理学、生物学"，"终身欲从事之事业"为"教育"。参见宗白华《宗白华全集》第 4 卷，安徽教育出版社 2000 年版，第 709 页。

③ 赵君：《寻觅宇宙间的"美丽精神"——比较诗学视域中的宗白华形上诗学》，《暨南学报》（哲学社会科学版）2003 年第 4 期。

④ 哈迎飞：《宗白华的小诗与禅宗文化的关系》，《武汉理工大学学报》（社会科学版）2004 年第 5 期。

⑤ 宾恩海：《试论宗白华的小诗》，《广西大学学报》（哲学社会科学版）2004 年第 5 期。

钟声里有所追寻，一种无名的隔世的相思，鼓荡着一股心神不安的情调。"①

因为生活在都市里，不能经常与山水亲密接触，所以他在这个时期尤为喜欢天空的云。17 岁因养病到了青岛，他又对海着了迷。云与海成为宗白华诗中的重要意象。即使在国外留学期间，他也时刻不忘游览山水，甚至将其作为留学的目的之一。宗白华诗歌中的自然之美，自然与心灵的交融，对自然精神的感悟都与他对于自然美的喜爱密切相关。

宗白华不仅在生活中酷爱自然，在美学研究中也青睐自然，认为自然美高于艺术美。他曾经在文章中写道："我前几天在此地斯蒂丹博物院里徘徊了一天，看了许多荷兰画家的名画，以为最美的当莫过于大艺术家的图画、雕刻了，哪晓得今天早晨起来走到附近绿堡森林中去看日出，忽然觉得自然的美终不是一切艺术所能完全达到的。你看空中的光、色，那花草的颤动，云水的波澜，有什么艺术家能够完全表现得出？所以自然始终是一切美的源泉，是一切艺术的范本。艺术最后的目的，不外乎将这种瞬息变化，起灭无常的'自然美的印象'，借着图画、雕刻的作用，扣留下来，使它普遍化、永久化。"②

在宗白华的诗中，自然不仅是一种表现手法，不仅是意境中的境，意象中的象，而且自然本身就是意，自然就是意义实体，自然中蕴含着一种精神，一种超越精神。他在文章中写道："你看那自然何等调和，何等完满，何等神秘不可思议！你看那自然中何处不是生命，何处不是活动，何处不是优美光明！这大自然的全体不就是一个理性的数学、情绪的音乐、意志的波澜么？一言蔽之，我感得这宇宙的图画是个大优美精神的表现。"③"自然中也有生命，有精神，有情绪感觉意志，和我们的心理一样。"④"人生若欲完成自己，止于完善，实现他的人格，则当以宇宙为模

①　宗白华：《我和诗》，宗白华：《宗白华全集》第 2 卷，安徽教育出版社 2000 年版，第149—150 页。

②　宗白华：《看了罗丹雕刻以后》，宗白华：《宗白华全集》第 1 卷，安徽教育出版社 2000年版，第 310—311 页。

③　同上书，第 309 页。

④　宗白华：《艺术生活——艺术生活与同情》，宗白华：《宗白华全集》第 1 卷，安徽教育出版社 2000 年版，第 319 页。

范，求生活中的秩序与和谐。和谐与秩序是宇宙的美，也是人生美的基础。"①

二

宗白华一生创作的新诗只有薄薄的一本《流云》，但是其中很多诗歌都表现了诗人对生命与存在的探寻，正如一些学者所说：是小诗歌，大境界。"宗白华的'小诗'贯注着一股强烈的生命情怀和宇宙意识，他的诗是对生命存在的真切体悟和对理想生命境界的无限渴求，充满动人的哲思，虽是小诗，但境界廓大空灵，超出一般。"②

宗白华诗歌中的生存探寻按照内在结构可以分为两种类型：一类是诗人将自己的幽思沉入宇宙，将个体生命融入"自然底大梦"；一类是诗人与身外的宇宙互为主客，互为映照，融为一体。

> 心中一段最后的幽凉
> 几时才能解脱呢？
> 银河的月，照我楼上。
> 笛声远远吹来——
> 月的幽凉
> 心的幽凉
> 同化入宇宙的幽凉了！
>
> 　　　　　　　　　　　——《解脱》

宗白华的诗歌追求空灵，而其空灵的基础是主体精神的淡泊，他曾经说："精神的淡泊，是艺术空灵化的基本条件。"③ 在《解脱》一诗中，诗人摆脱了一切世间杂念，"空诸一切、心无挂碍，和世务暂时绝缘"④，心中只有最后一段"幽凉"，无法"解脱"。在海德格尔看来，人对自身

---

① 宗白华：《哲学与艺术——希腊大哲学家的艺术理论》，宗白华：《宗白华全集》第 2 卷，安徽教育出版社 2000 年版，第 58 页。

② 张应中：《宗白华小诗的生命意识》，《淮北煤炭师范学院学报》（哲学社会科学版）2002 年第 6 期。

③ 宗白华：《论文艺的空灵与充实》，宗白华：《宗白华全集》第 2 卷，安徽教育出版社 2000 年版，第 347 页。

④ 同上书，第 345 页。

存在的意识就是一种不可言说的情绪,此在在情绪中得以现身。"我们在存在论上用现身这个名称所指的东西,在存在者状态上乃是最熟知和最日常的东西:情绪;有情绪。"①从情绪中现身的只是一个孤零零的事实:此在存在着,作为一个被抛的此在,不知所来,不知所去。《解脱》中"最后的幽凉",正是这样一种情绪,一种孤零零的对于自身生存的意识。此时诗人从日常迷醉状态中脱出,体验到"被抛"的生存状态,迫切地寻找此在的所来与所去、此在的意义,寻求生命超越的途径。诗人追问:"几时才能解脱呢?"但是,他并没有继续追问下去,而是沉醉于月光与笛声组成的自然的大梦里,一种类似于传统道家解脱的乐感代替了意义的焦虑,追问在沉醉中化解,将"心的幽凉"化入"宇宙的幽凉"。这首诗的内在结构是:此在觉醒,开始生存探寻→自然→此在化解于自然之中,将生存探寻终止于自然之中。

与《解脱》相比较,《夜》("黑夜深")、《流云》("宇宙的核心是寂寞")、《无题》("高楼外")在展开方式上有所不同,但最终都是让此在消融于自然之中。在《夜》("黑夜深")中,首先出现的是"自然":"黑夜深/万籁息/远寺的钟声俱寂。"而后出现了"微眇的寸心",最后这"微眇的寸心""流入时间的无尽"。在《流云》("宇宙的核心是寂寞")中,先是"宇宙的核心是寂寞",而后"我"出场:"我尤爱朦胧的落日",最后是在"落日的朦胧中,/我与宇宙为一"。在《无题》("高楼外")中,先是"月照海上的层云""自然底大梦",其后"羽衣飘飘"的"我"出现,最后"我"乘着"自然底大梦"浮入无尽空间的海。这三首诗的内在结构是:自然→"我"出场,追问生存意义→将此在化解于自然之中,生存探寻终止。在《无题》("月落了")中,先是"月落了,/晨曦来了""白云也无穷,/流水也无穷"。其后主体出现:"你的一寸情怀"。诗歌最后是一个反问句:"还怕你的一寸情怀/无所寄托么?"显然是将生存意义的追问折回指向前文的自然,所以与前面几首诗的内在结构也是一样的。上述诗歌与《解脱》异曲同工,最终都是将此在化解于自然之中,从而在"沉醉"中,在物我合一的乐感中,终止了生存探寻。

宗白华诗歌中的生存探寻还表现为诗人与身外的宇宙互为主客,互为

---

① [德]海德格尔:《存在与时间》,陈嘉映、王庆杰译,三联书店1987年版,第164页。

映照，融为一体。其中《人生》《夜》（"一时间"）、《月夜海上》《音波》《夜空中的流云》《自题德国海滨小照》等是其代表。

> 一时间，
> 觉得我的微躯
> 是一颗小星，
> 莹然万星里
> 随着星流。
> 一会儿
> 又觉着我的心
> 是一张明镜，
> 宇宙的万星
> 在里面灿着。
>
> ——《夜》（"一时间"）

有学者评价这首诗说："诗人把夏夜仰望星空时，人的自我感觉刹那间的微妙变化赋予诗意的表现，引起人们对于人在宇宙中地位的悠长的哲学思索。"[1] 在《夜》（"一时间"）中呈现出两个境界：诗人先是将"我的微躯"融入浩瀚星空，成为莹然万星里的一员，通过融入自然超越了我的"微"与"小"；而后从外在世界转入主观内心世界，我的心是明镜，宇宙万物都融入我的心"镜"之中。由此诗人实现了对个体生命的超越，成为与宇宙同等的存在。我融入自然，自然融入我，我与宇宙互为主客，融为一体，从而消解了我在宇宙面前的"微""小"之感。

《音波》与《夜》（"一时间"）相似，不过《夜》（"一时间"）由视觉意象构成，《音波》由听觉意象构成。《音波》同样呈现出两个境界：首先是"隔岸的歌声"荡漾了"我的寸心"，我的心是世界中的微小之物。其次是"世界摇摇/摇荡在我的心里"，世界处于"我"的心中。在主客交融中，我与世界合一。在《月夜海上》中，诗人塑造了三面镜子："月天如镜""海平如镜""寸心如镜"。前面二者共同构成"四面天海的镜光"，也就是由月、天、海共同构成的自然之镜，这自然之镜与诗人的

---

① 龙泉明：《中国新诗流变论》，人民文学出版社 1999 年版，第 121—122 页。

寸心之镜相互映照，互为主客，你中有我，我中有你，你充实了我，我充实了你，从而使得主体精神与自然合一，将此在融化在自然之中。在《人生》中，前三个诗行呈现出三个具体的自然意象，分别与三种抽象的精神相对应，一边是"光""海""白云流空"，一边是"理性""情绪""思想片片"。三组自然意象与三种人的精神一一对应，人与自然融为一体。在诗的最后，诗人好像是在追问："是自然伟大么？是人生伟大呢？"事实上是一种抒情，在自然与人的交融中，自然与人生已经是你中有我，我中有你，无法辨别谁伟大，谁渺小。

如果抛开全诗的整体意境，仅从局部来看，在宗白华的诗中，这种主客互为映照，精神与自然交融的诗句经常出现。例如："我生命的流/是海洋上的云波/永远地照见了海天的蔚蓝无尽。//我生命的流/是小河上的微波/永远地映着了两岸的青山碧树。"（《生命的流》）"我的心/是深谷中的泉/他只映着了/蓝天的星光。/他只流出了/月华的残照。"（《我的心》）"心中的宇宙/明月镜中的山河影"（《流云·断句》）。可见，在宗白华的诗中，自然与人的精神，主体与客体，经常是水乳交融，互为映照。

不论是人向自然皈依，沉入"自然底大梦"，还是自然之镜与寸心之镜互为映照，互为主客，互相充实，最终都是让主体融入自然之中，使得无所依傍的此在，在自然中找到精神家园。这正是宗白华在诗中追求的所谓"宁醉毋醒"的境界，对此，他做过明确阐述："诗人艺术家在这人世间，可具两种态度：醉和醒。""但诗人更要能醉，能梦。由梦由醉诗人方能暂脱世俗，超俗凡近，深深地深深地坠入这世界人生的一层变化迷离，奥妙惝恍的境地。"[1]　　"所以最高的文艺表现，宁空毋实，宁醉毋醒。"[2]

宗白华的生存探寻是在自然之中展开的，但是他与林徽因等人在自然中体验到虚无不同，他是乐观的。他认为："'爱'和'乐观'是增长'生命力'与'互助行动'的。'悲观'与'憎怨'总是灭杀'生命'力

---

[1] 宗白华：《略论文艺与象征》，宗白华：《宗白华全集》第 2 卷，安徽教育出版社 2000 年版，第 407 页。

[2] 同上书，第 408 页。

的。"① 他的乐观进取的态度，使得他不是在自然中叹息生命的短暂易逝、渺小可怜，而是主动到宏大的自然中去寻找永恒的精神。

三

在宗白华追求的"醉"中仿佛闪烁着道家哲学的影子，确实也有一些学者以此解读宗白华的诗，但是，宗白华的沉醉与道家的沉醉有所不同。道家为了消解生存困惑，摆脱虚无的威胁，主张离心去智，彻底放弃意志，返归自然母体，为此要超越事物之间的区别，超越我与非我的区别，所谓"堕肢体，黜聪明，离形去知，同于大通"（《庄子》）。这是通过否定自身、消解自身以得到解脱。刘小枫批评道家是要把人"蜕变为与物同一的一块石头""成了石头，自然就'超越'了生死的历史时间"②"石头性就是道家的审美人格，石头当然超生死、超时间、超社会，甚至还有大智：冷漠、游心、无我同物的智慧"③。与之相反，宗白华所皈依的自然不是道家的自然母体，不是一个无情的石头世界，而是认为自然中有一种精神。他在文章中多次对此做出阐述："自然中也有生命，有精神，有情绪感觉意志，和我们的心理一样……无论山水云树，月色星光，都是我们有知觉、有感情的姊妹同胞。"④"这大自然的全体不就是一个理性的数学、情绪的音乐、意志的波澜么？一言蔽之，我感得这宇宙的图画是个大优美精神的表现。"⑤ 这样一个有着"理性的数学、情绪的音乐、意志的波澜"，表现了一种"大优美精神"的大自然显然与道家的"石头世界"截然不同。

其实，在宗白华开始"小诗"创作的前一年，就明确批判过"老庄哲学"，斥之为"悲观命定主义"："认定凡事都有定数，人工不能为力，所以放任自然，不加动作。没有创造的意志，没有积极的精神，没有主动

① 宗白华：《乐观的文学——致一岑》，宗白华：《宗白华全集》第1卷，安徽教育出版社2000年版，第419页。
② 刘小枫：《拯救与逍遥》（修订本），上海三联书店2001年版，第198页。
③ 同上书，第199页。
④ 宗白华：《艺术生活——艺术生活与同情》，宗白华：《宗白华全集》第1卷，安徽教育出版社2000年版，第319页。
⑤ 宗白华：《看了罗丹雕刻以后》，宗白华：《宗白华全集》第1卷，安徽教育出版社2000年版，第309页。

的决心。高尚的，趋于达观厌世。低等的，流于纵欲享乐。"[1]

宗白华不仅认为宇宙中存在着一种精神，而且这种精神是向上的、主动的、超越性的。"大自然中有一种不可思议的活力，推动无生界以入于有机界，从有机界以至于最高的生命、理性、情绪、感觉。这个活力是一切生命的源泉，也是一切'美'的源泉。"[2] 由此也看到，宗白华的自然不是将人引向价值消解，而是"推动无生界以进入有机界"，进入"最高的生命"，是价值的生成，是生命的不断超越。这种精神在《夜中的流云》中有着鲜明体现：

> 流云啊！流云！
> 天宇寥阔，天风怒吼。
> 你一刻不停地孤飞，
> 是要向黑暗么？要向光明呢？
> 满天的繁星，
> 燃着无数情爱的灯，
> 指点你上晨光的道路了！

诗中的流云富有旺盛的生命力，饱含着主动进取精神，有着自己的"道路"和目标。它不是"堕肢体，黜聪明，离形去知"，不是"相忘以生"，不是反向消解自己以适应自然，而是在狂风中奋力挣扎，"一刻不停地孤飞"。在这个诗的世界中，有着黑暗与光明的鲜明对立，上与下的明确区分，不是道家哲学中混沌的整体与"大一"。

在《冬》中，"莹白的雪，/深黄的叶，/盖住了宇宙的心。/但是，我的朋友，/我知道你心中的热烈，/在酝酿着明春之花。"诗人将自然视为朋友，并在冬景之中看到自然内涵的勃勃生机。在《流云》（"宇宙的核心是寂寞"）中，"宇宙的核心是寂寞/是黑暗，/是悲哀。/但是/他射出了/太阳的热，/月亮的光，/人间的情爱"。在其后的第二段中，诗人与宇宙合一，但是这个宇宙不是寂寞、黑暗、悲哀的宇宙，而是充满着

① 宗白华：《新人生观问题的我见》，宗白华：《宗白华全集》第1卷，安徽教育出版社2000年版，第205页。

② 宗白华：《看了罗丹雕刻以后》，宗白华：《宗白华全集》第1卷，安徽教育出版社2000年版，第310页。

热、充满着人间情爱的宇宙。从前一个宇宙到后一个宇宙，宇宙也具有不断生成、不断上升、不断超越的精神。正如宗白华在文章中写道的："这个世界不是已经美满的世界，乃是向着美满方面战斗进化的世界。你试看那棵绿叶的小树。他从黑暗冷湿的土地里向着日光，向着空气，作无止境的战斗。终竟枝叶扶疏，摇荡于青天白云中，表现着不可言说的美。"①

与这样的自然精神相对应，宗白华诗中的主体精神也是与道家截然不同的，不是反向消解自身，不是还归石头与草木，而是进取与超越，是生命的不断绽开。宗白华在文章中曾经多次表达这种态度："我相信在人生上和历史上，人的精神倾向，有绝大的势力。"②"我自己自幼的人生观和自然观是相信创造的活力是我们生命的根源。"③"我不是诗人，我却主张诗人是人类底光明的预言者，人类光明的鼓励者和指导者，人类的光和爱和热的鼓吹者。"④ 在他的诗中同样如此：

> 一切切群生中，
> 我颂扬投火的飞蛾，
> 唯有他，
> 得着了光明中伟大的死！
>
> ——《投火的飞蛾》

宗白华在诗中将生存的困惑化解在自然之中，也就把生存探寻转化为对于自然精神的探寻，这个自然不是老庄的自然，也不是现代科学的自然，而是蕴含着"大优美精神"的自然。这个"大优美精神"就是他生存探寻的答案，但是这个"大优美精神"却是神秘的。我们只知道它是"一种不可思议的活力""是一切生命的源泉"，推动了世界和生命由低级向高级发展。所以这种精神既具有神秘性，不可定义性，同时又具有生成

---

① 宗白华：《看了罗丹雕刻以后》，宗白华：《宗白华全集》第 1 卷，安徽教育出版社 2000 年版，第 310 页。

② 宗白华：《乐观的文学——致一岑》，宗白华：《宗白华全集》第 1 卷，安徽教育出版社 2000 年版，第 419 页。

③ 宗白华：《看了罗丹雕刻以后》，宗白华：《宗白华全集》第 1 卷，安徽教育出版社 2000 年版，第 309 页。

④ 宗白华：《我和诗》，宗白华：《宗白华全集》第 2 卷，安徽教育出版社 2000 年版，第 155 页。

性，是一个不断自我绽开的可能。但是，由于"小诗"体制狭小，由于宗白华本人在艺术上追求"乐观的文学"和"宁醉毋醒"，他没有能在生存探寻的路上走得再远一些。

四

在自然中沉醉，将生存探寻化解为与自然同醉，在宗白华的诗中表现得最为集中，也是宗白华诗的主要特征。类似的现象在其他诗人笔下同样存在，只是较为零散。

前文已经分析了陈敬容的《给杏子》《瞩望》，诗人在自然万物的变幻中，感受到无处不在的时间之流，面对生命的虚无境遇，无可奈何。《圈外》同样是在大自然中无奈地感受时间的流逝，无法留住"生命的流泉"，但是最终却皈依于道家的"乐感"。

在《给杏子》中，诗人写道："去时间的岸边/筑一道堤。"希望筑起一座堤坝，让时间之流停滞。《圈外》开篇便再次表达了希望留住时间、渴望永恒的奢望："谁能划一个浑圆的圈/将生命的流泉圈定。"显然，时间的堤坝是不存在的，时间是留不住的，"生命的流泉"也无法圈定。既然生命超越之途已经被阻断，又不愿经受虚无的煎熬，诗人便反向消解自身以化解痛苦，超然面对生死与哀乐。于是诗人写道："驱哀乐如顺风的船，/看露珠在荷叶上航行"，超越于生死哀乐之外，放棹投杆，悠游卒岁。

在诗的第二段中，同样是日月更迭、季候迁徙的时间之流，但是置身于时间之流中的不再是人，而是动物。

> 侵晨的唱鸡，静夜的吠犬，
> 和一些随季候迁徙的鸣鸿，
> 你们多么无怨而有恒，
> 欣欣地迎接阳光和月明。

从"唱鸡"到"鸣鸿"不仅自身就是代表时间的意象，同时作为独立的生命置身于时间之流中。它们没有人的苦恼，它们"无怨而有恒""欣欣地"面对时间的流逝。诗人在它们身上看到了一种生命态度，一种达观和超然，一种"驱哀乐如顺风的船"的人生态度。陈敬容最终还是投入道家的逍遥，反向消解自身，向低级的生命形式认同，向自然母体皈依，与自然状态同一，于是便得到了解脱的欢乐。最终，此在不仅没有在生存探寻的途中寻找存在的踪迹，不断超越，不断自我生成，却反而走向否定自身，消解自身。正如刘小枫所说："在道家精神那里出现了一场彻底的价值颠倒，本来无价值的东西被赋予了价值，本来有价值的东西被剥夺了价值。"①

在诗的最后一段，诗人的形象出场了，"你，洁白如雪，你，坚贞如冰"。这个"你"曾经在第一段中饱受虚无的折磨，曾经执着地探寻生命与存在的终极意义，在第二段中，却通过自我消解，化解了痛苦，陶然而忘机了。于是，她怡然自得地面对"淡淡的清暮，融融的炉温"，沉醉于"深山中万松的涛声"。至此，那个曾经在《给杏子》中因为留不住时间，留不住生命，而在"堤边哭泣"的诗人，不再哭泣，而是沉醉于道家的"大一"之中。

在《展望》中，陈敬容以同样的沉醉方式消解了精神困惑。诗的前两节表现了诗人渴望永生、超越有限生命的愿望，最后一节将这种渴望化解于"自然母亲"的"永恒的爱的偎揲"。通过回归"自然母亲"的怀抱，消解了自己。

与陈敬容欣悦地投入自然怀抱不同，陈梦家的《雁子》是在自然的启示中无奈地接受"被抛"的处境。诗中，雁子"只管唱过，只管飞扬""从来不问他的歌/留在哪片云上？"诗人也希望像雁子一样："我情愿是只雁子，/一切都使忘记。"雁子只管歌唱与飞翔，不问意义，不问所来与所去，它给予诗人的启示其实就是搁置意义追问，回避虚无的逼视。与陈敬容欣悦地沉醉不同，陈梦家是被迫地接受，无奈地承受来自虚无的压力："不是恨"，也"不是欢喜"，诗人在无奈中放弃了生存探寻。

第三节　"领受"：在自然中寻求超越

在宗白华的"小诗"中，诗人在自然的背后寻找到一种美丽的精神，但是诗人不是由这种精神返回，引领生命走向超越，让此在绽开，而是在自我与宇宙精神的陶醉中，消解了追问。与之不同，以冯至为代表的一些

---

① 刘小枫：《拯救与逍遥》（修订本），上海三联书店 2001 年版，第 174 页。

诗人受到存在主义理论和里尔克诗的启发，以谦虚、敬畏的态度走入自然，挣脱习俗的束缚，在自然中寻求启示。他们没有在"自然底大梦"中终止追问，而是返回自身，在自然的引领中执着追问，寻求超越。

冯至的《十四行集》是这类诗歌的杰出代表。《十四行集》代表了冯至诗歌的最高成就，袁可嘉认为："它不愧是冯至诗作中的高峰，也是中国新诗优秀传统中现代主义诗派的一面光辉旗帜。"① 德国汉学家顾彬认为："十四行诗是冯至诗歌创作的顶峰，在我看来，甚至可以说是二十世纪中国诗歌创作的顶峰。"②《十四行集》的成功，离不开存在主义哲学的滋养，离不开里尔克、诺瓦里斯、歌德等人的影响。《十四行集》最突出的特点和最主要的成就是表现了生存的困惑和焦虑，就是对于个体生命终极意义与本质的追问。

1993 年，冯至去世，北京大学中文系的唁函这样肯定冯至在诗歌方面的成就："先生以巨大的耐力和勇气，对人类和我们民族的内在生活领域，进行了艰辛的探索；先生对于时代'介入'而超越的沉思，对宇宙、自然充满神启的感悟，对人类存在本质的探寻，使他成为中国现代诗歌传统筚路蓝缕的开创者，成为真正的诗歌和思想的巨擘。"唁电肯定了冯至诗歌中形而上的哲思，对生命与存在的探索，对自然与宇宙的感悟，正是肯定了冯至诗歌中的生存探寻。

前人的研究也充分肯定了冯至作品中的生存探寻。解志熙在谈到冯至20 世纪 40 年代初的作品时说："我们从冯至写于这一时期的作品中不难发现，作者最关心的是人的生命态度或生存态度的问题。"③ 王泽龙认为：《十四行集》"是中国现代主义诗歌中最集中、最充分地表现生命主题的一部诗集，是一部生命沉思者的歌"④。冯金红认为："冯至从无名的山水中体悟永恒和生命本质""在一种沉思的氛围与状态中，去体味和感悟被习俗所掩盖的平凡的人与事背后的普遍意义与生存的本质"⑤。张桃洲说：

① 袁可嘉：《一部动人的四重奏——冯至诗风流变的轨迹》，《文学评论》1991 年第 4 期。

② ［德］W. 顾彬：《路的哲学——论冯至的十四行诗》，《中国现代文学研究丛刊》1993年第 2 期。

③ 解志熙：《生命的沉思与存在的决断——论冯至的创作与存在主义的关系》（上），《外国文学研究》1990 年第 3 期。

④ 王泽龙：《论冯至的〈十四行集〉》，《贵州社会科学》1995 年第 6 期。

⑤ 冯金红：《体验的艺术——论冯至四十年代创作》，《中国现代文学研究丛刊》1999 年第 3 期。

《十四行集》"已深入到存在的本真问题，也关涉存在的处境、存在的终极意义等根本问题"。"这一根本性追问进一步将思的任务规定为对存在本质意义的深层求索，而使诗思获具形而上高度。"①

在冯至的诗中，与生存探寻密切相关的是自然。在自然中追问生存意义，探寻存在，是冯至诗歌的突出特征。在他的诗中，有加利树、原野、小路、飞鸟、小飞虫、茅屋、一棵树、一闪湖光、狂风和暴雨都具有了生命的灵性，给诗人以启示，引领诗人的精神飞离平庸的生活，向自由与超越的境界飞升。正如有学者指出的："在 40 年代狂嚣的战争氛围中，昆明的一隅山水提供给冯至最佳的精神居所，同时也促使了他生命观与自然观的进一步形成。冯至从无名的山水中体悟永恒和生命本质。"② 冯至曾经回忆杨家山的生活说："在这里，自然界的一切都显露出来，无时无刻不在跟人对话，那真是风声雨声，声声入耳，云形树态，无不启人深思。"③ 我们甚至可以揣测，如果没有诗人在杨家山的一段生活，如果没有一年多与自然的亲近，那么，在中国现代诗歌史上将会失去多么精彩的一批杰作。

冯至诗歌中的自然并不以优美见长，而是以其中所蕴含的哲学意蕴见长。冯至并没有着意于表现自然中美的线条与色彩，他重视的是自然中的精神。可以说，自然仅仅是他进行生存探寻的一条路径，体验生存的一个场所。这正是冯至从诺瓦里斯那里得到的启示："世界是精神的一种包罗万象的比喻，是精神的一种象征的形象。"④

一　"领受"与超越

"我们准备着深深地领受"，这是《十四行集》第一首的第一行，领受正是冯至从里尔克那里学到的观看自然的方式。袁可嘉曾经说："和里尔克一样，冯至十分强调对生活的观察和体验，第一首《我们准备着》要人们随时准备领受从生活中涌现的意想不到的奇迹，而这种奇迹往往就

---

① 张桃洲：《存在之思：非永恒性及其魅力——从整体上读解冯至的〈十四行集〉》，《名作欣赏》2001 年第 6 期。

② 冯金红：《体验的艺术——论冯至四十年代创作》，《中国现代文学研究丛刊》1999 年第 3 期。

③ 冯至：《昆明往事》，《新文学史料》1986 年第 1 期。

④ 冯至：《自然与精神的类比——诺瓦里斯的气质、禀赋和风格》，《外国文学评论》1993 年第 1 期。

是对人生万物认真观察和深刻体验的结果。"① 所谓领受，就是以谦虚、崇敬的心态，走入自然，面对自然，如同面对一位人智无法猜度的圣者，让自己从日常的习俗中挣脱而出，在精细的观察中，发现自然背后的超越精神，并由此返回自身，引领生命进入超越的境界。也有学者这样阐释冯至诗歌中的领受："领受即领会、承受。对于诗人来说，领会就是去聆听，聆听大自然的无语的倾诉；也就是去思，以思去追随存在的踪迹，迎候隐蔽的存在意义之出场。……不是被动等候，而是主动迎接和承担，亦即承受。"②

领受表现为一种对待自然的谦虚、敬畏态度。在《有加利树》中，冯至就是这样走近有加利树的：

> 你秋风里萧萧的玉树——
> 是一片音乐在我耳旁
> 筑起一座严肃的庙堂，
> 让我小心翼翼地走入；
>
> 又是插入晴空的高塔
> 在我的面前高高耸起，
> 有如一个圣者的身体，
> 升华了全城市的喧哗。

秋风中的有加利树，仿佛一座严肃的殿堂，"我"只能以敬畏、虔诚的心态，小心翼翼地走近。它高耸的身躯如同圣者，引领"我"的精神超出凡尘。有加利树高大、伟岸的形象，反衬出人的渺小。秋风中，枝叶间，回荡着浩瀚的声音，诗人置身其间，愈发感到它的博大雄浑，并进一步感到自身的单薄无助。冯至曾经在一篇日记中写道："月夜里，我们望着有加利树，越望越高，看着它在生长，不由得内心里惊惧起来。"③ 在散文中，冯至也写到月夜凝望有加利树的感触："望久了，自己的灵魂有

---

① 袁可嘉：《一部动人的四重奏——冯至诗风流变的轨迹》，《文学评论》1991 年第 4 期。

② 张桃洲：《存在之思：非永恒性及其魅力——从整体上读解冯至的〈十四行集〉》，《名作欣赏》2001 年第 6 期。

③ 冯至：《昆明日记》，《新文学史料》2001 年第 4 期。

些担当不起，感到悚然，好像对着一个崇高的严峻的圣者，你不随着他走，就得和他离开，中间不容有妥协。"① 看来，谦虚、敬畏不仅是冯至在诗歌中面对自然的态度，在生活中也是如此。

在《我们听着狂风里的暴雨》一诗中，诗人置身于自然界的狂风暴雨中，感到自己的生命不过是一点"微弱的灯红"，那"把一切都吹入高空"的狂风，那"把一切又淋入泥土"的暴雨，代表着自然不可抗拒的伟力，不可猜度的神秘。人置身其间是如此的无助，只有"不能自主"。在《这里几千年前》中，诗人置身于自然之中，仿佛面对一个永恒的生命体，四周回荡起几千年的"歌声"，人不过是一只"小的飞虫"。

在这些诗中，冯至从里尔克那里学会了观看，他像里尔克一样面对自然："虚心侍奉他们，静听他们的有声或无语，分担他们人们都漠然视之的命运。"② 里尔克曾经说："人们要更谦虚地去接受、更严肃地负担这充满大地一直到极小的物体的神秘，并且去承受和感觉，它是怎样重大地艰难。"③ 冯至曾经多次表示，是里尔克教会了他如何观看自然，其中很重要的一个环节，就是这谦虚、敬畏的态度。"自从读了 Rilke 的书，使我对于植物谦逊、对于人类骄傲了。""Rilke 使我'看'植物不亢不卑，忍受风雪，享受日光，春天开它的花，秋天结它的果，本固枝荣，既无所夸张，也无所愧怍……那真是我们的好榜样。"④

领受还表现为对习俗的超越，是一种摆脱习俗的观看方式。冯至不仅以谦虚、敬畏的态度领受自然中的精神，而且以哲学家的眼光，从习俗的束缚中超越而出，使得平常的山水自然呈现出迥异的品格。冯至曾经说：习俗"往往掩盖了事物的本来面貌，模糊事物的实质。艺术家和诗人必须摆脱习俗，谦虚而认真地观看万物，去发现物的实质"⑤。

下面来看《我们天天走着一条小路》：

---

① 冯至：《一个消逝了的山村》，冯至：《冯至全集》第 3 卷，河北教育出版社 1999 年版，第 49 页。

② 冯至：《里尔克——为十周年祭日作》，冯至：《冯至全集》第 4 卷，河北教育出版社 1999 年版，第 84 页。

③ ［奥］里尔克：《给一个青年诗人的十封信》，冯至译，冯至：《冯至全集》第 11 卷，河北教育出版社 1999 年版，第 300 页。

④ 冯至：《1931 年 4 月 10 日致杨晦书信》，冯至：《冯至全集》第 12 卷，河北教育出版社 1999 年版，第 121 页。

⑤ 冯至：《外来的养分》，《外国文学评论》1987 年第 2 期。

　　我们天天走着一条熟路
　　回到我们居住的地方；
　　但是在这林里面还隐藏
　　许多小路，又深邃、又生疏。

　　在日常生活中，我们被习俗包围，我们的眼睛和思想被习俗禁锢。"我们天天走着一条熟路"，正是对因循的生活状态的诗化表述。因为有用性是我们把握万物的标准，路对于我们的价值就在于通向目的地。一旦踏出一条熟路，熟路就成为最为便捷、最有效率的工具，不仅熟路本身的丰富性被其有用性遮蔽，而且其他的路从此退出了我们的视野。熟路既给予我们方便，也掩盖了自然的丰富性。所以要认识自然，要从自然中获得领悟和启示，就必须走出这个已经被工具化的自然，冲破因循的习俗，让自然像无边的原野在我们面前展开。于是，诗人踏上了那些隐藏在树林里的、深邃而又生疏的小路：

　　走一条生的，便有些心慌，
　　怕越走越远，走入迷途，
　　但不知不觉从树疏处
　　忽然望见我们住的地方，

　　像座新的岛屿呈在天边。
　　我们的身边有多少事物
　　向我们要求新的发现：
　　……

　　当诗人走上这些存在于习俗之外的、生疏的小路时，自然呈现出不同的景象，这些新的发现既给人新鲜感，也让人心慌。在熟路上走，是安全的，不会迷路。在习俗之内的自然也是安全的，没有危险。但是在习俗的保护中，势必远离真实，只有超出习俗，独立承担一切，独立面对存在，面对虚无与恐惧，才能够成为真正的生存者。在冯至的诗中，自然是其生存探寻的主要途径，冲破习俗观看自然，正是他生存探寻的必经之路。

　　当冯至回忆在杨家山的生活时，尤其会想起那些小路："树林里有些小路，我和妻常沿着任何一条小路散步，出发时没有目的，可是走着走着，两人一商量，就有了去向。"① 这首诗既来自诗人的现实生活，也充满着隐喻意味。诗人挣脱习俗领受自然，正是踏上了生疏而深邃的小路。就是在这样的小路上，诗人认识到一个全新的、深邃的、无边的自然，并从中得到启示。

　　这种挣脱了习俗的观看，在《十四行集》中随处可见，使得一些司空见惯的事物焕发出神异的光彩，如有加利树、鼠曲草、小路、原野、飞鸟、昆虫、小狗，甚至包括一些日常用具如铜炉、瓷壶等。

　　领受又表现为领受者在发现了自然背后的精神之后，返回自身，引领生命实现自我超越。

　　有些学者喜欢用道家思想解读冯至的诗歌，他们注意到冯至诗中人与自然、主体与客体的相互关联，向自然中寻求意义的方式，但是没有看到二者之间的差异。冯至不是追求与万化冥合，在陶然忘机中消解自身的困惑，不是把自然当作精神母体，而是在自然中领悟到一种更高级的精神存在，并反身以此引领生命进入超越之途，让此在向无限绽开。

　　这样一种闪烁在自然背后的精神，在冯至的诗中随处可见。在《我们听着狂风里的暴雨》中，"狂风里的暴雨"是不可猜度的自然，与它无所不在的威力相对的，是我们的"孤单"，是"我们生命的暂住"。我与自然是分立的，甚至是对立的。在《深夜又是深山》中是"狭窄的心"与"大的宇宙"的对立。在《这里几千年前》中是回荡了几千年的歌声与我们小飞虫一样的微末生命的对立。即使是在《有加利树》中，诗人也是借有加利树升华自己的精神，而不是在沉醉中消解主客之间的界限。

　　自然中的精神与诗人的精神分立存在，诗人不是在自然中反向消解自身，而是在自然中领悟到一种更为博大的精神，而后返回自身，引领生命走向超越。这样一来，自然为急切寻找生存意义的诗人提供了一条精神超越的路径。正如冯至在《山水·后记》中所说："在抗战期中最苦闷的岁月里，多赖那朴质的原野供给我无限的精神食粮，当社会里一般的现象一天一天地趋向腐烂时，任何一棵田埂上的小草，任何一棵山坡上的树木，都曾经给予我许多启示，在寂寞中，在无人可与告语的境况里，它们始终

---

① 冯至：《昆明往事》，《新文学史料》1986 年第 1 期。

维系住了我向上的心情，它们在我的生命里发生了比任何人类的名言懿行都重大的作用。我在它们那里领悟了什么是生长，明白了什么是忍耐。"①

《深夜又是深山》表现了诗人渴望突破狭小个体生命，向无限和自由超越的强烈意愿。诗人置身于林场茅屋，被深山环绕，被夜色包围，被夜雨封锁。现实中被围困的境遇，狭小的空间，唤起了诗人常常思虑的生命的有限性。个体生命的存在，不就如同此时此地的境况吗？狭小，闭塞，无望，无助。与个体生命狭小时空对立的是一个宏大的自然时空：十里外的山村，二十里外的市廛，甚至更为辽远的地方；十年前，二十年前，甚至更为遥远的年代。诗人不能接受个体生命的狭小时空，为生命的短暂与渺小而痛苦，于是借《古兰经》中的话表达了超越的渴望："给我狭窄的心／一个大的宇宙！"

让自然引领生命走向超越，最为典型地表现在《有加利树》中，冯至曾经谈到观看有加利树的感觉："这中间，高高耸立起来那植物界里最高的树木，有加利树。有时在月夜里，月光把被微风摇摆的叶子镀成银色，我们望着它每瞬间都在生长，仿佛把我们的身体，我们的周围，甚至全山都带着生长起来。"② 回到《有加利树》中，可以看到这不仅仅是一种感官上的效果，更是精神上的启示。有加利树在风中舞动，用声音烘托出一个庄严殿堂，它伟岸的身躯恍惚中化作圣者。诗人从有加利树的身上领悟到一种可以引领生命超越的力量，它升华了俗世的喧哗，它在凋零中生长，在不断的自我蜕变中走向更高的生命。诗人虔诚地希望在它的引领下超越自己，让精神融入有加利树，通过它走向永恒，走向精神超越的彼岸。

下面再来看《这里几千年前》一诗：

> 这里几千年前
> 处处好像已经
> 有我们的生命；
> 我们未降生前

---

① 冯至：《山水·后记》，冯至：《冯至全集》第 3 卷，河北教育出版社 1999 年版，第 73 页。

② 冯至：《一个消逝了的山村》，冯至：《冯至全集》第 3 卷，河北教育出版社 1999 年版，第 49 页。

一个歌声已经
从变幻的天空，
从绿草和青松
唱我们的运命。

我们忧患重重，
这里怎么竟会
听到这样歌声？

看那小的飞虫，
在它的飞翔内
时时都是新生。

为了便于理解这首诗，先来看冯至散文中的一段文字：

在人口稀少的地带，我们走入任何一座森林，或是一片草原，总觉得它们在洪荒时代大半就是这样。人类的历史演变了几千年，它们却在人类以外，不起一些变化，千百年如一日，默默地对着永恒。其中可能发生的事迹，不外乎空中的风雨，草里的虫蛇，林中出没的走兽和树间的鸣鸟。①

——《一个消逝了的山村》

诗人置身于一片陌生的自然环境里，面对变幻的天空、绿草和青松，面前的一切既陌生又似曾相识，仿佛有一种亘古至今的精神之流隐约回荡在万物中间，仿佛一个神秘的歌声回响在诗人耳边。这歌声超越时间，从几千年前唱到今天，并将继续唱到无限的未来，这歌声超越了绿草、青松、人类等一切个体生命的存在。这歌声就是冯至在自然中领悟到的东西，是超越个体存在的一种永恒、无限，蕴含在无语的万物之中。诗人在

---

① 　冯至：《一个消逝了的山村》，冯至：《冯至全集》第 3 卷，河北教育出版社 1999 年版，第 46 页。

自然中领悟到一种超越精神，由此返回审视自身，对个体生命的存在形态有所觉悟。最后诗人从"蜕变论"中获得了精神超越的途径："看那小的飞虫，/在它的飞翔内/时时都是新生。"

以上我们在冯至诗中看到了他在自然中领悟的精神历程，他以谦虚、崇敬的心态，面对自然，用摆脱了习俗的眼睛，看到自然背后的精神，由此返回自身，引领生命实现超越。海德格尔说："超越存在者是此在的本性。"① 此在的意义和本质也就在于自我超越的途中，冯至正是通过在自然中展开生存探寻，不断实现自我生命超越的。

谈到冯至诗中的生存探寻，不能无视他从西方诗人、哲人那里习得的思想武器，尤其是在他寻求精神超越的过程中，明显借用了歌德的"蜕变论"与诺瓦里斯的"关联"思想。但冯至并不是简单的承袭、拙劣的模仿，而是将其与自身的生命体验结合，在接受中怀疑，在怀疑中创造。以往的研究者往往过度强调冯至对存在主义和"蜕变论"等思想的承继，以此确立冯至诗文化精神的高贵血统，实际上这正贬低了诗人的成就。一个严格按照某种既成理论创作的诗人是值得怀疑的，一个成为某种理论的具体演绎的作品也决不是好作品。由此，我们也就有必要重新返回冯至的诗，看一看这些西方文化因素是如何进入他的诗并遭遇抵牾的。

二　"蜕变"与对"蜕变"的拒绝

在冯至的诗中，自然意象背后隐约显现着歌德"蜕变论"的影子，例如，那一棵棵无时不脱着躯壳并在凋零中生长的有加利树（《有加利树》），"蜕化的蝉蛾"、从音乐的身上脱落的歌声（《什么能从我们身上脱落》），"时时都是新生"的小飞虫（《这里几千年前》）。虽然从《十四行集》整体来看，冯至未必完全认同歌德的"蜕变论"，但是"蜕变论"确实使冯至的生存探寻得以展开，也暂时缓解了冯至的精神焦虑。

早在 20 世纪 20 年代，冯至就深受歌德的影响，他曾经回忆说："外国文学源源不断地介绍到中国来……但我反复诵读、对我发生较大影响的是郭沫若译的歌德的《少年维特之烦恼》。"② 但是冯至到了德国之后，基

---

① ［德］海德格尔：《人，诗意地安居——海德格尔语要》，郜元宝译，世纪出版集团上海远东出版社 2004 年版，第 34 页。

② 冯至：《外来的养分》，《外国文学评论》1987 年第 2 期。

本上放弃了早期的浪漫主义诗文创作，同时也远离了"维特"。在他陶醉于里尔克，深研诺瓦里斯的同时，对于歌德也有了新的认识。"从前念《浮士德》，不大了解，现在读起来，真是字字珠玉"[1]。1931年，冯至由海德堡转学柏林大学的目的就是"想对于歌德做深一步的研究"[2]。在德国期间，他对歌德后期作品更感兴趣。"比起歌德的早期作品来，我更喜欢他的晚期作品。我喜欢那些包含着深刻的人生睿智的书。"[3] "我常常在老年歌德的睿智中深思，他的几行字，或是一首箴言，或是几行诗有时就会深深打动我，对我发生有力的影响。"[4]

40年代初，冯至在昆明更为关注歌德。这个时期，他翻译了歌德的《维廉·麦斯特》，翻译并注释了《歌德年谱》，并为此阅读《歌德全集》。尤其是翻译并注释《歌德年谱》的工作，对于《十四行集》的影响是不容忽视的。在冯至写于杨家山时期的日记中，随处可以看到这项工作的进展。[5] 在日常生活中，他总是把《歌德全集》带在身边。"那时我下午进城，次日早晨下课后上山，背包里常装着两种东西，一是在菜市上买的菜蔬，一是几本沉甸甸的《歌德全集》。我用完几本，就调换几本，它们不仅帮助我注释《歌德年谱》，也给我机会比较系统地阅读歌德的作品。"[6] 1987年，冯至在回顾自己所受外国文学的滋养时，特别谈到："它们（《维廉·麦斯特》、《浮士德》）对于我是两部'生活教科书'。作为世界名著，它们当然给我以审美的教育，更重要的是教给我如何审视人生。"[7] 另外，在《十四行集》中，冯至专门为歌德写了一首诗，诗的核心就是歌德的"蜕变论"思想。

歌德认为，宇宙万象都由一些原始现象蜕变而来，"有机的形体不是一次便固定了的，却是流动的、永久演变的"。"歌德并且把他从生物界

① 冯至：《1931年2月致杨晦信》，冯至：《冯至全集》第12卷，河北教育出版社1999年版，第115页。

② 冯至：《1931年7月25日致杨晦信》，冯至：《冯至全集》第12卷，河北教育出版社1999年版，第122页。

③ 冯至：《1932年8月致维利·鲍尔信》，冯至：《冯至全集》第12卷，河北教育出版社1999年版，第164页。

④ 冯至：《1933年底致维利·鲍尔信》，冯至：《冯至全集》第12卷，河北教育出版社1999年版，第177页。

⑤ 参见冯至《昆明日记》，《新文学史料》2001年第4期。

⑥ 冯至：《昆明往事》，《新文学史料》1986年第1期。

⑦ 冯至：《外来的养分》，《外国文学评论》1987年第2期。

中观察得来的蜕变论推演到人的身上，一个人的一生也不可停滞，必须有变化。"人要在毁灭中获得新生，在"蜕变"中新生。"这是他在动物蜕变与植物蜕变外又树立起人的'蜕变论'。这自灭而又自生的深义，这'死和变'的真理，在歌德作品里到处可以遇到。"①

　　冯至的诗明显带有"蜕变论"的痕迹，或者说，冯至诗中的生存探寻正是按照"蜕变论"的思想轨迹展开的。例如《什么能从我们身上脱落》一诗：

　　　　什么能从我们身上脱落，
　　　　我们都让它化作尘埃：
　　　　我们安排我们在这时代
　　　　像秋日的树木，一棵棵

　　　　把树叶和些过迟的花朵
　　　　都交给秋风，好舒开树身
　　　　伸入严冬；我们安排我们
　　　　在自然里，像蜕化的蝉蛾

　　　　把残壳都丢在泥里土里；
　　　　我们把我们安排给那个
　　　　未来的死亡，像一段歌曲，

　　　　歌声从音乐的身上脱落，
　　　　归终剩下了音乐的身躯
　　　　化做一脉的青山默默。

　　诗人置身于落英缤纷的树林中，看到树木只有不断脱去"残壳"，才能舒展开身体，"伸入严冬"，感悟到我们的生命也正是如此，只有在弃旧中才能更新，在不断的"蜕变"中升华，"像蜕化的蝉蛾"。该诗明显

---

① 冯至：《从〈浮士德〉里的"人造人"略论歌德的自然哲学》，冯至：《冯至全集》第 8 卷，河北教育出版社 1999 年版，第 59 页。

受到了歌德"蜕变论"的影响，"蜕变论"成为冯至生存探寻的思想武器。在冯至的其他诗中，同样有着"蜕变论"的痕迹，如《有加利树》《这里几千年前》《看这一队队的驮马》《我们听着狂风里的暴雨》以及《歧路》。但值得注意的是，后面三首虽然蕴含着"蜕变论"思想，却主要表现为反"蜕变论"，表现了诗人对于"蜕变论"的怀疑。

冯至并不是简单地借西方人的理论来解决自己的生存问题，没有在堂皇的理论中远离真实的生命体验。"蜕变论"是冯至寻求生命超越的一种思想武器，但是"蜕变"本身暗含着对于个体生命的否定，"蜕变"是个体生命本质的蜕变，既然本质已经蜕变，原来的个体生命就不复存在了，这既是超越，也是对于主体的否定与消解。冯至始终坚守着个体生命实在的底线，他不能接受这样的"蜕变"。所以，他陷入了两难境地：要超越，就要"蜕变"；但是一旦接受"蜕变"，就消解了个体生命。

在冯至的诗中，歌德的"蜕变论"思想与存在主义哲学是融会在一起的。存在主义认为存在先于本质，在自由选择中，人的本质得以生成，冯至的散文《决断》就鲜明地表现了这种思想。后人常常以此为依据，片面强调冯至诗中的"蜕变论"思想和存在主义精神，但是事实上，冯至诗中多次表现出对于"蜕变论"的怀疑。所以单纯强调冯至诗中的"蜕变论"思想以及存在主义精神，并认为他在这里找到了精神超越的途径，克服了焦虑，战胜了虚无，都是有违事实的。

例如《歧路》一诗，可以说，这首诗的主题就是反"蜕变论"。诗人面对一条条道路，明白自己只能选择一条，而舍弃其他。将"其余的都丢在身后"，就像是树木在生长中不断丢弃的枝条，那些折断的枝条都是自己死去的生命，所以诗人感到："我们/全生命无处不感到/永久的割裂的痛苦"。在《什么能从我们身上脱落》中，诗人曾经毫不吝惜地抛弃旧的枝条，但是在《歧路》中，他觉得那些枝条是自己生命的一部分，每抛弃一些枝条，都是割裂自己的生命。前者，诗人在"蜕变"中超越；后者，诗人感到"蜕变"使生命残缺。前者是欣悦地接受"蜕变"，后者是痛苦地怀疑甚至拒绝"蜕变"。

《我们听着狂风里的暴雨》一诗曾经被德国汉学家顾彬盛赞为"完美

而不朽"①。在这首诗中，冯至同样是痛苦地坚守着"生命的暂住"，拒绝在"蜕变"中消解自己。诗中，万物都处在"蜕变"之中："铜炉在向往深山的矿苗/瓷壶在向往江边的陶泥。"从铜炉到矿苗，从瓷壶到陶泥，不论是向家园皈依，还是向更高的存在超越，都是以否定现在的存在状态（"生命的暂住"）为基础的。"我们"置身于"狂风里的暴雨"，感受到自然的威力，也是无所不在的、推动万物"蜕变"的力量："狂风把一切都吹入高空，/暴雨把一切又淋入泥土。"我们的生命不过同面前的用具一样，只是"风雨中的飞鸟"。但是诗人不能容忍生命如同铜炉回到矿苗，如同瓷壶回到陶泥，那将是个体生命的消失，是死亡。于是诗人拒绝这样的"蜕变"："我们紧紧抱住"，哪怕"只剩下这点微弱的灯红"，也要"证实我们生命的暂住"。这首诗的主题就是诗人坚守个体生命的实在，拒绝"蜕变"。

《看这一队队的驮马》同样表现了冯至对于"蜕变论"的怀疑，坚守着一个静止的、实在的个体生命形态。

> 看这一队队的驮马
> 驮来了远方的货物，
> 水也会冲来一些泥沙
> 从些不知名的远处，
>
> 风从千万里外也会
> 掠来些他乡的叹息：
> 我们走过无数的山水，
> 随时占有，随时又放弃，
>
> 仿佛鸟飞翔在空中，
> 它随时都管领太空，
> 随时都感到一无所有。

---

① ［德］W. 顾彬:《路的哲学——论冯至的十四行诗》,《中国现代文学研究丛刊》1993年第 2 期。

什么是我们的实在？
我们从远方把什么带来？
从面前又把什么带走？

这首诗的核心是追问"什么是我们的实在？"诗中，驮马、水与风都
是载体，承载着货物、泥沙和叹息，然而被承载的东西是流动不居、不断
变化的。人也如这些载体，承载着不断流动的经验："我们走过无数的山
水，随时占有，随时又放弃"。随着经验的不断流动，生命也在不断变
化，生命的本质也在蜕变。最后，诗人一方面追问生命的本质："什么是
我们的实在？"一方面又追问生命的意义："我们从远方把什么带来？/从
面前又把什么带走？"诗的主题是诗人要寻找并把定一个实在的"我"，
反对一个没有固定本质的、时时处于流动中的"我"，反对在"蜕变"中
消解自己。有学者认为，该诗"深沉地咏叹了人对其存在的不确定性、
生命的虚无性的焦虑"[1]，这种不确定性和焦虑正是对于"蜕变论"的
质疑。

"蜕变论"在其他诗里，以及在冯至的一些言论里，原本是实现生命
超越的重要方式，是正面力量，但是，在这些诗中，"蜕变论"却变成了
消解生命、消解本质、消解生存意义的负面力量，成为诗人要极力克服的
一种威胁。至此，我们看到冯至诗歌中的生存探寻不是简单地皈依于前人
既成的理论，而是在真真切切的生命体验中艰难前行，在矛盾痛苦中挣
扎，在绝望中抗争。

三　"关联"与对"关联"的怀疑

冯至一方面在诗中使用诺瓦里斯的"类比""关联"等观念来解决生
存困惑，一方面却对"关联"持怀疑态度。因为在"关联"中，个体生
命的界限消失了，生命的实在性变得模糊，冯至不能接受这个结果。

诺瓦里斯诗中自然与精神的类比关系，是冯至从自然中进行生存探寻
的重要依据，冯至对此深信不疑。但是诺瓦里斯关于万物之间相互关联的
观点，却不能让冯至完全接受。在诺瓦里斯看来，"世界是一个永远在流

---

① 解志熙：《诗与思——冯至三首十四行诗解读》，《中国现代文学研究丛刊》1992 年第 3 期。

动和运行的巨大有机体。一切既结合又裂解、既混合又离解、既联系又分割。同一性、相似性、亲和性，这些就是这个巨大有体机中一切事物的主要特色。"在诺瓦里斯的作品中，"他把万事万物都解释或设定为相互关联的。他的诗歌如同一个世界，在这里一切界线都消失了，所有的距离都相互接近，所有的对立都得到融合。"①

　　必须肯定诺瓦里斯这种万物相互关联的思想，是冯至寻求生命超越的重要思想资源，在《我们站立在高高的山巅》中表现得最为突出：

> 我们站立在高高的山巅
> 化身为一望无边的远景，
> 化成面前的广漠的平原，
> 化成平原上交错的蹊径。
>
> 哪条路、哪道水，没有关联，
> 哪阵风、哪片云，没有呼应：
> 我们走过的城市、山川，
> 都化成了我们的生命。
>
> 我们的生长、我们的忧愁
> 是某某山坡的一棵松树，
> 是某某城上的一片浓雾；
>
> 我们随着风吹，随着水流，
> 化成平原上交错的蹊径，
> 化成蹊径上行人的生命。

　　在第一段中，诗人连续使用三个"化"字，将自身化解在相互关联的万物之中。在物我相融、物物相融之中，将诺瓦里斯的"关联"发展到极致，此时只有陶醉，没有困惑和焦虑。从表面上看，冯至借诺瓦里斯

　　① 冯至：《自然与精神的类比——诺瓦里斯的气质、禀赋和风格》，《外国文学评论》1993年第1期。

的"关联"似乎解决了生命的形上困惑，事实上，不过是反向消解了主体自身。当"我们"已经"随着风吹，随着水流"时，也就无所谓困惑与焦虑了。

如果进一步深究诗中的精神解脱之途，可以看出与道家哲学的差异。在老庄哲学中，人是向一个整体的自然母体回归，是沉入混沌的"大一"。在这首诗中，万物仍然是作为一个个的个体存在，虽然个体之间是联系的，但没有融合为不可区分的一个大的精神母体，这正是冯至在他的博士论文中所阐述的诺瓦里斯式的"关联"。

这种诺瓦里斯式的"关联"也表现在冯至的其他诗中。在《我们来到郊外》中，人们在躲避空袭的途中，冲破日常生活中人与人之间的隔膜，融汇在一起："象不同的河水/融成一片大海。"在《威尼斯》中，通过水城威尼斯感悟到人与人之间的关系："它是个人世的象征，/千百个寂寞的集体""一个寂寞是一座岛，/一座座都结成朋友"。虽然生命是寂寞的个体，但是却向往着交流："笑一笑""拉一拉手"。

由于上述诗歌相对突出了"关联"，也由于冯至本人在特定历史语境中发表的一些言论，前人的研究常常过度突出了这一点。有学者认为："发现宇宙间万事万物的相互关联、呼应、汇合、交流，这成了冯至《十四行集》诗的一道最亮丽的风景线。"[1] 袁可嘉在注意到《十四行集》"孤单的""寂寞的"一面之后，更为强调它"十分重视人与自然、人与人、人与物的交流、融合、关联和呼应"[2]。另外，冯至自己也表示："我在1941年内写了27首十四行诗，表达人世间和自然界互相关联与不断变化的关系。"[3] 事实上，过于强调关联的一面，使得《十四行集》的复杂内涵变得单薄，仿佛《十四行集》成为对诺瓦里斯"关联"理论的演绎，似乎冯至充满乐观情绪，找到了生命的归宿，这显然是对原著的歪曲。

事实上，从冯至一贯的态度来看，孤独和寂寞才是生命的本真状态，作为深受存在主义哲学和里尔克影响的诗人，冯至对于人生的孤独状态尤其有着深入的认识。他曾经说："人到世上来，是艰难而孤单。一个个的人在世上好似园里的那些并排着的树。枝枝叶叶也许有些呼应吧，但是它

---

① 陆耀东：《冯至〈十四行集〉独特的思维方式》，《文学评论》2003年第5期。

② 袁可嘉：《一部动人的四重奏——冯至诗风流变的轨迹》，《文学评论》1991年第4期。

③ 冯至：《外来的养分》，《外国文学评论》1987年第2期。

们的根，它们盘结在地下摄取营养的根却各不相干，又沉静，又孤单。"①其实，早在冯至赴德留学之前就曾谈到人是孤独的。在《好花开放在最寂寞的园里》一文中，开篇第一段就大谈孤独："没有一个诗人的生活不是孤独的，没有一个诗人的面前不是寂寞的（尤其是当他执笔运思的时候）；无论是 Goethe 一般的享尽世上的荣誉，或是薄命的 Keats 遍遭人间的白眼——任凭他表面上，环境上，是怎样不同，其内心的情调则有共同之点，孤独，寂寞。""我相信人永久是孤独的。最忠诚的伴侣，只有月下灯前的影子。"②

海德格尔深解孤独的意义，他说："孤独有某种特别的源始的魔力，不是孤立我们，而是将我们整个存在抛入所有到场事物本质而确凿的近处。"③ 里尔克是对冯至影响最大的诗人，他认为，孤独是人的本真状态，而且是通往超越的道路。他在给一个青年诗人的信中说："您的孤独，在很不熟悉的境遇中间，将会成为您的支柱和故乡，从那里出发，您将找到您的一切道路。""如果我们再来谈谈孤独，那就更加明显，它根本不是什么人们所能选择或放弃的。我们都是孤独的。"④

同样，《十四行集》中充满了孤独意识，有加利树、鼠曲草都是孤独地存在着，战场上归来的战士是孤独的（《给一个战士》），原野里啼哭的村童、农妇是孤独的（《原野的哭声》），被"深夜""深山""夜雨"封锁在茅屋里的诗人也是孤独的（《深夜又是深山》）。

在《别离》一诗中，诗人看到孤独才是人生的本真状态。"一次别离"就是"一次降生"，别离之后，"象刚刚降生的两个婴儿"，别离使生命重新敞开："眼前忽然辽阔"。诗人质疑"关联"，认为每个人只有独自担当世界，"各自把个人的世界耕耘"。

很有意思的是，《十四行集》中的《威尼斯》一诗宣扬的是"关

---

① 冯至：《给一个青年诗人的十封信·译者序》，冯至：《冯至全集》第 11 卷，河北教育出版社 1999 年版，第 282 页。

② 冯至：《好花开放在最寂寞的园里》，冯至：《冯至全集》第 3 卷，河北教育出版社 1999 年版，第 171 页。

③ ［德］海德格尔：《人，诗意地安居——海德格尔语要》，郜元宝译，世纪出版集团上海远东出版社 2004 年版，第 84 页。

④ ［奥］里尔克：《致一位青年诗人的信》，载《里尔克散文选》，绿原、张黎、钱春绮译，百花文艺出版社 2002 年版，第 373 页。另该译文中的"孤独"，冯至译为"寂寞"，参见《冯至全集》第 11 卷，河北教育出版社 1999 年版，第 302 页。

联"，但是冯至在 1935 年还发表过另一首《威尼斯》①，却是表现孤独的。
"无数寂寞的岛屿/织就了一座美丽的城。""其中的人们，寂寞，孤零。"
他由此看到人世间就是"寂寞，孤零"，除去偶尔的交流，生命的常态还
是孤独："家家都关起门，紧抱着/几百年的隆替兴亡。"在《十四行集》
的《威尼斯》中，"桥"与"窗"象征着"关联"，色彩明朗，而且是诗
的核心意象。但是在这首《威尼斯》中，核心意象不是"桥"与"窗"，
而是象征着孤独的"门"。结合冯至的个人性格和知识背景而言，有理由
认为，后者更能反映冯至真实的内心世界，代表了他对于生命本体的认
识。《十四行集》中的《威尼斯》很可能是受到了抗战时期特定历史潮流
的裹挟，面对各种指责、非难以及自身民族责任感所造成的愧疚的产物。

在冯至的诗中，"关联"既是一种生命存在方式，也是一种超越方
式。作为生命的存在方式，冯至其实更认同孤独。在他看来，生命的本真
状态应该是孤独的，只有在孤独中才能成为生存者，并进一步寻求超越。
但是在实际创作中，特定的民族文化传统、时代潮流使其也向往联系，诺
瓦里斯的"关联"更助长了这种意识。所以在《十四行集》中看到一个
在孤独与"关联"之间矛盾的冯至。

在《十四行集》中，"关联"也表现为一种超越的方式，但是单方面
强调"关联"，导致的是个体生命的破碎，失去自我的规定性，丧失个体
的边界，使生命弥散，这是执着地坚守着个体生命实在性的冯至所不能接
受的。《有多少面容，有多少语声》就表现了对于"关联"的质疑，表现
了诗人在坚守个体生命与寻求超越之间的两难境地。

> 有多少面容，有多少语声
> 在我们梦里是这般真切，
> 不管是亲密还是陌生：
> 是我自己的生命的分裂，
>
> 可是融合了许多的生命，
> 在融合后开了花，结了果？

---

① 该诗初刊于《大公报·文艺》1935 年第 55 期，冯至：《冯至全集》第 1 卷，河北教育
出版社 1999 年版，第 327 页。

谁能把自己的生命把定
对着这茫茫如水的夜色，

谁能让他的语声和面容
只在些亲密的梦里萦回？
我们不知已经有多少回

被映在一个辽远的天空，
给船夫或沙漠里的行人
添了些新鲜的梦的养分。

　　这首诗表现了生命之间的"关联"，在梦境与现实的交替中，显现了生命之间的交融状态，你融入我的梦，我活在你的梦里，梦里的一切难分你我。为此诗人感到困惑，他追问梦中的一切："是我自己的生命的分裂，/可是融合了许多的生命"。诗人先是认为，梦中的生命不过是自己意识创造出来的，是情绪和观念的产物，所以那些面孔、声音不过是自己生命的分裂。但是，诗人进而想到，那些生命毕竟在现实中有迹可循，也是一些有血有肉的独立生命体。或许梦中那些活生生的人是融合了别人的生命？是别人走进我的梦里？梦中的一切已经是物我难分、主客难辨了。由于在梦中你中有我，我中有你，我可以任意进入别人的梦，别人也可以任意在我的梦中穿梭，个体生命的界限消失了。不仅如此，作为生命的主体却不能左右自己的去留，我们不能选择进入谁的梦境，也不能选择谁进入我们的梦中，生命成为主体无法把握的，于是诗人发出喟叹"谁能把自己的生命把定"。

　　在个体生命的界限消失之后，生命就变成了碎片，弥散在世界上，此时主体已消失，剩下的只是一些感官上的碎片，生命变成了无数"面容"与"语声"的碎片。所以在诗的开头，诗人感受到的不是实在的个体生命，而是生命的碎片："有多少面容，有多少语声"。在无所不在的"关联"中，个体生命的边界消失，实在性也被消解，弥散在无边的"关联"之中。

　　为了超越个体生命的有限，冲破狭小时空的局限，不堪死亡和虚无的逼视，不甘于微末的生命形态，向往永恒、无限，追求自由与超越，冯至从诺瓦里斯那里借来了"关联"，但是最终他发现在"关联"之中又消解了个体生命的实在，消解了主体。

在《深夜又是深山》中，冯至曾经疾呼："给我狭窄的心/一个大的宇宙！"这两句诗一方面表达了诗人渴望超越的情绪，另一方面也表现了超越的方式，是让"我"的心扩充为一个宇宙，而不是让"我"的心融入宇宙。这个"狭窄的心"是一切的基础和根本，这显然是与在"关联"中消解个体生命界限相矛盾的。诗人渴望的超越是在坚守个体生命基础上的超越，但是这样的愿望在《十四行集》中也只能停留于愿望，成为一次呼喊。

不论是歌德的"蜕变论"，里尔克对生与死的超越，还是诺瓦里斯的"关联"，在冯至的诗中都是反抗虚无、缓解焦虑、寻求超越的工具。德国汉学家顾彬曾经说："冯至是一位集多种歌喉于一身的诗人"，"冯至有着鲁迅的歌喉，歌德的歌喉，里尔克的歌喉，雅斯佩尔斯的歌喉，所有这些，在我看来，都汇聚在'路'的隐喻中"①。顾彬所讲的"路"正是一条生存探寻之路。正如同"爱的哲学"并不能真正解决冰心的价值关怀问题一样，冯至从西方拿来的这些思想和方法，也同样不能让他彻底信服，化作坚贞的信仰，所以也不能为他的生存探寻提供一个满意的答案。前人的研究往往有意回避冯至诗中的虚无底色与焦虑情绪，夸大了上述思想在冯至诗中的作用，从而呈现出一个乐观、自信甚至真理在手的冯至，这是不符合事实的。综观冯至的《十四行集》，总体情绪不是找到意义之后的自信与释然，而是找不到答案的痛苦与无奈。

冯至一方面紧紧抓住个体生命的实在性，一方面又想通过"蜕变"与"关联"寻求超越，或者说，他不相信离开一个具有实在性的个体生命的任何超越。这就导致在他的诗中存在着一个难以克服的矛盾：或者坚守个体生命的实在性，导致无法超越；或者一旦超越，个体生命的实在性就被消解。这两种情况他都不能接受，所以始终处在矛盾与焦虑之中。

四　陈敬容、郑敏诗中的"领受"

冯至以及里尔克"领受"自然的方式，对当时的诗人产生了一定的

---

① ［德］W. 顾彬：《路的哲学——论冯至的十四行诗》，《中国现代文学研究丛刊》1993年第 2 期。

影响，尤其是九叶诗人，其中最为明显的是陈敬容和郑敏。

　　　　水波的起伏，
　　　　雨声的断续，
　　　　远钟的悠扬……

　　　　和灼热而温柔的
　　　　心的跳荡——

　　　　谁的意旨，谁的手呵，
　　　　将律动安排在
　　　　每一个动作，
　　　　每一声音响？

　　　　宇宙呼吸着，
　　　　我呼吸着；
　　　　一株草，一只蚂蚁
　　　　也呼吸着。

　　　　停匀的呼吸，
　　　　停匀的幽咽，
　　　　停匀的歌唱……
　　　　谁的意旨，谁的手呵，
　　　　将律动赋予
　　　　每一个"动"的意象？

　　　　宇宙永在着，
　　　　生命永在着，
　　　　律动，永在着。

　　　　而我的窗上，
　　　　每夜颤动着

你，永恒的星光！

——陈敬容《律动》

诗人从水波、雨声、远钟、星光的律动中，感受到一种生命、一种精神，并将其与"心的跳荡"对应，从我的呼吸到宇宙的呼吸再到一株草、一只蚂蚁的呼吸，从中可以看到一种酷似诺瓦里斯的自然与精神的类比关系。诗中无机界的"律动"与有机界的"律动"，万物的"律动"与我的"律动"，显然已经不是一般意义上的比喻关系，而是诗人的真实感受。

在这首诗中，诗人观看自然的态度同样是谦虚和敬畏的。诗中的"我"不是一个傲视万物的现代理性主义的人，我与一株草、一只蚂蚁平等相待，与水波、雨声、远钟共享着同样的"律动"。同时，对于那个赋予万物"律动"的"谁"，一个蕴藏在万物背后的神秘存在，充满敬畏。

诗人感受、观看自然的方式同样是超出习俗的。在习俗之中，我们很难在千差万别的事物之间感受到同一的"律动"，很难想象将水波、雨声、钟声与生命的呼吸、脉动联系起来，尤其是处于崇尚科学理性的时代。

同样的"律动"也回荡在《秋》中，那是深山里"伐木的丁冬"，那是在"潜默"中推移的"流水""飘风"，是"无言的/色调的转替"。诗人面对自然的态度同样是谦虚和敬畏的，那"潜默"的自然中仿佛蕴含着无尽的神秘，那是人智所无法猜度的。诗人不由得追问："谁在抚弄神秘的弓？"

郑敏在西南联大期间主修的是哲学，这对其诗的创作产生了很大影响，她曾经说："我在步入大学后，由于选择了哲学专业，在文学欣赏上增添了一些智性的成分，渐渐要求诗有更多的智慧内涵"[1]。袁可嘉评价郑敏说："她有哲学家对人生宇宙进行沉思的癖好，又喜绘画、雕塑和音乐，因此她的诗富于形象，又寓有哲理。她善于从客观事物引起思索，把读者引入深沉的境界。"[2] 张桃洲也认为："诗人将外部的现实课题抽升为内在的形而上的存在之思——这是面向内心深处的思……"[3] 不仅如此，

---

[1]　郑敏：《我与诗》，《诗刊》2006年1月下半月刊。

[2]　袁可嘉：《西方现代派诗与九叶诗人》，《文艺研究》1983年第4期。

[3]　张桃洲：《现代汉诗的诗性空间——新诗话语研究》，北京大学出版社2005年版，第175页。

郑敏也如冯至一样，擅长在自然中展开生存探寻。蒋登科曾经说："在郑敏诗中，对自然的观照是诗人理解生命的主要侧面之一。在她看来，人类社会与自然界是相互对应的，社会现象可以在自然现象中找到与之相通的构成要素。"①

郑敏的诗深受冯至的影响，她曾经说："我之走上诗歌的创作的道路，绝大部分原因是因为在大学期间选读了冯至先生的德文课、诗歌课。"② 在她的《寂寞》一诗中可以明显看到冯至的影子，可以说，这是郑敏在冯至启发下的一次生存探寻，是"为生命塑像"，是"对生命本质的思考"③。诗人从日常的繁杂事物中走出，在一棵棕榈树的启示下，进入了冯至式的"领受"境界。

> 我的眼睛，
> 好象在淡夜里睁开，
> 看见一切在他们
> 最秘密的情形里
> 我的耳朵，
> 好象突然醒来，
> 听见黄昏时一切
> 东西在申说着

此时的诗人显然进入了冯至在杨家山面对有加利树、鼠曲草的心境。于是她看到孤独与寂寞是人真实的生存境遇，如同海上的两块岩石、院中的两棵树，表面上形影不离，却各自活在自己的生命里：

> 但是因为人们各自
> 生活着自己的生命，
> 他们永远使我想起
> 一块块的岩石，

---

① 蒋登科：《九叶诗人论稿》，西南师范大学出版社 2006 年版，第 147 页。
② 郑敏：《我与诗》，《诗刊》2006 年 1 月下半月刊。
③ 蒋登科：《九叶诗人论稿》，西南师范大学出版社 2006 年版，第 144 页。

> 一棵棵的大树，
> 一个不能参与的梦。

诗人渴望交流，却无奈地看到"我永远是寂寞的"，她最终认识到寂寞正是我的朋友，只有在寂寞中才能寻得生命的意义："我也将在'寂寞'的咬啮里/寻得'生命'最严肃的意义。"寂寞正是人的真实生存状态，只有接受"寂寞"的"撕裂，压挤"，才能抛下"人类一切渺小，可笑，猥琐"，"看见"真实的"生命"。

同样是在自然中探寻存在，郑敏在《二元论》中对自然与蕴含在自然背后的精神赋予同样的意义。

> 大地在我们的四周反映出不住
> 变化的一条宇宙的意识之流
> 那被表现的比在我们心底的更纯熟
> 那能表现的比我们的身体更永久。
> ……
> 为什么要把那脸的花朵唾弃
> 还有画在身上的山水？若是你记起
> 舞者怎样叙述，用她圣洁的身体。

虽然郑敏此时主修哲学，也喜欢形而上的思考，但她的哲思是与生命体验相互融合的。正如蒋登科所说："郑敏诗中的哲理与个人体验是合为一体的，构成可感而不可言的境地，同单纯的抒情诗相比，又多了一份厚重，一份思想的蕴含。理性因素与感性因素在她的诗中是相互演进、互为因果、互为表里的。"[1]

不论是宏大自然的震撼，还是沉醉于"自然底大梦"，以及在自然中"领受"，都是中国现代诗人在大自然的深度体验中踏出的生存探寻之路。自然在他们笔下不是导向自我消解的精神母体，不是在逍遥中消解追问，而是彰显生命的真实存在境遇，闪烁着来自于无限彼岸的灵光，引领诗人走向超越。

---

① 蒋登科：《九叶诗人论稿》，西南师范大学出版社 2006 年版，第 156 页。

第三章 "用身体思想"

> 我们并非"拥有"（haben）一个身体，而毋宁说，我们身体性地"存在"（sind）。
>
> 在所有这一切中都回响着身体状态。它使人超脱自己，或者，让人因于自身而变得麻木不仁。我们并非首先是"生活着"，尔后还具有一个装备，即所谓的身体；而毋宁说，我们通过我们的肉身存在而生活着。
>
> ——海德格尔[1]

在海德格尔看来，我们都是身体性地存在，对身体的漠视就是对存在的遗忘。近年来，文坛上颇为引人注目的所谓"身体美学""身体写作""身体叙事"都将人的身体推上了前台，身体不再是匍匐于精神之下无名的存在。在中国现代诗中，身体也构成了生存探寻的一条重要途径。

在人类历史上，身体长期处于被压制和遗忘的状态，甚至被视为精神健康发展的障碍。在古希腊，柏拉图将灵魂与身体对立起来，贬斥身体。他说："如果我们要想获得关于某事物的纯粹的知识，我们就必须摆脱肉体，由灵魂本身来对事物本身进行沉思。"[2] 在中世纪，奥古斯丁继承并发扬了柏拉图的身体观。在他看来，灵魂体现了人的神性，肉体是邪恶的根源，只有让灵魂超越肉体，才能与上帝合一。西方哲学发展到近代，笛卡尔将这种意识哲学发展到顶峰，提出"我思故我在"，在这里"思"与"在"是同一的，人的身体消失了。笛卡尔认为："严

---

① ［德］海德格尔：《尼采》上卷，孙周兴译，商务印书馆 2002 年版，第 108、109 页。

② ［古希腊］柏拉图：《柏拉图全集》第 1 卷，王晓朝译，人民出版社 2002 年版，第 64 页。

格来说我只是一个在思维的东西，也就是说，一个精神，一个理智，或者一个理性。""我不是由肢体拼凑起来的人们称之为人体的那种东西。"① "这个我，也就是说我的灵魂，也就是说我之所以为我的那个东西，是完全、真正跟我的肉体有分别的，灵魂可以没有肉体而存在。"② 此后康德、黑格尔进一步确立理性精神的地位，身体仍然处于视野之外。

此后，身体开始逐渐现身。叔本华、柏格森的生命意志、生命冲动，以非理性取代理性，到了尼采那里，身体更是得到了空前的肯定："我完全是肉体，不再是别的；灵魂不过是附属于肉体的某物的名称而已。"③ 在梅洛—庞蒂看来，身体本身就是主体："我的身体作为一个自然主体、作为我的整个存在的一个暂时形态的情况下，我是我的身体。"④

中国古代哲学也包含着丰富的身体意识，西方传统哲学以"思"出发求知世界，中国哲学以"身"出发体会世界。"如果说传统西方哲学是一种以意识为其根本的哲学，是一种意识本体论的哲学的话，那么与之迥异，中国古代哲学则为一种以身体为其根本的哲学，是一种身体本体论的哲学。不是'意识'而是'身体'始终被置于中国哲人关注的中心，不是'我思故我在'而是'安身方可立命'应被视为中国哲学的堪称纲领性的结论。"⑤ 虽然从魏晋"玄学"到宋明理学，身体逐渐消隐，"理""心""性"成为讨论的热点，但是到了明末清初，王夫之、顾炎武等再次将身体推到前台。⑥

回到中国现代文学史来看，"身体"也通过不断变化的文化身份，发

---

① ［法］笛卡尔：《第一哲学沉思集》，庞景仁译，商务印书馆1986年版，第26页。

② 同上书，第82页。

③ ［德］尼采：《查拉斯图拉如是说》，楚图南译，海南国际新闻出版中心1996年版，第32页。

④ ［法］梅洛—庞蒂：《知觉现象学》，姜志辉译，商务印书馆2001年版，第257页。

⑤ 张再林：《作为"身体哲学"的中国古代哲学》，《人文杂志》2005年第2期。

⑥ 以上内容参见杨春时《超越意识美学与身体美学的对立》（《文艺研究》2008年第5期），陈望衡、吴志翔《审美历史演化中的身体境遇——试论身体美学何以成立》〔《西北师范大学学报》（社会科学版）2007年第2期〕，陈治国《论西方哲学中身体意识的觉醒及其推进》〔《复旦学报》（社会科学版）2007年第2期〕，王宏图《都市日常生活、身体神化中的欲望书写》（《当代作家评论》2005年第5期），张再林《作为"身体哲学"的中国古代哲学》（《人文杂志》2005年第2期），燕连福《中国哲学身体观研究的三个向度》（《哲学动态》2007年第11期），郑震《论梅洛—庞蒂的身体思想》（《南京社会科学》2007年第8期）等。

挥着独特的功能。有时，它作为自然人性，反对吃人的封建礼教；有时，又作为非理性，校正理性主义的偏执。在中国现代小说中，郁达夫、沈从文、丁玲、施蛰存等人的作品都有这种倾向。

　　鉴于在当前的评论文章中，关于"身体"的概念较为混乱，有必要先对"身体"概念予以界定。

　　近年来，文坛上盛行着各种类型的"身体写作""身体叙事"，"身体"几乎成了肉欲与性的代名词，成为与精神截然对立的事物。为此，有学者指出："当身体写作成为一种时髦，当肉体乌托邦被一度神圣化，'身体'很快就在当代文学中泛滥成灾。真正的身体遭遇到了被简化、被践踏的命运。简化的意思就是把身体等同于肉体、欲望和性，结果就把身体写作偷偷地转换成了肉体写作。这种对身体的迷信很容易走向肉体乌托邦。"①

　　为此有必要引用两位批评家的观点对"身体"概念予以正名。他们认为："身体和肉体是不同的。肉体主要指的是身体的生理性的一面，也是最低的、最基础的一面；除了生理性的一面，身体还有伦理、灵魂、精神和创造性的一面。身体的伦理性和身体的生理性应该是辩证的关系，只有这二者的统一才称得上是完整的身体，否则它就仅仅是个肉体——而肉体不能构成写作的基础。"②"真正的身体追求是超越现实的，而超现实的精神追求、非现实化的追求，就是灵魂追求，并且常常和诗性追求融合在一起。生命是灵与肉的一种结合，身体也是灵与肉的一种结合，文学叙事是灵与肉的诗性结合，文学叙事中的身体是诗性身体。"③

　　在中国现代诗歌中，"身体"的出场与现代主义有着密切联系。现代主义诗歌张扬非理性，强调体验（经验），重视个人的细微感觉，这就促使"身体"进入了诗人的视野。另外，一些唯美主义诗歌追求感官享乐，在纵情声色中寻求精神安慰，也将"身体"引入了诗歌。一旦这些具有强烈身体意识的诗人认识到生命的虚无处境，在虚无与绝望的折磨中渴求意义，身体就成为生存探寻的一条重要途径。

---

① 谢有顺：《文学叙事中的身体伦理》，《小说评论》2006 年第 2 期。

② 同上。

③ 徐肖楠：《诗性身体与灵魂叙事》，《文艺评论》2006 年第 1 期。

第一节 以身体追问存在

谈到用身体追问存在，人们往往首先会想到穆旦，王佐良在 1946 年曾经"用身体思想"评价穆旦的诗歌。事实上，早在 20 世纪 30 年代，在路易士的笔下就出现了不少这样的诗歌，路易士无疑是最早专注于这类创作的诗人。与穆旦相比，他的诗歌别具一格，清浅质朴，直率可爱。

一 路易士诗歌中的身体意识与生存探寻

在身体中展开生存探寻，是路易士诗歌的一个特点。一方面，路易士诗歌中蕴含着丰富的身体意识；另一方面，他喜欢从形而上的高度俯视人生，关注人的终极价值。于是，路易士走出了自己的生存探寻之路。

路易士就是后来在台湾诗坛颇具影响力的纪弦，鉴于他抗战之后才更改笔名，在大陆期间发表的主要作品都是以路易士为笔名，所以这里以路易士相称。路易士晚年将自己的创作生涯分为三个时期："我把我的一生分为三大时期：大陆时期（止于一九四八）、台湾时期（一九四九至一九七六）和美西时期（始自一九七七）。"① 按照这样的划分，这里所涉及的内容基本上属于第一个时期。路易士早年就读于武昌美专、苏州美专，毕业后曾与友人合办画展，据说相当成功。但是他更倾心于诗歌创作，毕业后不久就出版了第一本诗集《易士诗集》。此后致力于诗歌创作，办刊结社，成为现代派诗人中的重要一员。

在现代派诗人中，路易士的成就并不突出，但是很有个性。相对于戴望舒诗歌对于民族审美传统的妥协而言，路易士更具有开拓性。他的开拓不是像李金发那样生吞活剥西方诗歌，而是源自自身的生命体验。相对于戴望舒诗歌的精致而言，路易士则以质朴、坦率见长，也因此常常显得粗疏。如果就诗歌中所表现的诗人气质而言，像路易士这样自得、自大、张扬，以自我为中心的诗人，在中国现代诗人中实属罕见。

在现代派诗人中，活动于上海附近的诗人，多注重感性，表现日常生活中细微的个人感受。北方诗人相对突出智性的一面，从形而上的高度审视生命与存在，但是生活体验较为单薄。路易士正是兼有二者之长，既立

---

① 纪弦：《纪弦精品·自序》，纪弦：《纪弦精品》，人民文学出版社 1995 年版。

足于日常生活中的个体生命体验,又能够将其上升到形而上的高度。不仅如此,路易士的生存探寻还具有突出的个性特征,使用当下的一个概念来说,就是"身体写作"。在路易士诗歌中,可以称得上是"身体写作"的作品很多,而且贯穿在他一生的创作之中,这在中国现代诗人中是极为罕见的。

(一) 路易士诗歌中的身体意识

路易士的诗歌蕴含着丰富的身体意识,尤其是将其置于中国现代诗歌的背景之下,则显得更为突出。在他的诗中,"身体"是灵肉合一的,不是那种被简化的"肉体",而是前文所说的"诗性身体"。

在人的各种感官中,视觉和听觉历来被视为审美活动中的主要感官,其他感官常常被排斥在审美活动之外。柏拉图说:鉴赏美需要使用"最明朗的感官",这个"最明朗的感官"就是视觉,"视官在肉体感官之中是最尖锐的"[1]。黑格尔明确表示:"艺术的感性事物只涉及视听两个认识性的感觉,至于嗅觉,味觉和触觉则完全与艺术欣赏无关。"[2] 但是,随着"身体"走上历史舞台,所谓"身体美学"兴起,大量的嗅觉、味觉、触觉意象出现在文学作品中。与人的视觉、听觉相比,味觉、触觉显然更具有身体性,路易士的诗歌就出色地使用了这些更具有身体性的感官。

　　　　　风后的夜空,
　　　　　朦胧之月如湿的水彩画,
　　　　　晚饭时的青菜汤,
　　　　　遂带有几分凄其之感。

这是路易士的《风后》一诗,先是呈现一幅"水彩画"般的视觉画面,而后转入"青菜汤"的味觉感受。相对而言,"水彩画"只是个背景,"青菜汤"才是"凄其之感"的直接原因,是"青菜汤"的味道,勾起了诗人的情感。

路易士似乎对这种青菜汤的味道情有独钟,两年之后,再次将其写入

---

① 北京大学哲学系美学教研室编:《西方美学家论美与美感》,商务印书馆 1980 年版,第34 页。

② [德] 黑格尔:《美学》第 1 卷,朱光潜译,人民文学出版社 1958 年版,第 46 页。

诗歌，这就是那首被称颂一时的《傍晚的家》。诗中描绘了一家人在小院中吃晚饭的诗意场景，从孩子的眼睛，到妻子琐碎的话，最后又回到了青菜汤。"而在青菜汤的淡味里，/我觉出了一些生之凄凉。"青菜汤很容易让人联想到下层生活的贫苦，事实上，路易士的生活是较为优越的，青菜汤对他来说绝非充饥之物，而是一种味觉的审美。青菜汤的味道勾起他的凄凉之感，这是一种审美的精神感受，诗人将身体的感觉上升为一种美的精神体验。

与"青菜汤"的味觉意象不同，在《独行者》一诗中路易士出色地创造了触觉意象。

> 忍受着一切风的吹袭
> 和一切雨的淋打，
> 赤着双足，
> 艰辛地迈步，
> 在一条以无数针尖密密排成的
> 到圣地去的道途上，
> 我是一个
> 虔敬的独行者。

该诗给人印象最深的就是赤着双足踏在无数针尖上的触觉感受。如果将其与李金发诗中那些"远取譬"比较，可以明显看出二者之间巨大的差异：一个是贫血的技巧杂耍，一个是流淌着鲜血的、刻骨的生命体验。

在路易士的诗中，身体意识更为突出地表现为诗人对自己身体的感觉。在中国现代诗人中，很少有人像路易士一样如此专注于表现自己的身体感，类似的现象只有在"文化大革命"后的女诗人笔下才能得见。

> 十足的 Man。
> 十足的 Man。
> 十足的 Man。
> 哦！一组磁性的音响。
>
> 修长的个子，

可骄傲的修长的个子；
穿着最男性的黑色的大衣，
拿着最男性的黑色的手杖，
黑帽，
黑鞋，
黑领带：
纯男性的调子。
予老资格的小母狼
以吻之触觉的、味道的
慷慨的布施的
是植在唇上端的
一排剪得很齐的冬青列，
满口的淡巴菰臭。

哦，十足的 Man！
哦，十足的 Man！
哦，十足的 Man！
一匹散步的长颈鹿。
一株伫立的棕榈树。

吹着口哨，
出现于
数百万人口的大都市之
最豪华的中心地带，
比当日耶稣
行过耶路撒冷的闹市时
更具吸引力的啊。

　　　　　　　　　　　　　　——《我之出现》

　　如此集中地刻画自己的身体形象，如此自满于自己的身体，不仅自夸是"十足的 Man"，而且还要以吻"布施"，最终居然自夸比耶稣更具吸引力，大概只有路易士才会如此自大，也只有他对于自己的身体才会如此洋洋自得。有论者称《我之出现》是路易士"一幅形神兼备的自画像"
"可视为路易士自我形象和他在沦陷上海文坛形象的一个绝妙刻画""并
且把对自我性别的确认放在触目的位置""为自己的男性性别洋洋自
得"①。

　　《七与六》同样表达了路易士对于自己身体的自得之感。"拿着手杖
7/咬着烟斗6//数字7是具备了手杖的形态的。/数字6是具备了烟斗的
形态的。/于是我来了。//手杖7 + 烟斗6 = 13之我。"路易士还常常以鱼
喻示自己的身体,那些"散步的鱼""拿手杖的鱼""吃板烟的鱼""不
朽的鱼""自觉的鱼""坚贞的,不可侮的鱼""真实的鱼"都蕴含着诗
人的身体意识。当一些诗人以鸟自喻的时候,我们从鸟的形象领悟到的是
人的精神;当路易士以鱼自喻的时候,我们首先想到的是隐隐约约的诗人
的躯体。

　　路易士诗歌中的"身体"是灵肉合一的,常常由身体上升到精神,
《脱袜吟》就是一个典型的例子。

　　　　何其臭的袜子,
　　　　何其臭的脚,
　　　　这是流浪人的袜子,
　　　　流浪人的脚。

　　　　没有家,
　　　　也没有亲人。
　　　　家呀,亲人呀,
　　　　何其生疏的东西呀!

　　游子思乡,是诗歌中经常出现的主题,但是由臭脚、臭袜子引出游子
孤苦、思乡之情,却是极为罕见的,而这又绝非技巧上的创新,也不是别
出心裁,而是来自诗人对于身体实实在在的感受。由这首诗也可以看到路
易士诗歌的开拓性,他不像戴望舒那样顾及传统审美习惯,而是忠实于自
己的生命体验。

―――――――――――

　　①　张曦:《诗人档案——从路易士到纪弦》,《书屋》2002年第1期。

同样的"身体"也出现在《竞技者》中，诗人以走钢丝的人悬空的身体，表现生活中战战兢兢的心态，生活艰辛，危机四伏。

> 生活如一条索，
> 系在两悬崖之间，
> 而我辈都是竞技者。

> 竞技者凭着
> 两只颤抖的脚，踏过
> 每一步烦忧的日子。

此外，《奇迹》以一具尸体表达对一次无望爱情的留恋之情，散文诗《画室》以身体之伤象征心灵之伤。即使描写自然风光，路易士也常常以身体为喻。他这样描写花园："在空虚的花园的草地上/堆叠着的是苍白的，/瘦而且长的，/被勒死了的季节们的尸"（《消息》）。他这样描写大海："小小的波涛的乳房呀，/起伏又起伏。//微笑的白金的齿。/墨绿的蜷曲的发"（《小小的波涛》）。"说着永远的故事的浪的皓齿"（《舷边吟》）。

路易士离开大陆后，诗中的身体意识有增无减，台湾的自然环境尤其是形态各异的植物给他带来了新鲜的感受。在他的诗中，树的意象多了起来，在这些树的背后闪烁着他修长的身影。

（二）路易士诗歌中的生存探寻

在现代派诗人之中，能够从形而上的高度观照个体生命存在状态的诗人并不多，相对而言，卞之琳、废名、路易士较为突出。但是，卞之琳的诗歌过度倚仗智性，远离了生命体验，废名的生存意识不能脱离佛禅的文化资源，所以，这二人的"现代"意味是打了折扣的。倒是路易士的诗歌，一方面有着对于生命的形而上关怀，一方面又植根于现代生活体验，现代主义的特征更为鲜明。

1. 生命的无归属感和虚无意识

路易士的诗歌常常萦绕着一种无归属感，这正是虚无意识的表现，因为生命失去了意义，灵魂失去了家园，所以感觉无家可归。在《初夏》中，诗人面对时序流转，对生命的存在状态和意义感到茫然，反复吟咏

"我不知道我需要些什么。"在《四行小唱》中，叹息在现实世界中无家可归：

> 愿风吹我到天边，
> 你们的世界我无缘，
> 让花开在你们的篱笆下，
> 我还得找着自己的家。

由于在现实中找不到"自己的家"，所以诗人有时将自己比作"虔敬的独行者"，走在"到圣地去的道途上"（《独行者》）。有时将自己比作"爱云的奇人"，幻想化作一朵雪白的云，超脱凡尘，或者"自在地散步于""一片青色的沙漠上"，悠悠地唱歌，只唱给这片青色的沙漠（《爱云的奇人》）。

这种无归属感与虚无意识密切相关，早在1929年路易士的诗中就表现出鲜明的虚无意识，从形而上的高度喟叹生命的短暂与脆弱。

> 薄得像一张纸，
> 裹着骷髅的青春。
> 迅捷有如一枝箭，
> 在死以前的生。
> 薄的纸经不起撕！
> 生之箭只有一枝！
>
> ——《生之箭》

短诗《生之箭》表现了诗人对于生命本体的困惑，生命脆弱如纸，短暂如箭，不过是永恒的"骷髅"的短暂"青春"，不过是无边的"死"之前的瞬间的"生"。此后作品中的虚无意识更为明显。"像太阳出山又落山，/像月亮东升又西沉，/生命乃默然消逝了"（《消逝》）。"我烦厌于廿世纪的毫无意义的人生"（《廿世纪的烦歌》）。"虚无者底心是一粒/往深海里沉落的小小的砂"（《虚无者之歌》）。在《生命的白蜡》中诗人写道：

　　我燃起生命的白蜡

　　走人生无尽的寂寞的路

　　我是知道这太短的蜡

　　有一朝要永远熄灭

　　或在半途上为飓风卷去

　　抛它在无何有之乡

　　则你将如何惋叹也无用了

　　这种虚无意识伴随着路易士的一生,在中国台湾、美国期间仍然时时流露,1987 年,已经 70 多岁的路易士(纪弦)还创作了一首虚无到极致的《虚无曲》。

　　关于路易士诗歌中的虚无意识,前人也有一些评述,但多是持否定态度的,例如,宫草当年就认为,路易士的诗集《行过之生命》是悲观的厌世主义的。施蛰存在为路易士的诗集《行过之生命》所写的"跋"中说:他对人类,甚至于对宇宙有一种幻灭感。

　　2. 对虚无的反抗

　　路易士的诗中虽然有着明显的虚无意识,但是他并不认为自己是虚无主义者。他曾经明确表示:"我不是一个虚无上义者或一个颓废派。"[1] 他说:那些骂我颓唐的人们,是尚没有虔诚地读过我的全部作品而就断章取义地胡说八道而已。

　　茅盾曾经在评价徐志摩的时候说:"近年来的布尔乔亚学者谁不被怀疑的毒蛇咬着心呀?"并认为,这是其"精神破产"的标志[2],这代表了左翼文学阵营对自由主义知识分子的评价。按照茅盾的观点,路易士的上述诗歌想必就是所谓"精神破产"的具体表现。其实,怀疑正是现代知识分子的精神特征,他们正是在不断地怀疑与反省中展开自己的精神历程。自从人类走出宗教的温暖梦乡之后,几乎没有什么是不可怀疑的,在怀疑与妄信之间,怀疑是清醒,妄信是虚妄。对于路易士的诗,也应该从

---

　　① 纪弦:《纪弦精品·自序》,纪弦:《纪弦精品》,人民文学出版社 1995 年版,第 3 页。

　　② 茅盾:《徐志摩论》,方仁念编:《新月派评论资料选》,华东师范大学出版社 1993 年版,第 154—155 页。

这个角度来理解，正如他在散文诗《我的声音和我的存在》中所写的：

> 一切不可靠。一切不可信。一切危险：那些紧紧包围着我的具诱
> 惑性的诸形态和种种魔术的意义。我必须无视于其形态之丑恶或美
> 好。我必须无知于其意义之深刻与浅薄。否则，被取消的必然是我自
> 己——来自任何方向的一阵狂风都可把我吹熄，如吹熄一根火柴的
> 火，那么轻而易举地。

一切都不可靠，一切都不可信，现实中的各种事物，各种理论，各种
意义的承诺，都不过是魔术，是诱惑，一旦轻信，将会轻易地失去自己。
在此意义上，"被怀疑的毒蛇咬着心"的人，正是清醒的人、勇敢的人，
是独立担当生命的大勇者，是敢于正视生存、窥视深渊的勇士。

"世界本身的确无意义可言，但世界的虚无恰恰应该是被否定的对
象。必须使虚无的现世世界充满意义，这正是诗存在的意义，正是诗人存
在的使命。"① 正视虚无，反抗虚无，在虚无中不断追问并创生意义，让
此在在不断的搏斗中绽开，正是路易士面对虚无所采取的态度。小诗
《八行小唱》正是表现了这种精神。"从前我真傻，/没得玩耍，/在暗夜
里，/期待着火把。//如今我明白，/不再期待，/说一声干，/划几根火
柴。""划几根火柴"正是诗人反抗虚无的态度，虚无如暗夜，期待着别
人送来火把，正如同那"具诱惑性的诸形态和种种魔术的意义"（《我的
声音和我的存在》）一样虚妄，并将丧失自己，生命其实就在"划几根火
柴"的过程中闪亮，就在这个过程中，生命的意义得以生成。在路易士
的诗歌中，火柴的意象反复出现过多次，每次几乎都是象征个体生命之
火，虽然微弱，却是暗夜中唯一可以期待、可以把握的光明。

再回到前面曾经提到的那首《生命的白蜡》，诗人最终并没有向虚无
投降，没有在绝望中消沉。"我把生命的白蜡高擎着/在寂寞的路过时/独
凄然地唱着哀意的歌。""我"依然高举着短暂的生命之火，唱着生命之
歌。不管是哀意的歌，还是快意的歌，这并不重要，重要的是他在唱，生
命的意义正在于此。在《追求》中，"我"在黑茫茫的夜里追逐光明，最
终只有疲乏与失望，"看着它越跑越远了"。但是"我"没有绝望，而是

---

① 刘小枫：《拯救与逍遥》，上海人民出版社 1988 年版，第 55 页。

"燃起自己底火炬/凭借着自己底光明/摸索自己底路/在沙泥上烙自己底足印"。在《光》中，诗人写道："追光的人最终只能扑空，哪怕他是赛跑选手中最好的一员。"在《火》中写道："火是永远追不到的，/他只照着你。//或有一朝抓住了火，/他便烧死你。"

最后，再让我们回到《我的声音和我的存在》，诗人在清除了"那些紧紧包围着我的具诱惑性的诸形态和种种魔术的意义"之后，生命顿时变得空前自由。由于诗人回到了自身，独立面对存在，独立担当生命，生命获得了无限的可能，焕发出绚烂的色彩。

> 我的声音是多样的，如太阳之七色。有单纯色，有复合色，千变万化，层出不穷。我抹我的声音以青色，橙色，柠檬黄色，紫色，绿色，宝石蓝色，灰色，白色和极黑的黑色；也有抹以强烈的赤色和红色的。

3. 路易士"宇宙诗"中的生存探寻

谈到路易士（纪弦），人们常常会想到他的所谓"宇宙诗"。徐迟当年那首《赠诗人路易士》不胫而走，流传颇广，尤其是其中那句——"你匆匆地来往，在火车上写宇宙诗"，似乎将路易士的形象定格在人们的心里。把路易士比作诗人中的狂徒，大概没有人会反对，他的狂不仅表现为生活中的自大狂，艺术创新上的狂放不羁，自我评价上的自以为是，还表现为想象之狂放，他的诗思常常在星际间遨游。他时而向太阳系外的"PROXIMA"（比邻星）抱怨地球的晦暗，时而又向银河系外的"涡状星云们"发出"遭难信号"，甚至骑上彗星的脊梁在星际里遨游。告别了"路易士"进入"纪弦"时期之后，虽已至中年，及至老年，他不仅仍然热衷于他的"宇宙狂想曲"，而且较之"路易士"有过之而无不及。

路易士早年就爱好天文，常常用望远镜瞭望星空，各种辽远而神奇的天象激发了他丰富的想象，后来结识了一些天文工作者，使其具备了一些天文学知识，不仅北斗、北极、天狼、织女以及星座、彗星等普通天象出现在他的诗中，就是黑洞、伴星、涡状星云、河外星系等较为专业的概念也进入了他的诗歌。路易士的"宇宙诗"并不是科普作品，他的创作目的不是普及科学知识，而是抒发主观情志。正如有学者指出的："诗人是以外星球世界与梦幻世界的遥想式建构，作精神逃避与遨游的乐园，对抗现实的残酷与丑恶。"① 事实上，路易士的"宇宙诗"不仅是对抗现实的精神遨游，而且是诗人对于生命和世界本体的追问，对于生存意义的追问，表现了诗人的超越精神。

路易士的"宇宙诗"中充斥着现代科学知识与科学理性精神，似乎与生存探寻格格不入，但是由于在中国传统文化精神中欠缺科学理性，对于那一代中国人来说，科学理性彻底地改变了他们对于世界和人生的认识，建立了现代时空观，这时的科学理性不是束缚了人，而是极大地解放了人。正是因此，路易士认为，科学不是诗的敌人，而是诗的朋友，它扩大了诗的领域。他曾经说：科学每前进一步，诗的新大陆上便要增加一州。路易士的《烦歌》一诗正是如此：

> 嗟彼七色之太阳，
> 何其渺小！
>
> 纵有九行星不息地绕彼运行，
> 纵有人类之全历史供彼夸耀，
> 彼亦只不过是
> 一个极其寻常的配角而已。
>
> 地球：一个配角之配角；
> 而我：一群无知的原子之偶然的组合。

《烦歌》呈现了一个现代科学视野中的宇宙，这里有七色的太阳，有九大行星，然而这一切在更为宏阔的宇宙中却是"何其渺小！"诗人由此感到生命的虚无，生命渺小如"原子"，不仅是渺小，而且来自"偶然"。科学虽然能够帮助人认识世界，改造世界，却不能给人提供价值关怀，以科学寻求生命的终极意义，探寻存在，只能以虚无绝望而返。"理性和科学告诉我们：每一个人出现在这个世界上，不是由于上帝的安排，而是由于偶然的机遇。然而理性和科学却没有告诉我们：作为大千世界的匆匆过

---

① 罗振亚、陈世澄：《感伤又明朗的缪斯魂——评路易士30年代的诗》，《天津大学学报》（社会科学版）2000年第3期。

客，每一个人应该怎样对待自己偶然获得的生命，应该如何超越自己有限的人生。"①《烦歌》所表达的正是这种生存之"烦"，此在之"烦"。面对科学理性将生命引入的虚无绝境，诗人是无力抵抗的，只能"因我之发狂而终了"。

在路易士的诗中，宇宙和星空还是一个理想的世界，超越性的存在。那里有无比宏大的时空，有在星际间任意穿梭的自由，可以寄托诗人对于超越的渴望。"啊啊星空！庄严。灿烂。神秘。/那些是永恒的秩序，永恒的结构和律动。/失去的还可以复得吗？/夏夜的星空无乱世"（《失去的望远镜》）。"说吧，什么是自由自在的/是那急驰的，一去不复返的彗星吗？/对啦，彗星是自由自在的"（《彗星》）。

有时宇宙又成为一个虚设的终极存在，成为诗人吁求的对象。在《我之遭难信号》中，"我搁浅在垂死的太阳系之第 3 号行星上，/这里晦暗而又寒冷"。"我""对美丽的织女星发出了遭难信号""对天狼星及其伴星发出了遭难信号""对辽敻得令人发狂的银河外神秘的涡状星云们/发出了许多的遭难信号"。在《致 PROXIMA》中，路易士向 PROXIMA（比邻星）祈求在现实中无法得到的心灵安慰。

到了纪弦时期，这种倾向更为鲜明，宇宙、天体、星空已经直接与上帝联系在一起。"天狼星啊，你多美啊！正是为了你的缘故，啊啊，/竟使我这狂徒第一次跪下来向耶和华祈祷。"（《致天狼星》）。"我看见了庄严灿烂的星空，那永恒的秩序：/噢！这便是上帝。"（《致上帝》）

在前人的研究中，路易士诗中的生存探寻没有得到公正的评价。有的学者将其概括为"虚无思想与绝望的心境"②，这显然是否定性的评价。也有学者说："他在战前和本时期的作品水平却不高，也没有什么影响，根本无法与李金发、戴望舒的作品比肩，从他该时期的作品看，以纯粹的诗学观着眼，稍有个性特色的主要是若干表达了某种危机感、恐怖感或虚无感的作品。"③ 这是一个中性的评价，只承认这是其"个性特色"，回避了价值判断。

当使用虚无来评价路易士诗歌的时候，需要先搞清楚这个虚无指的是

① 陈炎：《审美也是一种终极关怀》，《中国人民大学学报》2006 年第 2 期。
② 潘颂德：《论纪弦大陆时期的诗歌创作》，《海南师范学院学报》（人文社会科学版）2001 年第 6 期。
③ 王文英：《上海现代文学史》，上海人民出版社 1999 年版，第 490 页。

什么？如果说虚无是彻底的绝望，放弃意义，消极对待生命，那是要否定的。但是，如果虚无是清醒地直面生命，从形而上高度俯视人生，并在拒绝各种既成的形而上学观念的同时，独立走上生存探寻之路，那就是值得肯定的。路易士的诗歌正是后者，我们看到他在黑暗中划亮了生命的"火柴"。

（三）身体中的生存探寻

身体意识使得路易士用身体感受生活，体验生命，超越理性主义的局限，用身体思想。生存探寻使得路易士从形而上的高度把握人生，观察世界。当这二者在路易士的诗中融合，也就出现了一条独特的生存探寻之路。

1. 在身体中体验虚无与孤独

虚无与孤独是此在面临的真实生存境遇，但是在日常生活中却遭到遮蔽，常人有意无意地回避，躲进日常的习俗之中。路易士则通过敏感的身体意识使其显现，在《时间之歌 No.2》中，他体验到时间之流穿过身体。

> 躺下来，
> 让时间的骑兵队
> 从我的孱弱的
> 胸部的原野上
> 驰过去，
> 我缄默着，
> 而且把我的
> 每一个幼小的梦
> 交给他们带走，
> 因为那些是
> 既无敌军
> 复无友军的
> 不可思议的骑兵队。

全诗在诗人"胸部的原野上"展开，诗人静静地躺下，让孱弱的胸部化作一片原野。他感受到"时间的骑兵队"奔驰而过，从骑兵队联想到马蹄声，这就引出了隐含其中的又一个身体意象：心脏的搏动。如果说

"胸部的原野"还仅仅是纯粹的身体意象，那么心脏的搏动已经不仅仅是身体而且暗含了时间。正如钟表的"嘀嗒"声送走一秒一秒的时间一样，心脏的搏动也一点一点地送走了我们的生命。当诗人在想象中将胸部化作原野时，他听到原野上驰过的时间，面对一去不返的时间之流，诗人无法把握自己的生命："每一个幼小的梦"都被它带走。在时间面前，现实中的正义、邪恶都变得毫无意义，所以这支"时间的骑兵队""既无敌军""复无友军"，它一视同仁地将时间与生命从我们身上带走，对此诗人无可奈何，只能以"不可思议"结束。

此后，"胸部的原野"在路易士的诗中多次出现。在《夏天》中，"胸部的原野"更加丰富了，那里有了"平原""盆地""丘陵地带"。在上面经过的不再是"时间的骑兵队"，而是"呼着口号哗然通过"的"一列不可思议的预感"。在《命运交响乐》中，诗人抚摸自己的身体，首先抚摸到的就是胸部。"这里是我的孱弱的胸部之阡陌；/偏左一些，是我的心脏的位置，/它正在有规律地搏动着，一如平日。"1949 年之后，"胸部的原野"仍然多次出现在他的诗中，尤其是在《白色的小马》中，"时间的骑兵队"变成了"蹄声得得"的"白色的小马""从我的多丘陵的不毛的胸部之旷野/驰过去"。

在《无人岛》中，路易士用身体体验到生命本体的孤独与"被抛"的存在状态。诗中所表现的孤独不是现实层面的孤独，而是此在无法摆脱的、与生俱来的孤独，是每个生存者都必然面对的真实境遇。诗人隐隐约约地感受到一个声音、一个影子："我常闻一个声音在唤我；/我常见一个影子飘过去。"诗人一再追问这个声音、影子是什么？来自哪里？并希望与它交流、接触。最终，诗人只能无望地慨叹："因为我很寂寞，很寂寞；/我是一座太寂寞的无人岛。"有些论者将其解释为诗人在现实生活中的孤独感，是远离时代大潮的自由主义知识分子的精神苦闷，这显然没有理解作品的深刻含义。诗人首先追问：这是来自天国的声音，还是来自地狱的声音？这是天使的影子，还是撒旦的影子？而后追问：这是来自未来的声音，还是来自昔日的声音？这是希望的影子，还是记忆的影子？这样的追问显然是超出现实之外的，是指向人的生存境遇的，不是寻求现实关怀，而是寻求终极关怀。诗人的孤独和寂寞之感也不是来自于现实，而是忽然发现自己置身于天堂与地狱之间，置身于未来与过去之间，无所依傍，孤独无告。其实，这正是此在的觉醒，忽然从现实的迷梦中挣脱而出，感受到自身所处的"被抛"境地。这种孤独"不论是否远离亲朋，是否孑然独处，是否置身闹市和荒野，一旦意识到生命的沉沦状态时所产生的一种本体的存在的境遇"①。

《无人岛》的身体意识也是鲜明的，身体不等于生理性的肉体，而是灵与肉的合一，《无人岛》中的"声音""影子"和"无人岛"都蕴含着诗人灵肉合一的身体意识，是身体与精神相融合的感受。"无人岛"是孤独的，这是诗人精神的存在状态，同时，"岛"作为一个孤独地矗立在大海中的物体，也是诗人置身于茫茫人海中的自我身体感受。人作为一个独立存在物，不仅是精神的，也是肉体的，人在精神上是一个孤独的岛，在肉体上更是一个有着独立生命系统的、边界清晰的、孤独的岛。在孤独寂寞中，各种"声音""影子"从"我"身边飘过，我的身体就是这样一个岛矗立在现实中。所以说，"无人岛"既是一个精神意象，也是一个肉体意象，蕴含着诗人的身体意识。

诗中的"声音""影子"也不应看作是所谓"客观化"的抒情方式，从整首诗的艺术氛围来看，从路易士一贯的创作风格来看，都不应将其仅仅视为一种刻意的艺术手法，而是来自于诗人的身体感受。这是一种身体化的思，是思融入身体之中。当诗人处于孤独之中，以整个身心探问生存的真相时，过去与未来翩然而至，"天使"（超越）与"撒旦"（沉沦）浮现面前，此时已经很难确认那隐约中传来的声音、飘过的影子，是想象？是幻觉？还是身体的感觉？

此外，《我·宇宙》《发》也是从身体出发体验此在的真实境遇。前者，先是通过身体体验生命的有限："呼吸于以长、广、高构成的三度空间""被从生之列车抛掷到阴惨惨的死之原野去"。进而希望在精神中超越有限：化作"一羽翱翔乎空间 N 度的绝对自由之鸟"。后者，诗人由落发想到秋天的落叶，将自己的身体比作秋树，悲叹生命的衰老。

2. 用身体探寻存在

路易士不仅在身体中体验时间的流逝，从心跳与落发中感受生命的有限，在宁静中体验孤独境遇，而且以身体的行动主动展开生存探寻。在《足部运动》中，诗人向四面八方伸出双足去探问存在，肢体的动作与精

---

① 潘知常：《诗与思的对话——审美活动的本体论内涵及其现代阐释》，上海三联书店1997年版，第342页。

神活动融为一体。

> 试伸出左足
> 向上，向天花板
> 探天堂，探伊甸园，
> 探诸神之栖处；
>
> 试伸出右足
> 向下，向地板
> 探地狱，探幽冥土，
> 探死者之世界。

　　一个人躺在床上，上下左右地反复伸腿伸脚，显然是很滑稽的。但是，这一系列滑稽的肢体动作却是与内在精神活动紧密联系的，每一次伸足同时也是一次精神探寻，滑稽的肢体动作背后蕴含着严肃的精神活动。诗人将精神融化到肉体当中，肉体充盈了内在精神，每一次伸足就是一次身体的思想行为。虽然当时的路易士还不知道什么是"身体写作"，这首诗其实就是"身体写作"的典范。在他一次次的伸足动作中，我们看到了身体的思想过程，这是思与身体的结合，是身体化的思。

　　诗人的思不是哲学家的理性思辨，而是感性的思，体验的思，诗人的生存探寻也必然是感性的、体验的。以伸足探天堂，探地狱，看起来荒唐到了极致，即使路易士的腿再长，也离天堂、地狱差距太远。但是，如果有天堂，真的就在九重天上吗？如果有地狱，真的就要掘地十八层吗？这种空间上的想象本身就是荒唐的神话。如果真的有类似天堂、地狱的东西，也未必处于遥远的空间距离之外，而是就在我们身边，或者就在我们的生命之中，那么我们还有什么理由嘲笑路易士靠伸足探天堂、探地狱的行为呢？在这个精神世界的探寻中，他的腿已经足够长了。

　　此后，诗人继续以身体探寻存在：

> 试伸出双足，同时，
> 向前，向严肃的墙壁
> 探远方，

探明日。

……

试伸出左足探，

试伸出右足探，

试同时伸出双足探，

苦闷地，焦渴地，烦乱地。

诗人通过身体展开的生存探寻，最终还是以失败告终。他没有遇到"天使"，也没有遇到"鬼魂"。

然而只有空气。

只有空气。没有消息。

什么消息也没有啊！

与《足部运动》通过身体动作探寻"天堂""地狱"不同，《在地球上散步》通过身体动作印证自身的存在。诗歌开篇出现一个孤独的散步者，他"独自踽踽地""在地球上散步"。一个人以地球为背景，单独与地球相对，这是何等的孤独。所以有学者认为：这首诗"突出了'我'的孤独感"①。这不是日常生活中的孤独，而是生命本体性的孤独，是独自面对存在的精神状态。诗中的孤独仅仅是一个背景，诗的核心是诗人的身体动作：以手杖敲击地壳，以便"让那边栖息着的人们/可以听见一声微响，/因而感知了我的存在"。地球另一边的人当然不可能听到路易士手杖的声音，这同他伸足探天堂、探地狱一样可笑。但正是在这看似荒唐到极致的举动中蕴含着严肃的思想：诗人是要通过手杖敲击地壳的声音感知并印证"我的存在"。

3. 路易士诗歌中的黑色意象

在路易士的诗中经常出现黑色，黑色的事物也很多，如黑色的乌鸦、黑色的苍蝇、黑色的眼睛、黑色的衣服、黑色的夜晚、黑色的影子等，明显比其他颜色的事物多。这些黑色意象与生存探寻密切相关。

---

① 潘颂德：《论纪弦大陆时期的诗歌创作》，《海南师范学院学报》（人文社会科学版）2001年第6期。

首先，黑色蕴含着诗人的身体意识，黑色既是诗人自我想象中的身体颜色，也是现实中的身体（服装）颜色。路易士的好友徐迟曾经这样描述他的形象："我还很记得 30 年代在上海的诗人路易士，也忘不了这 80 年代在美国旧金山的诗人纪弦。一模一样的那个人，修长修长的个子，穿着三件头一套的黑西服。他手提一根黑手杖，嘴衔一枝黑烟斗，有时还牵着一条绕着他跳舞的小黑狗。"① 从徐迟的描述中我们看到了路易士（纪弦）黑色的身体形象。在路易士的《黑色之我》一诗中，黑色是诗人对自我的想象，黑色既是外在的躯体，也是内在的精神。

> 我的形式是黑色的，
> 我的内容也是黑色的。
>
> 人们避开我，如避开
> 寒冷的气候和不幸。
>
> 但我是不可思议地
> 黑色了的，所以我骄傲。
>
> 我把我的黑色的灵魂
> 裹在黑色的大衣里。

离开大陆后，路易士（纪弦）还曾经在诗中以黑猫自比："它一身玄黑，/乃有了诗人的风度""在众人皆睡的夜间，/以其锐利的爪牙捕杀鼠辈，/不也像我运用思想"（《黑猫》）。相反，当他作为一个旁观者描写猫的趣事时，却忽略了猫的颜色（《猫》）。上述材料说明，黑色与路易士生活中的身体形象、自我想象中的身体形象密切关系。

其次，身体意识与生存探寻在黑色中融合。

《黑色赞美》是路易士的一篇佳作，它既是诗人的一次生存探寻，同时也蕴含着身体意识。在常人眼里，黑色代表了死亡、虚无和绝望，所以

---

① 徐迟:《台湾诗人纪弦和他的诗》,《文史杂志》1989 年第 3 期。

有学者认为《黑色赞美》"抒写了他理想泯灭、前途渺茫的郁闷心情"[1]。
事实并非如此,路易士终生都保持着直面虚无而反抗虚无的精神。同时,
在他看来,黑色未必是与死亡、虚无和绝望相联系的色彩。他常常将黑色
视为自己身体和心灵的颜色,时常歌咏黑色和黑色之物,对于黑色之物有
一种亲切感。在路易士眼里,黑色应该如同在他的诗中所歌咏的那样,是
"至圣至洁的黑色"。

> 黑色!
> 黑色!
> 黑色!
>
> 如果我们的心脏都变成了黑色;
> 如果我们的血液都变成了黑色。
>
> 我们需要一个黑色的太阳,
> 一个黑色的月亮,
> 和许多黑色的星星。
> 至于我们的天空,
> 也应该是至圣至洁的黑色的。
> 我们不要昼夜,
> 不要四季,
> 因为我们反对运动,
> 赞美静止。
>
> 我们的黑色心脏无搏动;
> 我们的黑色血液无循环。
> 我们不朽!
>
> 我们的死去的日月和群星,

① 潘颂德:《论纪弦大陆时期的诗歌创作》,《海南师范学院学报》(人文社会科学版)
2001 年第 6 期。

　　都是一致的黑色的;

　　它们静止着,

　　被嵌在至圣至洁的黑色的天空,

　　永不沉没。

　　是的,黑色是不朽的!

　　诗人先是反复咏叹黑色,而后出现了一个黑色的身体,这里不再是黑色的外套、黑色的灵魂,而是黑色的心脏和血液。在人体中,最为鲜艳的色彩莫过于血液的鲜红,诗中的血液也变成了黑色。心脏无疑是身体的核心,诗中的心脏也变成了黑色。诗人并没有就此止步,而是进一步由一个黑色的身体展开了一个黑色的世界,太阳、月亮、星星乃至天空都变成了黑色。此后诗人点明了黑色的喻义:我们不要昼夜的更迭,不要季节的变幻,我们反对一切运动,我们赞美静止。

　　诗歌的第二部分又是以一个黑色的身体开始,这个身体不仅是黑色的,而且没有心脏的搏动,没有血液的循环。联系前文的分析,路易士对于心脏的搏动尤其敏感,在《时间之歌 No.2》中,心脏的搏动喻示着时间的流逝、生命的消亡。在这里,他希望心脏停止搏动,血液停止循环,正是希望能够阻止时间的流逝,在静止中,实现"我们不朽"。此后,诗人的视野再次展开到日月星辰,当"我们"黑色的身体在静止中达到不朽,黑色的世界也在静止中永不沉没。

　　关于黑色的喻义,诗中已经指明:"静止""不朽""永不沉没""黑色是不朽的"。诗人不满于这个变动不居的世界,不满于处于流逝中的生命,他希望得到的是一个永恒的、静止的存在。这是一个"至圣至洁"的世界,在这里时间不再流逝,生命永在,世界永在。

　　至此,我们看到在路易士的诗中身体意识与生存探寻相互融合,身体之感与存在之思在此交融,由此也就形成了路易士独特的生存探寻之路——以身体追问存在。

二　穆旦诗歌中的身体意识与生存探寻

　　谈到"用身体思想",人们往往会想到穆旦,早在 1946 年,王佐良就曾经以此评价穆旦的诗歌。穆旦在这方面取得的成就应该是最高的,但他并不是最早的，路易士的这类诗歌大多早于穆旦。不过，穆旦对于身体的理解要深刻得多。从大的历史环境来看，这个时期，中国现代主义诗歌已经发展到一个新的阶段，尤其是在智性方面的探索取得了很大进展。从诗人自身来看，穆旦作为外语系学生，在西南联大直接聆听中外现代诗人的教诲，对于现代主义的非理性以及身体意识的理解远非路易士能比。穆旦对于生命深层痛苦的体验，直面虚无的精神，以及对于诗歌艺术的精益求精，都是路易士所不能比的。

前人对穆旦诗中的身体意识也早有定论，王佐良曾经指出："他总给人那么一点肉体的感觉，这感觉，所以存在是因为他不仅用头脑思想，他还'用身体思想'。他的五官锐利如刀。"① 同属九叶诗人的唐湜评价穆旦是"中国有肉感与思想的感性的抒情诗人之一"②。近年来的学者继续关注穆旦诗歌中的身体意识，他们认为："穆旦具有肉感的诗思呈现方式建立在穆旦对身体言说方式的强烈认同上，他对生命体验的书写从来就是与肉体的感受连接在一起的，是从冒着血和汗的热气的肉体中鞭打出来的，带着生命的呼吸和节奏、痛感和快感。"③ "他的诗不是闲情的游戏，而是以浓密而坚硬的情感、血肉郁勃的感官去重新思想。"④

穆旦的早期作品就表现出了身体意识，写于1937年的《野兽》在当时就得到好评，常被当作穆旦的代表作之一。但是今天看来，《野兽》应该说还属于探索时期的作品，模仿西方诗歌的痕迹较重。不管《野兽》的艺术成就如何，它确实是第一次集中表现了穆旦的身体意识，诗中不仅有着传神的动物躯体描写："在坚实的肉里那些深深的/血的沟渠，血的沟渠灌溉了/翻白的花，在青铜样的皮上！"而且表现了蕴含在躯体中的非理性的生命力："那是一团猛烈的火焰""像一阵怒涛绞着无边的海浪""随着一声凄厉的号叫，/它是以如星的锐利的眼睛，/射出那可怕的复仇的光芒"。谢冕在评价穆旦的诗歌时曾经说："他的诗是丰满的肉体，肉体里奔涌着热血，跳动着脉搏。"⑤ 以此来评价《野兽》是非常恰当的。

此后，穆旦的身体意识与生存探寻融合在一起，开始从身体出发探寻

---

① 王佐良：《一个中国诗人》，曹元勇编：《蛇的诱惑》，珠海出版社1997年版，第13页。
② 唐湜：《九叶诗人："中国新诗"的中兴》，上海教育出版社2003年版，第79页。
③ 李蓉：《现当代文学"身体"研究的问题及其反思》，《文艺争鸣》2007年第11期。
④ 张同道：《带电的肉体与搏斗的灵魂——论穆旦》，《诗探索》1996年第4期。
⑤ 谢冕：《一颗星亮在天边——纪念穆旦》，《山花》1996年第6期。

存在。在《我》中，穆旦通过身体体验到此在的孤独状态。

> 从子宫割裂，失去了温暖，
> 是残缺的部分渴望着救援，
> 永远是自己，锁在荒野里，
> ……

身体从母体分离，从此失去温暖，成为"残缺的部分"，生活在孤独中。与母体分离使得生命独立存在，但是独立的同时也是孤独的开始，从此人就仿佛被锁在荒野上，成为无家可归的孤独的流浪儿。在穆旦的诗中，肉体与精神是合一的，"肉感中有思辨，抽象中有具体"①。

在第二段中，诗人感到生命在时流中消逝，无法把握自己。即使爱情也不能让人摆脱孤独，那不过是"幻化的形象，是更深的绝望"。最后，诗人再次绝望地哀叹："永远是自己，锁在荒野里。"《我》从肉体的割裂体验到精神的割裂，从肉体的孤独体验到精神的孤独，在精神与肉体的双重感受中，体验到此在的孤独处境。

《诗八首》同样是这样，"把肉体的感觉和玄学的思考结合起来"②，这首诗的主题是消解爱情神话，并由此直面虚无，显然这是一次生存探寻，这个过程正是通过身体意识实现的。

《诗八首》开篇就把爱情比作一场火灾，诗人看到爱情不过是成熟的身体的自我燃烧，是欲望在燃烧："你底眼睛看见这一场火灾，／你看不见我，虽然我为你点燃；／唉，那燃烧着的不过是成熟的年代，／你底，我底。"在第三首中诗人又写道：

> 你底年龄里的小小野兽，
> 它和春草一样地呼吸，
> 它带来你底颜色，芳香，丰满，
> 它要你疯狂在温暖的黑暗里。

---

① 袁可嘉：《诗人穆旦的位置——纪念穆旦逝世十周年》，杜运燮、袁可嘉、周与良编：《一个民族已经起来——怀念诗人翻译家穆旦》，江苏人民出版社1987年版，第15页。

② 王佐良：《论穆旦的诗》，李方编：《穆旦诗全集》，中国文学出版社1996年版，第5页。

爱情化作了身体中蠢蠢欲动的小野兽，在春天呼吸的小草，诗人从爱人的身体中看到了欲望，来自身体之中的非理性力量，推动着现实中美好的爱情。千百年来被人们讴歌的神圣爱情让人如醉如痴，甚至不惜为之付出生命，在这里却成为成熟身体的自我燃烧。

《诗八首》还表现了爱人彼此之间的身体感受，在身体的沉醉中，诗人得到精神安慰，虽然只是短暂的沉醉："所有科学不能祛除的恐惧/让我在你底怀里得到安憩。"最终诗人不仅把爱情消解为身体自身的燃烧，而且这身体的燃烧也难以摆脱虚无的境遇，"等季候一到就要各自飘落"。在《诗八首》中，我们看到的是心灵与肉体的融合，智性与感性的融合，是肉体化的思，是"用身体思想"。类似的身体意识也或浓或淡地表现在《春》《发现》《在旷野上》《春底降临》等诗中。

在上述诗歌中，身体成为诗人体验存在的一种方式，生存探寻的一条途径，由身体出发，诗人看到生命在身体中呼吸，欲望在原野上燃烧，诗人看到爱情的虚妄，也看到了生命本体的孤独。

穆旦不仅看到人身体的欲望，而且将其推广到所有生命现象与大自然之中，看到自然万物都是欲望的燃烧，这时的欲望已经不仅是人的存在形式，也成为万物的存在形式。由身体的"眼睛"望出去，整个世界成为一个欲望之火燃烧的世界，到处是茁壮生长的非理性生命。正如唐湜所说："以肉体的感觉体现万物，用自我的生活感觉与内在情感同化了又贯穿了外在的一切。"[①] 其中，最为杰出的例子是《春》，诗中的春天是一个到处燃烧着欲望之火的世界，诗人的身体意识已经不仅仅是局限于自身的感受，而是将其延伸到万物，用身体的"眼睛"观看世界，春天成为一片生命与欲望的火场。

> 绿色的火焰在草上摇曳，
> 他渴求着拥抱你，花朵。
> 反抗着土地，花朵伸出来，
> 当暖风吹来烦恼，或者欢乐。
> 如果你是醒了，推开窗子，
> 看这满园的欲望多么美丽。

---

① 唐湜：《九叶诗人："中国新诗"的中兴》，上海教育出版社 2003 年版，第 80 页。

> 蓝天下，为永远的谜迷惑着的
> 是我们二十岁的紧闭的肉体，
> 一如那泥土做成的鸟的歌，
> 你们被点燃，却无处归依。
> 呵，光，影，声，色，都已经赤裸，
> 痛苦着，等待伸入新的组合。

　　春天是生机盎然的时节，万物复苏，同时又是一个充斥着欲望的世界，盛开的鲜花，飞舞的蜂蝶，四处飘散的花粉、柳絮，百鸟的争鸣，以及各种昆虫求偶的叫声，无处不显示着身体的焦渴与欲望，无数的生命蠢蠢欲动，所有的生命在天地之间共同奏起了生命与欲望的交响曲。《春》所呈现的正是这样一个世界，摇曳的草化作了绿色的火焰，花朵与绿叶的关系，不再是滋养、衬托，而是"渴求着拥抱"。花朵的盛开，是反抗泥土对生命的压抑，连春天的暖风也充满欲望，给生命增添躁动的情绪。春色在这里化作"满园的欲望多么美丽"，这是诗人用身体"看"到的世界，用身体重新阐释的世界。

　　此后，穆旦又回到人的身体。"我们二十岁的紧闭的肉体"也如万物一样被春天点燃，加入了春天那漫天的欲望大火，这是一个感性化、肉体化的世界，"抽象观念与官能感觉相互渗透，思象和形象密切结合"[1]。

　　在《玫瑰之歌》中，诗人塑造了一个与现代社会对立的自然世界，这个自然不是浪漫主义文学中的田园牧歌，而是一个充满生命与欲望的世界。"大野里永远散发着日炙的气息，使季节滋长""朵朵盛开的大理石似的百合，伸在土壤的欲望里颤抖，／土壤的欲望是裸露而赤红的，但它已是我们的仇敌""莺燕在激动地歌唱，一片新绿从大地的旧根里熊熊／燃烧"。正如唐湜所说："穆旦也许是中国能给万物以生命的同化作用(Identification)的抒情诗人之一"[2]。

　　在上述诗歌中，穆旦通过身体揭示了生命的孤独状态、虚无处境，将爱情消解为身体的自我燃烧，并由此看到世界的本质就是欲望的燃烧，从

---

① 唐祈:《现代派杰出的诗人穆旦——纪念诗人逝世十周年》,《诗刊》1987 年第 2 期。

② 唐湜:《搏求者穆旦》,唐湜:《新意度集》,三联书店 1990 年版,第 91 页。

而通过身体实现了生存探寻。

以身体追问存在，在其他诗人笔下出现得很少，成就也不高，相对而言，只有周作人的《过去的生命》、闻一多的《深夜底泪》、陈敬容的《陌生的我》、林徽因的《六点钟在下午》等较为明显。在这些诗歌中，诗人或者躺在病榻上"听"到生命在床头一步步走过去，无法挽留；或者深夜一个人顾影自怜，感到精神无所依傍、无家可归；或者在日常生活中猛醒，看到一个陌生的自己、陌生的世界，一切都不可把握，包括自己的身体。

第二节　身体中的"家园"

在第一节所讨论的诗歌中，身体是一条通向终极彼岸的路，终点永远遥不可期，虚无仍然无时无刻不在身边纠缠。但是，对于意义与彼岸的渴望，对于虚无的恐惧，使得诗人迫不及待地将身体推上了神坛，成为矗立在此岸的神。

一　身体的僭越

穆旦在《祈神二章》《隐现》中写道，为了追寻那个永恒的、真实的、至高的存在（"神""救主"），需要挣脱"欲望的暗室和习惯的硬壳"。"习惯的硬壳"是指遮蔽了存在的习俗，日常生活的迷醉（在第四章中将对此做集中探讨）。"欲望的暗室"就是指蕴藏着欲望的身体。在生存探寻的路上，身体也是要被超越的，它不是最终的目的地，只有抛弃它，才能接近那个至高的存在。《诗八首》虽然用身体的燃烧消解了爱情，但是身体本身也不是最终的真实，仍然是此岸的虚无之物，"等季候一到就要各自飘落"。在《我》中，身体也只是让"我"体验到孤独，并不能将"我"从孤独中拯救出来。在这些诗歌中，身体也如同冯至诗中的自然一样，是一条通往存在的幽暗的长路。

但是穆旦并没有在此止步，而是逐步将身体推上了神坛。在《我歌颂肉体》中，他在身体中找到了"肯定的岛屿""大树的根"和不会被洪水冲走的"岩石"，从而把精神家园建立在身体之中，身体变成了终极存在。至此，身体由存在的敞开，变成存在的遮蔽，正如海德格尔所说：

"在完成的形而上学之中的这种显明，甚至可能同时是存在的极端遗忘。"①

《我歌颂肉体》可以说是对现代身体意识的形象化阐释，诗人将自身的体验与现代西方哲学中关于身体的理念巧妙融合，但是，过度依仗既成的理论观念也成为这首诗的缺陷。诗中写道：

> 我们从来没有触到它，
> 我们畏惧它而且给它封以一种律条，
> 但，原是自由的和那远山的花一样，丰富如同蕴藏
> 的煤一样，把平凡的轮廓露在外面，
> 它原是一颗种子而不是我们的奴隶。
> ……
> 但是我们害怕它，歪曲它，幽禁它；
> 因为我们还没有把它的生命认为我们的生命，还没
> 有把它的发展纳入我们的历史，
> 因为它的秘密远在我们所有的语言之外，
> ……

这显然是对现代西方哲学家所阐述的身体遭到遮蔽、压抑的历史状况的诗化表述，是用诗化的语言转述了既成的理论。

"我们幻化了它的实体而后伤害它，/我们感到了和外面的不可知的联系/和一片大陆，却又把它隔离。""风雨和太阳，时间和空间，都由于它的大胆的网罗/而投在我们怀里。"这也是现代西方哲学对于身体的认识：我们存在于我们的身体，身体把我们与世界联系起来，我们的感觉、知识都来自身体的感知，但是我们却认为它是不洁的、邪恶的。

至于下面一段对于笛卡尔理性主义的批判就更为明显了：

> 那压制着它的是它的敌人：思想，
> （笛卡尔说：我想，所以我存在。）
> 但什么是思想它不过是穿破的衣服越穿越薄弱

---

① ［德］海德格尔：《诗·语言·思》，彭富春译，文化艺术出版社1990年版，第86页。

越褪色越不能保护它所要保护的，

自由而活泼的，是那肉体。

　　《我歌颂肉体》不仅是对现代身体意识的诗化表述，而且是一首写给身体的赞美诗，身体成为诗人顶礼膜拜的上帝，成为"岩石"，成为"肯定的岛屿"，成为"美的真实，我的上帝"。这样，穆旦诗中的身体意识就发生了重大变化。此前，穆旦诗歌中的身体没有达到如此高的地位，没有构成一种终极存在，仅仅是生存探寻的一种途径。随着身体由生存探寻的道路变为存在本身，身体也就由对存在的敞开变为对存在的遮蔽。好在以刻骨地冷静、深刻到残忍而著称的穆旦，仅仅在此做了一个短暂的梦，同《忆》是短暂的宗教之梦一样，很快就回到他那怀疑与虚无的心境中了。

　　像《我歌颂肉体》这样充斥着无条件的肯定、赞美情绪的诗歌，在穆旦笔下极少见，他是以怀疑、否定著称的。那么穆旦何以写出这首诗？何以把身体提高到如此高的位置，使身体由存在的敞开变成新的遮蔽呢？这可以回到当时的历史情境之中寻找原因。

　　就在穆旦创作《我歌颂肉体》两个月之前，写出了那首著名的《隐现》，将这两首诗进行对比，可以明白，穆旦为什么会把身体推到至高无上的位置。在《隐现》中，诗人哀叹一切都在流逝，什么也留不住。而在《我歌颂肉体》中，一开篇就出现了"在我们的不肯定中肯定的岛屿"。在《隐现》中，穆旦写道："全是不能站稳的/亲爱的，是我脚下的路程；/接受一切温暖的吸引在岩石上，/而岩石突然不见了。"而在《我歌颂肉体》中，却多次出现可以站得稳的岩石："我歌颂肉体，因为它是岩石/在我们的不肯定中肯定的岛屿。""是在这个岩石上，成立我们和世界的距离，/是在这个岩石上，自然寄托了它一点东西。"不仅如此，还出现了"根"："我歌颂肉体：因为它是大树的根，/摇吧，缤纷的树叶，这里是你坚实的根基。"在《隐现》中，诗人感到一切都是不可信的，一切都是幻象，最终我们只是一无所有。但是在《我歌颂肉体》中，诗人写道："一切的事物令我困扰，/一切事物使我们相信而又不能相信，就要得到/而又不能得到，开始抛弃而又抛弃不开，/但肉体是我们已经得到的。"《隐现》中充斥着怀疑、虚无与绝望的情绪，诗人的精神已经濒临崩溃的边缘。《我歌颂肉体》却是肯定与自信的，仿佛真理在手。在《隐现》中，诗人仿佛置身于幽暗的流沙之上，不知命运将把自己带向何方。在《我歌颂肉体》中，诗人的双脚已经踏上了坚固的岩石。可以说《隐现》是在绝望中追问，《我歌颂肉体》是在自信中回答；《隐现》是撒满痛苦的生存探寻之路，《我歌颂肉体》是铺满鲜花的虚妄的黄金国。

《隐现》是穆旦的一部杰作，是一篇滴满灵魂之血的诗歌。在《隐现》中，穆旦几乎走到了崩溃的边缘。《隐现》给人一种感觉：穆旦再向前一步，就要发疯了，他的痛苦已经达到了凡人所能承受的极限。在这样的背景之下再来看《我歌颂肉体》，它不过是穆旦痛苦的生存探寻之路上的一次短暂后退，一次精神小憩，一次自我的精神调整，是溺水的人抓到了一根稻草。由此我们也就能够理解为什么在这首诗中居然出现那么多经过艺术处理的理论话语。《我歌颂肉体》与其说是穆旦的一次生存探寻，不如说是他的一次精神小憩，他在身体以及种种关于身体的既成理论中找到了精神港湾。

还有一个问题值得注意，与《我歌颂肉体》同时，穆旦还创作了一首《发现》，形象地表现了诗人如何在两性身体接触中"发现"了身体。在穆旦的诗歌中，身体意识常常与诗人的爱情生活密切相关。前文提到的《诗八首》显然来自一次真实的性爱体验，《诗八首》发表于1942年初，当时的穆旦是西南联大的年轻教师，再联系1941年的《夜晚的告别》，这个时期的穆旦肯定有过爱情经历。伴随着这次爱情经历，穆旦不仅创作了《诗八首》，还写出了《春底降临》《春》。1947年的《发现》《我歌颂肉体》同样与穆旦的爱情经历密切相关，这时，穆旦正在与周珏良恋爱。由此我们看到，穆旦几乎所有具有明显身体意识的诗歌都与个人爱情经历或者说性爱体验密切相关（早期的《野兽》因其处于诗艺探索时期，对于西方诗歌的模仿痕迹较重，可以排除在外）。

性爱体验使得穆旦的身体意识得以彰显，最为典型地表现在《发现》中，诗中写道：

> 在你走过和我们相爱以前，
> 我不过是水，和水一样无形的沙粒，
> 你拥抱我才突然凝结成为肉体：
> ……

正是因为爱人的"拥抱"，爱人之间的身体接触，"我"的身体才得以显现，此前的身体如水如沙一般无形，处于"我"的意识之外。正如诗中所言："在你的肌肉和荒年歌唱我以前，／我不过是没有翅膀的喑哑的字句。"伴随着爱人的身体接触，身体在诗人的视野中不断展开，不断丰富，正如花儿绽放："你把我轻轻打开，一如春天／一瓣又一瓣的打开花朵。"

我们再来看《我歌颂肉体》的创作背景，《隐现》反映了穆旦此时的精神已经被虚无逼到崩溃的边缘，《发现》让我们看到，性爱让诗人再次体验到身体的深邃与丰富，并在身体中得到安慰。那么《我歌颂肉体》把身体推到至高无上的位置以获得一个灵魂的避风港也就顺理成章了。

不仅穆旦曾经明确将身体提到至高无上的地位，此前，在 20 世纪 30 年代，同样有一位现代派诗人将身体视为矗立在时间之流上的"坚固的肉体"，这就是番草的《桥》。

> 灰白色的宽阔的天后宫桥下，
> 灰黑色的沉默的苏州河在流着：
> 我们这悠久的生命下，
> 疲倦了的时间在流着……
>
> 日子是水一般地流去，流去，
> 问不了那些是欢乐；那些是苦恼，
> 剩下来的，是这坚固的肉体
> 立在时间的上面，如像是桥。
>
> 如像桥，在水面上浮着的映影，
> 我们的生命也有着脆弱的灵魂；
> 这生命底影响，浮在时间的浊流上，
> 随浊流的动荡不住地变形。
>
> 让时间带去了往日的恋吧，
> 让时间带去了欢乐与苦恼吧……
> 在时间的上面，是这坚固的肉体

立着，而又叹息着，如像是桥。

番草就是后来的台湾著名诗人钟鼎文，《桥》是他创作于大陆期间的作品。诗中有三个主要意象：桥、水、桥投在水上的影。夜幕下灰白色的桥让诗人联想到人的身体，灰黑色的流水是神秘的一去不返的时间之流，水上的影是"我们"脆弱的灵魂。一般来说，在时间的长河中，身体是短暂易逝的，精神可以超越身体而接近永恒。但是在《桥》中，身体却坚固地矗立在时间之上："剩下来的，是这坚固的肉体／立在时间的上面，如像是桥。"相反，精神却是"脆弱的"，如水流上的影子般"动荡不住地变形"。这正是对理性主义的反叛，是肉体对精神的造反。尼采曾经说："我完全是肉体，不再是别的；灵魂不过是附属于肉体的某物的名称而已。"[①] 在这首诗中，"肉体"成为更为本体性的存在，精神成为"肉体"的一种现象。"脆弱的灵魂"只是"肉体"（桥）投在水流上的动荡不定的影子，我存在于"这坚固的肉体"。

二　身体的沉醉

在身体中建立精神家园也是唯美主义的艺术追求之一。一般认为，唯美主义诞生于19世纪的英、法两国，其后在世界各地流传，总的纲领是"为艺术而艺术"。在其后的发展中，人们有不同的侧重，不同的阐发，发生了诸多变异。唯美主义具有颓废倾向，注重感性与感官享乐，反抗理性以及中产阶级的价值观，追求现实享乐，在享乐中寻找精神港湾，在纵情声色中寻求精神安慰。由于唯美主义文学注重感官享乐，使人的身体得以浮现。唯美主义源自对理性主义的反抗，是现代人走出宗教与理性的庇护所之后开始的精神探索之旅。五四时期，唯美主义对中国文学产生了较大影响，出现过"王尔德热"，在很多作品中都隐约可以看到唯美主义的影子。

在中国现代诗人中，新月派诗人明显受到了唯美主义文学思潮的影响，在他们的诗中，身体享乐成为人的精神家园。其中，刘梦苇的《吻之三部曲》尤其典型，因原诗较长，这里仅引其第一节。

---

① ［德］尼采：《查拉斯图拉如是说》，楚图南译，海南国际新闻出版中心1996年版，第32页。

几年来对于人生哲学的探讨，
意义与价值终没有结论可寻
但见得一刹那一刹那的时间
逃跑，
一个个一个个的生命在后面
紧跟！

时间是如此如此地难留，
生命是如此如此地不久；
我底爱人，我底爱人呀！
我们要怎样才不算虚度？

人生既是一刹那一刹那地过
去，
在个中你我可不要随意地辜负；
但只要一刹那中有一个亲吻，
生之意义与价值呀——已经寻出！

在其后的两节中，诗人反复感叹生命虚无，时间一去不返，不如抓住"一刹那"，尽情享乐，在"一刹那"中实现"永生"。这首诗具有典型的唯美主义特征，正如英国唯美主义者佩特所说："人生的意义就在于充实刹那间的美感享受。"① "能使得这种强烈的、宝石般的火焰一直燃烧着，能保持这种心醉神迷的状态，这是人生的成功。"② 我们在这里要探讨的不是该诗与唯美主义的关系，而是其中的生存探寻。唯美主义从一开始就与人的价值建设、生存意义密切相关，王尔德曾经说"生命的奥秘就在艺术之中"③，佩特也认为，既然生命有限，就应该沉醉于瞬间的美

① 转引自赵澧、徐京安《唯美主义》，中国人民大学出版社 1988 年版，第 9 页。
② ［英］佩特：《文艺复兴·结论》，赵澧、徐京安编：《唯美主义》，中国人民大学出版社 1988 年版，第 77 页。
③ ［英］王尔德：《英国的文艺复兴》，赵澧、徐京安编：《唯美主义》，中国人民大学出版社 1988 年版，第 104 页。

感。在刘梦苇的这首诗中，开篇就表达了对于生存意义的困惑，这就给全诗定下了基调：这是一首生存探寻的诗歌。不论是刘梦苇所处的时代，还是西方唯美主义者所处的时代，都属于社会转型期。文化转型，价值重估，导致社会上出现了价值真空，人的精神无所依傍，人生的终极意义是什么？这个问题困扰着每一个知识分子。

不管诗人如何困惑，时间与生命仍然无可挽回地流逝，诗人继续追问"我们要怎样才不算虚度？"此后，诗中出现了连篇累牍的"吻"，同时交织着关于"生命"的追问。诗中出现频率最高的词是"吻"，第二位是"生命""人生"，其实后者才是全诗的精神内核，是"吻"这个行为的目的。也就是说，作为身体享乐的吻，是要解决生命的困惑。诗中写的是吻，要解决的却是"生之意义与价值"的问题："但只要一刹那中有一个亲吻，/生之意义与价值呀——已经寻出！"诗中讴歌的是"一刹那"，最终的目的却是永生："只有一刹那的寿命呀——也/是永生！"所以说，这首诗正是刘梦苇的一次生存探寻。

《吻之三部曲》淡化了爱人之间的精神体验，只剩下纯粹肉体的"吻"，只有"你舌头""在我口中出进"。"吻"作为一种身体行为，被提升到生命与存在的高度，以往认为低级的身体欲望，具有了崇高的价值。在这里，身体享乐所指向的是人的生存意义，是要解决生存的困境，是对于虚无的反抗。诗人是要在身体中确立生命的终极意义，在身体之中安置存在的家。

同是新月派诗人，闻一多在《睡者》中，先是盛赞睡者身体之美："啊！这才是人间底真色相！/这才是自然底真创造！"而后忍不住去亲吻睡者至美的身体："跟他亲个嘴儿又偎脸，/便洗净一切感情底表象，/只剩下了如梦幻的天真。"进而进入睡者的精神世界，诗人认为，只有睡者才能尽情享受生命："月儿，将银潮密密地斟着！/睡觉的，撑开枯肠深深地喝着！/快斟，快喝！喝着，睡着！"最后，在睡者的沉睡中，在身体的沉醉中，诗人找到了精神家园："那人心宫底禁闼大开，/上帝在里头登极了！"同样是讴歌睡梦，朱湘在《梦》中写道："这人生内岂惟梦是虚空？/人生比起梦来有何不同？/你瞧富贵繁华入了荒塚；/梦罢，/作到了好梦呀味也深浓！"诗人歌咏了"月光里的梦""日光里的梦"直至"坟墓里的梦"。梦里的花没有严冬，梦中才有至美的世界，梦中才有永恒。

在邵洵美的诗歌中偶尔也有这种倾向。诗集《花一般的罪恶》中的《序曲》一诗，开篇就展现了生命的虚无处境："我也知道了，天地间什么都有个结束。"而后诗人将欲望化的肉体提高到形而上的高度，认为在肉体中、在声色中沉醉正是生命的觉醒："原是和死一样睡著的；但这须臾的醒，／莫非是色的诱惑，声的怂恿，动的罪恶？"联系邵洵美的其他诗歌可以知道，"色的诱惑，声的怂恿，动的罪恶"主要指的是性爱。在诗的最后，诗人写道：与其"将来溺沉在海洋里给鱼虫去咀嚼""不如当柴炭去燃烧那冰冷的人生"。既然人生终是虚无，不如在现实中纵情声色，这就是这首诗的主题，身体享乐成为人的精神家园。

唯美主义的影响不仅仅限于新月派诗人，现代派诗人也受其影响，卞之琳的《对照》就是这样一首诗。

> 设想自己是一个哲学家，
> 见道旁烂苹果得了安慰，
> 地球烂了才寄生了人类，
> 学远塔，你独立山头对晚霞。
>
> 今天却尝了新熟的葡萄，
> 酸吧？甜吧？让自己问自己
> 新秋味加三年的一点记忆，
> 懒躺在泉水里你睡了一觉。

卞之琳的诗歌以智性见长，但是情感寡淡，诗人的生命体验略显单薄。他的诗中也出现了生存探寻，但是常常不能立足于自身的生命体验，而是从"理趣"到"理趣"。《对照》虽然稍好一些，仍然也是"理趣"胜过体验。在第一段中，诗人通过路边的烂苹果想到人类不过是地球上的寄生物，表现了诗人对生命意义的怀疑。诗人百思不得其解，最终只能"独立山头对晚霞"。在第二段中，"身体"出场，诗人沉醉于新鲜葡萄的美味中，喻示着在身体感性中陶醉。味觉是尤为身体化的一种感觉，葡萄中有着新秋的味道，在味觉中又蕴含了记忆。卞之琳不可能像新月派诗人那样淋漓尽致地描写身体，反复咏叹身体的快乐，但是在他的诗中，身体蕴含着生活趣味，甚至生活的意义。最后，诗人干脆不再想那些纠缠人的问题，忘却虚无的逼视，在生命的泉水中沉睡。有学者在评价唯美主义文学时说："当一个社会失去信仰，人们的精神彷徨不安时，唯美主义对于一些人来说，确实是一个安身立命之所，使他们在俯仰宇宙之间有一种居家自得的感觉。"① 以此来评价《对照》也是很合适的，诗中的享乐主义倾向与唯美主义如出一辙。

既然找不到生命的终极意义，既然生命最终难逃死亡与虚无，倒不如返回现在，在现在追求刹那的沉醉。当一切事物都现出虚无的本相，身体成为不确定中的确定时，一个肉感的身体、声色的世界、身体的快感似乎成为可以是在瞬间把握的实在之物，享乐主义、颓废主义便成为对抗虚无的一种方式。但这只能是一种自欺欺人的逃避，对于肉体的享乐与颓废，无法为生命创生意义。"颓废作为一种没有生长力、创造力和生命力的精神状态，其反抗力量是很微弱的，在耗尽了所有感官的物性能量之后它不可避免地走向了衰落和死亡。颓废……并没有最终给主人公带来出路和拯救，在它华丽的炫耀背后是生命力的衰落和枯竭，死亡是其不可避免的宿命，因而颓废的本质是空虚和无力的。"②

三　身体的堕落

对于身体的享乐和颓废并没有就此止步，而是进一步远离了精神，沉溺于肉体，这就是以邵洵美为代表的所谓"肉感诗派"③。此时的身体不仅不能使人超越，也不再为人的精神提供避难所，而是滑向肉欲的泥沼。在前文所谈到的邵洵美的《序曲》一诗中，还能够看到诗人的精神困惑，但这不过是个别现象。在更多的诗中，他不仅放弃了追问与超越，而且滑向了堕落。

"天"在文学作品中常常喻示着超越于世俗之上的理想世界。对于天的向往，对于天的怀乡病，象征着渴望超越的精神。但是在邵洵美的诗中，"天"却遭到遗弃："天堂正开好了两扇大门，／上帝吓我不是进去的人。／我在地狱里已得到安慰。"（《五月》）不仅诗人不再期望升入天堂，

① 刘钦伟：《唯美主义与人生与文学》，《海南师范学院学报》（社会科学版）1989年第1期。
② 顾梅珑：《颓废主义与审美现代性》，《国外理论动态》2008年第9期。
③ 关于"肉感诗派"，参见解志熙《美的偏至：中国现代唯美—颓废主义文学思潮研究》，上海文艺出版社1997年版，第332—359页。

"上帝的爱女"却要降到人间:"仙妖挣脱了上帝的玉臂,/她情愿去做人生的奴隶;/啊,天宫中未必都是快乐。"(《花一般的罪恶》)即使诗人登上了天庭,他最感兴趣的却是那一个个年轻的仙女(《我不敢上天》)。即使真的变成神仙,也是希望生出漂亮的羽翼,像雄性动物一样去吸引雌性(《假使我也和神仙一样》)。

不要以为邵洵美是在以人性反对神性,那只是动物性的欲望而已。那个给邵洵美安慰的"地狱"是这样的地方:"罪恶在处女的吻中生了;/甜蜜的泪汁总引诱着我/将颤抖的唇亲她的乳壕。"(《五月》)那个"上帝的爱女"所留恋的人间不过是这样的地方:"'啊,千万吻曾休息过了的/嫩白的醉香的一块胸膛,/夜夜总袒开了任我抚摸,/抚摸倦了便睡在她乳上'。"(《花一般的罪恶》)

至此,邵洵美已经将唯美主义中的超越精神、反叛精神彻底抛弃,"将美感降低为官能快感,并借唯美之名将本来不乏深刻的人生苦闷的颓废庸俗化为'颓加荡'的低级趣味"。[①] 正如邵洵美在《To Swinburne》一诗中的夫子自道:"我们从烂泥里来仍向烂泥里去,/我们的希望便是永久在烂泥里。"里尔克曾经说:"我们感受肉体的快乐并没有什么不好;不好的地方是在于:几乎所有的人都误用、滥用这种经验,把它放在倦于浮生的场所当作刺激,当作消遣解闷而不当作向最高点的精神集中。"[②] 以此来评价邵洵美的诗歌是很合适的。

一些论者喜欢给邵洵美贴上唯美主义、颓废主义的标签,邵洵美也喜欢将自己与西方的这类诗人相比附,事实上,邵洵美根本算不上唯美主义诗人。唯美主义代表作王尔德在谈到艺术的精神慰藉作用时曾经说:"艺术与其说是感官专制下的逃避,还不如说是灵魂专制下的逃避。"[③] 但是在邵洵美的诗中所看到的只是"感官专制",与灵魂无关。邵洵美诗中对性欲的沉溺也不是严格意义上的颓废,西蒙斯在《文学上的颓废派运动》一文中指出,颓废主义的理想是"敏锐地捕捉事物的精髓和幽趣微

---

① 解志熙:《美的偏至:中国现代唯美—颓废主义文学思潮研究》,上海文艺出版社1997年版,第229页。

② [奥]里尔克:《致一位青年诗人的信》,载《里尔克散文选》,绿原、张黎、钱春绮译,百花文艺出版社2002年版,第355页。

③ [英]王尔德:《英国的文艺复兴》,赵澧、徐京安编:《唯美主义》,中国人民大学出版社1988年版,第100页。

韵，使之成为没有形体的灵魂的呼声"①。叶芝曾说："在一般人叫做'颓废'的里面，我看到了幽微的光，幽微的色，幽微的形和幽微的力。"②但是在邵洵美的诗中是看不到这些颓废主义的灵魂和精髓的。纵情声色仅仅是颓废主义的外在特征，邵洵美不过是借来了颓废主义的衣裳，丢掉了颓废主义的灵魂。

在此，我们不妨对邵洵美诗中的身体与穆旦、路易士等人诗中的身体做一下对比，以揭示它们在本质上的差异。

首先，穆旦、路易士诗歌中的身体主要是诗人自己的身体，诗人用身体思想，在身体中体验生存，探寻存在。即使出现他人的身体，也是将心比心式的"将身比身"，我与他处于平等的地位，甚至是他我合一的。但是邵洵美诗中的身体却全部是女体，而且这个女体是没有精神、没有意识的，甚至连身体也不是一个完整的身体，不过是一个"性"体，是"嘴唇""乳壕""蛇腰上的曲线""下体""醒醍的香气""血般的罪肌""明月般的裸体""包着火血的肌肤""燃烧着爱的肚脐""淫妇上下体的沸汗""女人半松的裤带"……在邵洵美为数不多的诗歌中，这样的意象比比皆是。这不是一个完整的身体，更谈不上身体意识，这不过是一个色欲迷离的男性眼中的女体。诗中他人的身体与诗人也不是处于平等的位置，更谈不上"将身比身"，这个身体不过就是邵洵美眼中的欲望符号。一位批评家在评论当前"身体写作"的不良走向时说："蔑视身体固然是对身体的遗忘，但把身体简化成肉体，同样是对身体的践踏。"③ 以此来评价邵洵美的诗歌，正是切中要害。

其次，在穆旦的诗歌中，我们看到诗人身体意识的外化，以身体意识来观看自然，自然中充满美丽的欲望，到处燃烧着欲望的火焰，这是诗人对于自然本质的诗化认识。但是，邵洵美诗中的自然与此截然不同，在他的诗中，"花香总带着肉气""雨丝也含着淫意"（《春》），白云"和这一朵交合了，/又去和那一朵缠绵地厮混"，天空不过是供白云淫荡的床（《颓加荡的爱》）。他笔下的花朵也变成这样的东西："潮润的肉""透红的皮""淫妇般的摇动"（《牡丹》）。他笔下的蛇也变成了淫荡的女体：

---

① 转引自赵澧、徐京安编《唯美主义》，中国人民大学出版社1988年版，第6页。
② 同上。
③ 谢有顺：《文学身体学》，谢友顺：《先锋就是自由》，山东文艺出版社2004年版。

"你垂下你最柔嫩的一段——/好像是女人半松的裤带/在等待着男性的颤抖的勇敢。""我不懂你血红的叉分的舌尖/要刺痛我那一边的嘴唇?""我忘不了你那捉不住的油滑"(《蛇》)。如果说穆旦诗中欲望化的自然，是诗人用身体思想的产物，有着诗人的生命体验和哲人的思想，那么邵洵美诗中的自然不过是一个淫夫眼中的世界。穆旦在自然万物中看到生命的燃烧，欲望的涌动，是诗人探寻世界本质的结果，这里的欲望不是诗人自己的欲望，而是诗人"将身比身"地感受到自然万物中的生命欲望。但是邵洵美诗歌中的自然全部是变相的淫荡的女体，与民间流传的一些下流小调中的比喻如出一辙。

其实，关于邵洵美的诗歌，在解志熙的《美的偏至：中国现代唯美—颓废主义文学思潮研究》一书中已经有详细的分析，做出了客观公正的评价，奇怪的是，近年来却有一些论者大做翻案文章，违背事实，对邵洵美的诗歌做出过高的评价。

在生存探寻的路上，充满了歧路与陷阱。宗教既可以成为生存探寻的文化资源，也可以将诗人引入精神的梦乡，流连忘返；自然可以引领诗人超越，也可以让诗人回到"石头世界"中，自我消解，陶然忘机；身体之路同样如此，诗人可能会把身体推上神坛，也可能会在纵情声色中忘记了来路。更为危险的是，对身体的过度高扬，极易滑向庸俗，放纵潜藏在内心的低级趣味，此时不仅不能让生命实现超越，反而将生命引向堕落。正如邵洵美的诗句："我们从烂泥里来仍向烂泥里去，/我们的希望便是永久在烂泥里。"好在邵洵美的诗歌不过是一小股成不了气候的逆流。在穆旦、路易士、番草等人的诗中，身体闪烁着神圣的灵光，有着深邃而博大的内涵，身体仍然是一条通向彼岸的大路。

第四章 "去蔽"与追问

> 时代处于贫乏并非在于上帝之死，而在于短暂者对他们自身的短
> 暂性几乎没有认识和没有能够承受。短暂者没有获得到达他自身本性
> 的所有权。死亡陷入了谜一般的东西之中。痛苦的神秘处于隐蔽
> 状态。①
>
> ——海德格尔

生存探寻不仅表现为主动地追问生存意义，探寻生存真相，也表现为反向消解遮蔽真相的种种雾障。正如潘知常所说："审美活动从终极关怀出发，坚决地拒斥有限的生命，无情地揭示出固执着有限的自我的濒临价值虚无的深渊、自我的丑陋灵魂、自我的在失去精神家园之后的痛苦漂泊的放逐、自我的生命意义的沦丧和颠覆。"只有在此基础上，才能"在生命的荒原中去不断地叩问精神家园，不断向理想生成，不断向自由的人生成"②。在此意义上，揭示现代社会中种种迷醉状态，突破习俗的遮蔽，彰显本真，也就成为生存探寻的重要内容。在社会层面展开的生存探寻不是表现为主动的追寻，而是表现为反向的消解，通过揭开现代社会的种种虚妄与谎言，彰显被遮蔽的生存本相。正如王毅在评价穆旦的诗歌时所说："他所要做的就是揭穿现代社会中的隐瞒和欺骗，掀开那层人们赖以躲避的社会习俗，捣毁常人的避难所，让他们独立地、真实地生活和存在。"③

谈到现代社会中的生存探寻，人们常常会想到活跃于 20 世纪 30 年代

---

① ［德］海德格尔：《诗·语言·思》，彭富春译，文化艺术出版社 1990 年版，第 87 页。
② 潘知常：《诗与思的对话——审美活动的本体论内涵及其现代阐释》，上海三联书店 1997 年版，第 167—168 页。
③ 王毅：《围困与突围：关于穆旦诗歌的文化阐释》，《文艺研究》1998 年第 3 期。

的现代派诗人。他们一方面深受西方现代主义文学的影响，一方面又有着
丰富的都市生活体验，按理说，应该擅长揭示现代社会中人的非本真生存
状态。但是事实并非如此，前文所提到的路易士、番草虽然有不少生存探
寻的佳作，也是身处都市，但是他们诗歌中的生存探寻与都市社会没有
关系。

戴望舒擅长表现个人生活中的微妙感受，知性逊色于感性，导致他缺
乏生存探寻所需的思想力度。同时他的诗现代气息较淡，直接来自于现
代社会体验的作品也不多，能将现代社会体验与生存探寻联系起来的就更
是微乎其微。徐迟最喜欢表现现代生活经验，但是他津津乐道的是外在都
市景观，极少触及人的深层精神现象。至于北方的现代派诗人，现代都市
生活经验很少，很难从这个领域展开生存探寻。

只有到了40年代，穆旦异军突起，为中国现代诗歌的生存探寻踏出
了一条新路。在中国现代诗人中，从社会生活中展开生存探寻的诗人非常
少，然而却在穆旦笔下结出了硕果。可以说，如果没有穆旦，生存探寻的
社会之路就无法在中国现代诗歌中形成规模。同时，由于穆旦的突出成
就，也使得仅仅一个穆旦就足以撑起一种独立的形态。

谢冕评价穆旦说："他置身现世，却又看到或暗示着永恒。穆旦的魅
力在于不脱离尘世，体验并开掘人生的一切苦厄，但又将此推向永恒的思
索。""他是始终不脱离中国大地的一位，但他又是善于苦苦冥思的一位，
穆旦使现世关怀和永恒的思考达于完美的结合。"① 这不仅是穆旦诗歌的
整体特征，也是穆旦诗歌中生存探寻的特征。一方面立足现实，在现实生
活中跌打滚爬，深刻体验；一方面是对于永恒的思考，对于生命的形而上
观照。正如穆旦在诗中所写的："从至高的虚无接受层层的命令，/不过
是观测小兵，深入广大的敌人，/必须以双手拥抱，得到不断的伤痛。"
(《三十诞辰有感》)

关于穆旦诗中的生存探寻，前人已经有不少相关论述，值得注意的
是，在他早年的诗歌中就已经露出端倪。例如，他在中学期间所写的
《神秘》一诗，对于世界的荒诞性就有了一定的认识。大学期间发表的
《玫瑰的故事》《古墙》，从无限的时间之流审视生命的短暂、历史的沧
桑，已经超出现实层面观照生命。生存探寻始终贯穿在穆旦的创作之

① 谢冕：《一颗星亮在天边——纪念穆旦》，《山花》1996年第6期。

中，直至 70 年代，在《理智和感情》《冥想》《自己》《沉没》《问》中仍然得到延续。在晚年写给朋友的信中，他还谈到："我记得我们中学时代总爱谈点人生意义，现在这个问题解决了没有呢？也可以说是解决了，那就是看不出有什么意义了。没有意义倒也好，所以有些人只图吃吃喝喝，过一天享受一天。只有坚持意义，才会自甘受苦，而结果仍不过是空。"①

穆旦对于现实社会有着深刻的体验，前人对此也已经形成共识。同属九叶派诗人的唐湜在 40 年代就曾经说：穆旦的诗是用全生命的重量与力量向人生投掷，是一种生命的肉搏。陈敬容则评价说："他用深入——深入到剥皮见血的笔法，处理着他随处碰到的现实题材。无论写报贩、洗衣妇、战士、神或魔鬼，他都能掘出那灵魂深处的痛苦或欢欣。"② 杜运燮在怀念穆旦的文章中说："他力求对生活和社会挖掘得深一些，对自己灵魂深处的痛苦和欢欣进行坦率的剖析。"③

不仅穆旦成熟期的作品如此，就是早期作品也表现出关注现实的特点。当前发现的穆旦最早公开发表的作品是一篇百字短文《不是这样的讲》，就是现实题材的作品，而且颇有左翼文学的味道，这时他只是一名小学二年级学生。中学期间的诗歌《流浪人》《两个世界》《一个老木匠》《哀国难》等也表现出他有着较为深入的现实体验。

穆旦曾经多次表示诗歌创作要重视经验。他评价艾青的诗歌说："诗人艾青是先有着真实的生活做背景，而后才提炼出这样的诗句来的。""不是涂着空想的色彩的图画，而是透着生活的，显得特别亲近、逼真。"④ 穆旦曾经主张"新的抒情"，所谓"新的抒情"中的所抒之情，正是来自于对现实生活的深刻体验："'新的抒情'应该遵守的，不是几个意象的范围，而是诗人生活所给的范围。也可以应用任何他所熟悉的事物，田野、码头、机器，或者花草；而着重点在：从这些意象中，是否他充足地表现出了战斗的中国，充足地表现出了她在新生中的蓬勃、痛苦和

---

① 穆旦：《1976 年 5 月 25 日致董言声信》，李方编：《穆旦诗文集》第 2 册，人民文学出版社 2005 年版，第 168 页。

② 默弓（陈敬容）：《真诚的声音》，杜运燮、袁可嘉、周与良编：《一个民族已经起来——怀念诗人翻译家穆旦》，江苏人民出版社 1987 年版，第 124 页。

③ 杜运燮：《怀穆旦》，《读书》1981 年第 8 期。

④ 穆旦：《〈他死在第二次〉》，李方编：《穆旦诗文集》第 2 册，人民文学出版社 2005 年版，第 50 页。

欢快的激动来了呢？"①

在晚年与青年诗人的交往中，他也多次谈到诗歌创作要有生活，有体验。他在给郭保卫的信中说："写诗，重要的当然是内容，而内容又来自对生活的体会深刻（不一般化）。"② "总之一和生活有距离，作品就毁了。"③ 他曾经对孙志鸣说："只有忠于生活的人，才能抒发真实的感情；同样，感情越真挚，对生活的体会才可能越有新意，写出诗来自然有深度。"④

在生活中，穆旦也积极介入现实。在很小的时候，因为不拜祖、抵制日货，被家人称为"赤色分子"⑤。在清华期间，他参加了"一二·九"运动，在云南参加赴缅作战更是人所共知。其后主持《新报》，也是积极介入现实，甚至为此牺牲了写诗。"由于编务缠身，不仅他本人没有在《新报》发表任何文艺创作，且据《年谱》考证，1946年全年穆旦没有创作亦没有发表任何诗作。"⑥ 新中国成立后，他费尽周折回到祖国，也是希望有所作为。即使到了晚年，在遭受了多年迫害之后，仍然热心于现实。1976年10月之后，他在给郭保卫的信中多次谈论时政，希望身在北京的郭保卫多介绍一些内部消息，并在信中讽刺当时的一位文艺界领导。经历了"文化大革命"的他，很清楚这种书信的潜在危险，所以常常在信的末尾希望郭保卫谨慎，自己也说自己所写的已经"出了谨慎的范围了"⑦。但是这些都不能压抑他关注现实的热情，在给好友杜运燮的信中，仍然大谈天津的政坛风云。在谈到苏联文学时，明确表示文学就是要介入现实："苏联文学能反映内部问题，反映不满情绪，我看还是可喜现象。文艺工作如不对社会发表意见，不能解剖和透

---

① 穆旦：《〈慰劳信集〉——从〈鱼目集〉说起》，李方编：《穆旦诗文集》第2册，人民文学出版社2005年版，第55页。

② 穆旦：《1975年8月22日致郭保卫信》，李方编：《穆旦诗文集》第2册，人民文学出版社2005年版，第182页。

③ 穆旦：《1975年9月6日致郭保卫信》，李方编：《穆旦诗文集》第2册，人民文学出版社2005年版，第184–185页。

④ 孙志鸣：《我所了解的诗人穆旦》，《黄河》1997年第5期。

⑤ 参见查良玲《怀念良铮哥哥》，杜运燮、袁可嘉、周与良编：《一个民族已经起来——怀念诗人翻译家穆旦》，江苏人民出版社1987年版。

⑥ 李方：《穆旦主编〈新报〉始末》，《新文学史料》2007年第2期。

⑦ 参见李方编《穆旦诗文集》第2册，人民文学出版社2005年版，第209—228页。

视,那就是失职。"①

如果将上述材料与冰心、冯至对照,就可以看出穆旦与他们的重大差异。冰心诗歌中的生存探寻主要出现在婚前的创作中,这个时期,她是一位青年女学生,或者在温馨的家中陶醉于母爱,或者在教会学校沐浴神恩,或者在异国他乡歌咏自然,与社会的距离很远。冯至在创作《十四行集》时,是一位相对超然的学者,存在主义哲学更使他远离社会。对于他的诗歌创作而言,杨家山上的一草一木远比战火纷飞的社会现实更为重要。穆旦则不同,他在现实社会中跌打滚爬,对社会有着深刻的认识和体验,在此基础上,他走出了与众不同的生存探寻之路。

第一节　生活在虚无中的人们

一

在穆旦的诗中,这种反向地"去蔽",首先表现为揭示现代人在虚无中迷醉的精神状态。人们在日常生活中沉迷于物质享受和既成的生活规则,从来不思考生命的意义和真实境遇,在浑浑噩噩中快乐地活着。他们生活在习俗之中,放弃了选择的权力,失去了超越的可能。

在《蛇的诱惑——小资产阶级的手势之一》中,穆旦形象而深刻地表现了现代人空虚的精神世界。

> 老爷和太太站在玻璃柜旁
> 挑选着珠子,这颗配得上吗?
> 才二千元。无数年青的先生
> 和小姐,在玻璃夹道里,
> 穿来,穿去,和英勇的宝宝
> 带领着飞机,大炮,和一队骑兵。
> 衣裙窸窣地响着,混合了
> 细碎,嘈杂的话声,无目的地

---

① 穆旦:《1977年2月18日致杜运燮信》,李方编:《穆旦诗文集》第2册,人民文学出版社2005年版,第152页。

> 随着虚晃的光影飘散，如透明的
> 灰尘，不能升起也不能落下。
> "我一向就在你们这儿买鞋，
> 七八年了，那个老伙计呢？
> 这双样式还好，只是贵些。"
> 而店员打恭微笑，像块里程碑
> 从虚无到虚无

　　这是一幅现代社会的日常生活场景，生活的目的维系在日用品上，生活就是消费，百货公司成为精神的圣殿。这里不仅是物质消费的场所，也成为人消磨时光，获得生活乐趣、自足感，托付精神的地方。"老爷和太太""先生"和"小姐"在这里实现他们生命的意义。对于他们来说，世界的变化不过是百货公司里的"老伙计"变成了新店员。表面的繁华背后是"从虚无到虚无"，人们早已忘记了生命的意义，在虚无中快乐地活着。在这种日常生活中，"个体的知行过程具有'习焉而不察'、'日用而不知'的特点，在这一层面，个体虽'在'，但尚未达到对这种'在'的自觉……在日常的存在形态下，存在本身意味着什么或存在的意义何在等问题，往往处于个体的视野之外"①。上述诗句正是形象地呈现了现代人的日常生活状态。进而，诗人又毫不留情地揭穿了现代社会虚假的面纱，直面生存的困境。

> 寂寞，
> 锁住每个人。生命树被剑守住了，
> 人们渐渐离开它，绕着圈子走。
> 而感情和理智，枯落的空壳，
> 播种在日用品上，也开了花，
> "我是活着吗？我活着吗？我活着
> 为什么？"

　　这个问句呼应了前面的诗句"你不要活吗？你不要活得/好些吗？"

---

　　① 杨国荣：《存在之维：后形而上学时代的形上学》，人民出版社 2005 年版，第 275 页。

可以说这两组问句就是诗的核心。人都希望活着，但却不知道此刻的自己是不是真的活着？是不是活在真实之中？更不知道活着的意义是什么？或许我们早已是"枯落的空壳"，我们早已远离了生命之树。

诗歌名为"蛇的诱惑"，是创造性地化用了《圣经》典故。人类的祖先因为在伊甸园中受了蛇的诱惑，偷吃禁果，遭到放逐。所以人虽然身在地下，心却在天上。他们信仰上帝，他们生命的意义就在上帝那里。但是现代人不再如此，他们的肉体和灵魂都已经脱离了上帝，他们受到第二条蛇的诱惑，遭受到再次惩罚，再次放逐，这第二条蛇就是现代社会。生活在这里的人们已经不再考虑信仰问题，在生产和消费的循环中，在日用品的享用中，流连忘返。在该诗的序中，诗人写道："这条蛇诱惑我们。有些人就要被放逐到这贫苦的土地以外去了。"这些遭到第二次放逐的人，正是这些"老爷""太太""先生""小姐"，他们快乐、无忧无虑，但是却生活在真实之外。

在穆旦的诗中，这样的人物还有很多。在《防空洞里的抒情诗》里，那个躲在防空洞里也不放弃"消遣的时机"的人也是如此。现代人的消遣，其实已经成为一种逃避自由的方式。在无处不在的消遣中，人得以沉醉于日常，满足于表面的生活，肤浅的乐趣，从而无暇去考虑生命的本质与意义。在一个个精美的梦中躲避了、遗忘了虚无的逼视，使得生命永远徘徊在虚假的表面。当整个城市都暴露在死亡的威胁之中，轰炸如同一种不可抗拒的力量，摧毁着一切时，躲在防空洞里的人却仍然对此视而不见，陶醉于报纸上"五光十色的新闻"，津津乐道于各种生活趣闻，这样的麻木不能不让人震惊。

事实上，无数的人都是这样麻木地生活着。穆旦关注的不是非常态的战争中的生活，而是常态下的日常生活。正如在《从空虚到充实》中，当"我"听到一个战士战死的消息之后写道："然而这不值得挂念，我知道／一个更静的死亡追在后头。"《防空洞里的抒情诗》其实是通过一个非常态的生活场景昭示了被人遗忘的常态的生存状况。我们每天都生活在死亡的笼罩之下，死亡无所不在，死亡紧跟着每一个人。但是人们对此视而不见，甚至自我欺骗，在各种肤浅的乐趣中回避真实。面对空袭可以躲到防空洞里去，但是面对日常的死亡，人是无处可逃的。

在穆旦的诗中，这种在虚无中度日的人还有很多。例如在《从空虚到充实》中，"我"的一个个"可怜的化身"就属于这个人群："张公馆的少奶奶"已经向现实投降了;"我的朋友"看破红尘,把人生看作一场梦;流浪作家追逐理想,却为现实所困;一位德明太太絮絮叨叨地讲着毫无意义的话;还有无数在战争中痛苦挣扎的人们。在《玫瑰之歌》中,他们"像一头吐丝的蚕,抽出青春的汁液来团团地自缚;/散步,谈电影,吃馆子,组织体面的家庭,请来最懂礼貌的朋友茶会"。

穆旦不仅讽刺那些在虚妄之中如鱼得水的人,而且从更高的角度看到所有的人都是"不幸的人们"。在《不幸的人们》中,所有的人因为找不到终极意义而成为不幸的,他们的精神没有家园,他们的生命没有意义,如同"暗室的囚徒",虽然渴望光明却看不到光明。

> 自从命运和神祇失去了主宰,
> 我们更痛地抚摸着我们的伤痕,
> 在遥远的古代里有野蛮的战争,
> 有春闺的怨女和自溺的诗人,
> 是谁安排荒诞到让我们讽笑,
> 笑过了千年,千年中更大的不幸。

当人类勘破了宗教的迷梦,走出虚假的安慰,独立面对生存时,迎来的却是更大的痛苦。告别了宗教的虚妄,人类历史中仍然处处是虚妄。历史上无数的"丰功伟绩",不可一世的英雄豪杰,名垂千古的志士仁人,都不过是同样的虚妄。如果人们为之奋斗一生,甚至不惜献出生命的事业,只能被千年之后的人"讽笑",那将是多么大的悲哀。正如穆旦在晚年的《智慧之歌》中所写的:"为理想而痛苦并不可怕,/可怕的是看它终于成笑谈。"

此后,诗中的人称发生了变化。开篇时是"我"与"不幸的人们"对立,诗人仿佛从高处俯视,而后"我"与"不幸的人们"融合为"我们"。诗人沉入"不幸的人们"当中,设身处地地体验"不幸的人们"的精神痛苦。这样更便于诗人直接抒发内心的情绪,这样的人称转换在穆旦的诗中经常出现。

> 诞生以后我们就学习着忏悔,
> 我们也曾哭泣过为了自己的侵凌,

　　　　这样多的是彼此的过失，
　　　　仿佛人类就是愚蠢加上愚蠢

　　回顾人类的历史，人类不是不懂得反省自己，但为什么总是不断地犯错误。在无尽的战争，不断的仇杀、劫难后忏悔，忏悔后却又制造新的劫难。难道人类就是这样的"愚蠢加上愚蠢"？于是诗人眼中的世界只剩下一片绝望：

　　　　……一年又一年，
　　　　我们共同的天国忍受着割分，
　　　　所有的智慧不能够收束起，
　　　　最好的心愿已在倾圮下无声。

　　连天国也被不同的宗教分割，人的智慧也无法重塑人类的信仰大厦，一切美好的愿望都化作"倾圮下无声"，此后诗人形象化地概括了现代社会中人的生存状态：

　　　　像一只逃奔的小鸟，我们的生活
　　　　孤单着，永远在恐惧下进行

　　人漫无目的地活在世界上，被错误、虚妄和谎言、欲望驱使着，像惊弓之鸟，四处奔逃。我们永远是孤单的，永远在虚无的逼视下生活在恐惧之中。最后诗人无奈地将诗歌结束于"汹涌的海浪"，这个"解救我们的猖狂的母亲"是一种具有终极力量的虚无，一种至高的虚无。

二

　　爱情是生命中尤其富有诗意的事物，几十年之后，当年近六十的穆旦捡拾记忆的叶片，拾起的第一片叶子就是爱情："有一种欢喜是青春的爱情，／那是遥远天边的灿烂的流星"（《智慧之歌》）。但是在《华参先生的疲倦》中，爱情却只是一套套乏味的交际技巧，这里没有感情激荡，没有精神陶冶。对于现代社会中爱情神话的消解，也构成穆旦揭示现代人虚无生存状态的一个重要方面。

> 微笑着，公园树荫下静静的三杯茶
> 在试探空气变化自己的温度。

这是初次见面，相互试探对方的深浅，以决定应该采取的态度。

> 谈着音乐，社会问题，和个人的历史，
> 顶喜欢的和顶讨厌的都趋向一个目的，
> 片刻的诙谐，突然的攻占和闪避，
> ……

谈话的内容变得毫无意义，重要的是背后暗藏着交际的玄机。谈情说爱，早已与心灵交流、精神共鸣无关，诗情画意更无从谈起，剩下的只有技巧、程式甚至谋略：

> ……专心于既定的策略，
> 像宣传的画报一页页给她展览。
> 我看过讨价还价，如果折衷成功，
> 是在丑角和装样中显露的聪明。

在这场恋爱中，华参先生很有绅士风度，按照社会既定的行为模式行事，是一个标准的年轻绅士。他懂得如何控制谈话，展示自己，接近对方，并适时地告别，为下一次见面做好铺垫。但是事实上，在他的内心从来就没有进入恋爱，他冷静得如同在进行一场交易。最具讽刺意味的是，华参先生面对着新的女友，心中却时时浮现出过去一位女友的面容。在这个过程中，他的感情从来没有出场，让人感觉仿佛心不在焉。他不断地"看见过去，推知了将来"，一会想到过去的女友，一会看着身边走过的恋人，猜度"他们是怎样成功的？"然而，他又不是心不在焉，他的理智时时保持着高度警觉。在"春天的疯狂"中，他"固执着像一架推草机"，他的"脸和心是平行的距离"。诗中，春天的草正是欲望的象征，脸和心的平行说明脸上的表情与内心的情感永远不会交汇到一起。这哪里是爱情？这简直是商场上的一次交易。最后，诗人揭下种种伪饰，道出这种爱情的真实本质："在化合公式里，两种元素敌对地演习！"

穆旦对待爱情也像对待其他事物一样，保持着深刻的冷静。在他的诗中，虽然偶尔可以看到诗人对于美好爱情的沉醉与留恋，但最终都是残忍地揭穿爱情的面纱。这对于一个二十几岁的人来讲，是很罕见的。正如孙玉石在评价穆旦的《诗八首》时所说："他以特有的超越生活层面以上的清醒的智性，使他对于自身的，也是人类的恋爱的情感及其整体过程，做了充满理性成分的分析和很大强度的客观化处理。"① 穆旦这样的态度一直保持到晚年，以致当他听说郭保卫正处于恋爱之中，居然推荐他去看自己那首"充满爱情的绝望之感"的《诗八首》。② 听到郭保卫结婚成家的喜讯，居然奉上了一首"对结婚悲观的译诗"③。通过这些不合时宜的赠诗，可以看到穆旦对于爱情的态度已经是冷静到冷酷的地步了。

谈到穆旦对于爱情虚无本质的认识，必然会谈到《诗八首》。这首诗在当时就颇受关注，闻一多将其选入《现代诗抄》，王佐良盛赞其为"现代中国最好的情诗之一"④。"文化大革命"后，《诗八首》再次引起人们的关注。袁可嘉评价说：《诗八首》"没有一点罗曼蒂克的虚饰，而是直截了当地承认爱情的物质基础，肉感中有思辨，抽象中有具体。"⑤ 张同道认为："它呈现的是关于爱情的思考，并非通常意义上的爱情诗。锋骨凌厉的冷峻击碎了甜言蜜语，海誓山盟所掩饰的虚伪，在地狱般冷酷的理性审判台前亮出人性的底牌。""在缠绵悱恻、欲死欲仙的情诗海洋里，它是一次独特探险，呈示了另一种人生经验，其深度、密度与广度都抵达了前所未有的水准。"⑥ 李方认为："《诗八首》不仅于艺术，更在人生与审美意识上，具有新诗史上里程碑的价值。以全部的灵、肉、心、智投掷

---

① 孙玉石：《穆旦的〈诗八首〉解读》，孙玉石：《中国现代主义诗潮史论》，北京大学出版社 1999 年版，第 343 页。

② 参见穆旦《1975 年 9 月 9 日致郭保卫信》，李方编：《穆旦诗文集》第 2 册，人民文学出版社 2005 年版。

③ 参见穆旦《1976 年 3 月 8 日致郭保卫信》，李方编：《穆旦诗文集》第 2 册，人民文学出版社 2005 年版。

④ 王佐良：《一个中国诗人》，曹元勇编：《蛇的诱惑》，珠海出版社 1997 年版，第 14 页。

⑤ 袁可嘉：《诗人穆旦的位置——纪念穆旦逝世十周年》，杜运燮、袁可嘉、周与良编：《一个民族已经起来——怀念诗人翻译家穆旦》，江苏人民出版社 1987 年版，第 15 页。

⑥ 张同道：《带电的肉体与搏斗的灵魂——论穆旦》，《诗探索》1996 年第 4 期。

于爱的体验中，深入发掘现代爱情的真谛，不惜剥落从古到今层层包装的脉脉柔情的面纱——穆旦爱情诗的独特贡献，首先是在这里。"①

由于前人的评论已经很多，这里仅对该诗相关内容做简略分析。首先《诗八首》以哲人的犀利目光，诗人的敏锐感觉，一语道破了爱情的本质：

> 唉，那燃烧着的不过是成熟的年代。
> 你底，我底。我们相隔如重山！

一般认为，爱情是两个人之间心有灵犀，在相遇契合的瞬间爆发出璀璨迷人的火花。它令古往今来无数的人如痴如醉，不能自己，甚至不惜以生命换取爱情。但是在穆旦眼中，这神圣的爱情之火不过是"一场火灾"。而且"火灾"的真正原因并不是两颗心灵的碰撞，不是找到了自己的另一半，而是因为各自生命的成熟，是成熟的生命需要燃烧，即使你不来点燃，也会在别处被点燃。你燃烧你的成熟生命，我燃烧我的成熟生命，其实我们之间相隔如重山。在第七首中诗人进而写道：

> 那里，我看见你孤独的爱情
> 笔立着，和我底平行着生长

这里又一次出现了"平行"。"平行"在穆旦的诗中有着独特意味，它不是同路人之间的志同道合，也不是有情人之间的心有灵犀，正相反，而是指隔绝与孤独。两条永远不能交汇的线，是永远的隔绝，是两个永远不能沟通的生命。对于每一方来讲，就是孤独，永远地活在自己的生命中，无法走入他人，也无法接纳他人走入。

至此，诗人揭穿了爱情神话，但是并没有就此罢休，而是进一步深挖爱情的虚妄。现代爱情是以人文主义精神为基础的，其中人的个性是两情相悦的基础，只有确立人的个性的实在性，才能保证建立在两个个性之间爱情的实在性。但是穆旦已经多次在诗歌中表现过对个性的怀疑，在此他继续这项工作，从而进一步将爱情得以确立的基础也消解掉了。

---

① 李方：《穆旦与现代爱情诗》，《天府新论》1999 年第 2 期。

> 从这自然底蜕变底程序里，
> 我却爱了一个暂时的你。
> 即使我哭泣，变灰，变灰又新生，
> 姑娘，那只是上帝玩弄他自己。
> ……
> 在无数的可能里一个变形的生命
> 永远不能完成他自己。

　　既然你与我都是暂时的，既然我们都是处在不断完成、不断生长之中，又何谈爱情的永恒？既然个性本身就是虚无，爱情又何尝不是一场上帝的游戏？在诗人的眼里，自己的爱人不过是"不能自主的心"和"随有随无的美丽的形象"。建立在如此基础之上的爱情只剩下虚无，更谈不上永恒，所以爱情的誓言只能让"我底主暗笑"：

> 我和你谈话，相信你，爱你，
> 这时候就听见我底主暗笑，
> 不断地他添来另外的你我
> 使我们丰富而且危险。

三

　　穆旦的《线上》是用存在主义理论批判现实人生的典型范本。目前，虽然没有材料证明穆旦直接受到过存在主义的影响，但是从当时里尔克诗歌在中国的传播，以及冯至《十四行集》在国统区诗坛的影响来看，穆旦很可能间接地受到存在主义的影响。这首诗在用词方面就显示出存在主义的痕迹，第一个诗行就出现了"选择"，而后出现了选择的"危险"，进入社会角色之后的"安全"，最后一段出现了"摆着无数方向的原野"和"担当"。

　　诗歌开篇便展开了一幅存在主义视野中的人生图画：

> 人们说这是他所选择的，
> 自然的赐与太多太危险，
> 他捞起一支笔或是电话机

海德格尔说:"此在的'本质'在于他的生存""这种存在者的'本质'在于它去存在〔Zu-sein〕"①。在这个"去存在"的过程中,人的自我选择起着关键作用。"因为此在本质上总是它的可能性,所以这个存在者可以在它的存在中'选择'自己本身、获得自己本身。"②《线上》开篇便将"他"置于"选择"面前。现实中存在着很多自由选择的可能,但是他却不敢独立面对这些选择,更不敢担当选择之后不可预料的"危险"。于是他放弃了选择,放弃自我生成的可能性,简单地服从习俗,听从"人们说",进入一种职业。此后在既定的社会角色中,接受世界的塑造,在"找到安全"的同时,也异化为一台机器。多年之后,生活只留给他"无神的眼""陷落的两肩"和安分的头脑。生命如同"那就要燃尽的蜡烛的火焰"。

> 在摆着无数方向的原野上,
> 这时候,他一身担当过的事情
> 碾过他,却只碾出了一条细线。

最终,生命化作一条细线。如果说此在的本质就在于不断地超越自身,不断地自我绽开,那么"他"在现代社会中,已经丧失了这种可能,落入一种非本真的生存状态。一个鲜活的生命被社会碾成"一条细线",人沦为职业的奴隶。

《线上》写于1945年初,这个时期的穆旦正生活在颠沛流离之中。他"颠沛于昆明、重庆、贵阳、桂林等地,先后在中国航空公司、重庆新闻学院、西南航空公司等处做翻译、学员或雇员,时而失业,生活困顿"③。穆旦的妹妹回忆说:"1943年以后的几年中,为了接济家中父母姐妹(当时居天津)的生活,穆旦多次变动工作,生活极不安定,但他

---

① [德]海德格尔:《存在与时间》,陈嘉映、王庆杰译,三联书店1987年版,第52页。
② 同上书,第53页。
③ 李方:《穆旦(查良铮)年谱简编》,李方编:《穆旦诗全集》,中国文学出版社1996年版,第379页。

没有停止写诗。"① 可见，这个时期穆旦自己就处在内外交困的境地。一方面要写诗，一方面又要解决饭碗问题，还要负担天津家人的生活。再回到《线上》这首诗，隐约可以看到现实生活中穆旦的影子。他深深感受到来自社会的、巨大的、将人推向异化的压力，那被碾成一条细线的命运也无时不在威胁着他。

虚无是此在面对的真实境遇，鲁迅也曾说："我常觉得惟'黑暗与虚无'乃是'实有'。"② 然而现实中的人却有意无意地回避虚无的逼视，活在各种自欺欺人的谎言中，在五花八门的虚妄中"愉快"地度过一生。所以只有揭开种种雾障，直面虚无，才能唤醒在日常生活中迷醉的人，进而实现生命的超越。正是在此意义上，汪晖认为："鲁迅正是在人生的挣扎、奋斗、困扰、死亡的威胁、悲剧性状态中体会到了生命的存在和意义，深沉地把握了'此在'。"③ 由此来看穆旦的诗歌，其意义也正在于此。

最后，让我们来看穆旦那首震撼人心的《隐现》，重新面对那些在虚无中挣扎的人们：

> 我们站在这个荒凉的世界上，
> 我们是廿世纪的众生骚动在它的黑暗里，
> 我们有机器和制度却没有文明
> 我们有复杂的感情却无处归依
> 我们有很多的声音而没有真理
> ……

第二节　荒诞的社会

穆旦丰富而深刻的社会体验使得他对于社会的荒诞性有着深刻的认识，在他的诗中出现了一个荒诞的社会，它是与人的个体生存对立的一种不可控制、不可测度的异己力量，它遏制了人的自我超越，扭曲了人的生

---

① 李方：《穆旦（查良铮）年谱》，李方编：《穆旦诗文集》第2册，人民文学出版社2005年版，第358页。
② 鲁迅、景宋：《两地书全编》，浙江文艺出版社1998年版，第14页。
③ 汪晖：《反抗绝望：鲁迅及其文学世界》，河北教育出版社2000年版，第45页。

命。穆旦从政治、经济、文化等多个层面揭露了这个荒诞社会。

一

> 我们从哪里走进这个国度？
> 这由手控制而灼热的领土？
> 手在条约上画着一个名字，
> 手在建筑城市而又把它毁灭，
> 手掌握人的命运，它没有眼泪，
> 它以一秒的疏忽把地球的死亡加倍，
> ……

——《手》

手是人的手，正如社会是由人构成的社会一样，但是人却在它的统治下束手无策。社会仿佛被一种盲目的力量控制着，人置身其中，仿佛置身于一叶处在风雨飘摇中的孤舟里，不知自己将被带到哪里？也不知等待自己的是得救，还是沉入海底？在穆旦的诗中，现代社会的政治统治是一种不可抗拒的盲目力量，控制着个人与世界的命运。

《手》只有二十行，却重复四次出现一个同样的诗句："我们从哪里走进这个国度？"从表面上看，我们都置身在这个国度中，踏在这块国土上，但是事实上，我们始终置身在这个国度之外。穆旦显然不是抨击某种具体的社会制度、政治体制，而是说体制和制度已经成为一种巨大的异己力量，我们根本无法决定自己的命运。穆旦连续追问"我们从哪里走进这个国度？"让人想到卡夫卡笔下的《城堡》。

与《手》的政治视角不同，《城市的舞》《裂纹》从经济角度揭示了社会的荒诞性，这类诗歌酷似西方马克思主义对于发达资本主义社会的批判。西方马克思主义者认为，当代社会是以技术对于人的统治，代替了赤裸裸的政治压迫，人在工具理性的束缚中成为社会的机器，每个人在不自觉中已经沦为一个运转良好的零件。当穆旦从形而上的高度俯视现代社会，同样看到了这种异化现象，看到人被扭曲的生命状态。但是二者又有着本质差异。西方马克思主义在抨击发达资本主义社会的同时，提出了"活感性""新理性"，以对抗工具理性。但是在穆旦的诗歌中没有这样的理论预设。从穆旦的诗歌文本出发,从总体倾向上来看,他只相信代表着至高的虚无的"海"与"洪水"是真实的。如果从存在主义哲学来看,一切现存的事物都必将是要被超越的,一切终极的预设都是形而上学,都是对于存在的遮蔽。穆旦对于现代社会的批判也正是从这个基点上展开的。

《城市的舞》仿佛把读者带入了现代文明的狂欢节:

> 它高速度的昏眩,街中心的郁热。
> 无数车辆都怂恿我们动,无尽的噪音,
> 请我们参加,手拉着手的巨厦教我们鞠躬:
> ……

然而在这疯狂的繁荣下面,却是无数被扭曲的人:"我们不过是寄生在你玻璃窗里的害虫""等一会就磨成同一颜色的细粉"。"阳光水分和智慧""眼泪和微笑"都已离我们而去,剩下的只有"钢铁水泥"和"灿烂整齐的空洞"。在这疯狂的"城市的回旋的舞"中,诗人却在"高呼":"为什么?为什么?"

《裂纹》也描绘了一个同样的世界。随着每个白天的到来,"从中心压下挤在边沿的人们/已准确地踏进八小时的房屋,/这些我都看见了是一个阴谋,/随着每日的阳光使我们成熟。"在《还原作用》中,"八小时工作"把人"挖成一颗空壳"。在《线上》中,社会把人变成机器:"八小时躲开阳光和泥土,/十年二十年在一件事的末梢上。"

社会对于存在的遮蔽、对于人的禁锢不仅限于政治、经济手段,各种形式的文化因素同样遮蔽了生存的真相。在穆旦的诗歌中,它们同样成为"去蔽"的对象。

《哀悼》只有短短十几行,却概括了穆旦眼中的现实世界。整个世界是一个"广大的病院",生活在这个世界上的人们丧失了生存的意义,找不到精神家园,只能生活在无边的谎言中。整个世界的人都生了病,他们无药可救,无医可寻,因为医生患着同样的传染病。这个"广大的病院"背后隐约闪烁着艾略特《荒原》的影子。

在《被围者》中,诗人仿佛忽然从沉睡中醒来,发现身边的世界原来是一片精神荒漠。"时间/每一秒白热而不能等待,/坠下来成了你不要的形状。/天空的流星和水，那灿烂的/焦躁，到这里就成了今天/一片砂砾。"人们在忍耐和得过且过中逐渐变得无动于衷，最终消失在无边的平庸里。"一切的行程"都走不出"这敌意的地方"。"一个圈，多少年的人工，我们的绝望将使它完整。"一切的文明似乎只是为了约束我们的反叛行为，当我们最终放弃追寻，向现实投降时，现实将完成它的园，然而那时世界将是一片"无人地带"。《被围者》中的世界仿佛是一场无边的大梦，人们沉睡其中，永远不能醒来。

在《鼠穴》中，传统也构成对存在的遮蔽。诗中的"他们"是历史上不觉悟的大众，构成平庸的传统。"他们"探进今天的"丰润的面孔""露齿冷笑"。"我们"是今天的庸人，诚惶诚恐地生活在传统的阴影中。"我们是沉默，沉默，又沉默，/在祭祖的发霉的顶楼里，/用嗅觉摸索一定的途径，/有一点异味我们逃跑"。在传统之中，"我们"是安全的，远离了"恐惧"，但是放弃了独立生存的权力。正是这样的"我们"，却成为创造"一切的繁华"的"社会的砥柱"。人生活在传统与习俗之中，如同生活在鼠穴中一样黑暗而虚无。

二

20世纪40年代末，中国社会再度陷入战争的魔爪，曾经在抗战中出生入死的穆旦，刚刚赞叹了几声"这样才叫生活"（《给战士——欧战胜利日》），便迅疾陷入新的哀叹："我们希望我们能有一个希望"（《时感四首》）。战争成为社会无法摆脱的魔影。

1947年10月，穆旦处理完《新报》的善后事宜，离开沈阳，返回北平。一个月里，连续写出多首好诗，其中《暴力》《胜利》《牺牲》都是揭露战争残暴、邪恶、荒诞本质的佳作。从当时的中国现实来看，这个时期也是整个中国的大动荡时期。期待已久的抗战胜利没有带来和平与安宁，却迎来了新的内战。希望变成了绝望，包括穆旦在内的许多中国人，只能不知所措地看着眼前的世界。钱理群在《1948：天地玄黄》一书的后记中，作为一名学者，更是作为一名历史的亲历者，这样记述当时的中国："我想，所有经历过那个年代的中国人，不论年龄大小（我当时只有9岁），也不论具体境遇如何（扮演什么角色），'1948年'对他们都是一个终生难忘的记忆，两个时代交替的历史巨变逼迫每一个个体，家庭与集团都必须做出某种选择，并在以后长历史阶段里（甚至延续到今天）为当年的选择承担后果。"① 这时的钱理群身在南京，而对于身处沈阳与北平的穆旦而言，历史巨变已经提前到来。

战争是与人类社会形影不离的怪物，不论它悬挂着怎样神圣、庄严的旗号，最终都是以牺牲无数的无辜生命为代价的，暴力与杀戮总是最终的胜利者。穆旦并不理会面前具体战争中的孰是孰非，而是上升到形而上的高度，从人的终极意义上反观战争，揭示它的荒谬与邪恶。在《暴力》中，穆旦认识到：不论暴力与战争多么邪恶，多么令人厌恶，却始终纠缠在人类历史中，仿佛历史的每一个脚步，都伴随着战争与暴力的魔影。"从一个民族的勃起／到一片土地的灰烬""从真理的赤裸的生命／到人们憎恨它是谎骗""从强制的集体的愚蠢／到文明的精密的计算""从我们今日的梦魇／到明日的难产的天堂"，到处都可以看到战争（暴力）的"火焰""牙齿"和"铁掌"。

在《胜利》中，穆旦揭示了战争的邪恶、杀戮本质。

> 他驰过而溅起有限的生命
> 虽然他去了海水重又合起，
> 在他后面留下一片空茫
> 一如前面他要划分的国土，
> 但人们会由血肉的炙热
> 追随他，他给变成海底的血骨

穆旦用"胜利"命名这首诗，让人看到这个漂亮的、激动人心的词语的本质。古往今来，多少人向往它，为它陶醉，为它欢呼，但是穆旦看到它不过是暴力的代名词。胜利意味着对于失败者的杀戮，是生命之间的相互残杀。"他"如此荣耀，"他是一个无限的骑士""每条皱纹都是人们的梦想"。当"他"从我们身边走过，"每一次他有新的要挟，／每一次我们都绝对服从"，但是结果是无数"有限的生命""变成海底的血骨"。最终，"海水重又合起""留下一片空茫"。

随后的《牺牲》一诗，穆旦继续写出战争带给人类的伤害：

---

① 钱理群：《1948：天地玄黄》，山东教育出版社 1998 年版，第 328 页。

因为已经出血的地球还要出血，

我们有全体的苍白，

任地图怎样变化它的颜色，

或是哪一个骗子的名字写在我们头上；

所有的炮灰堆起来

是今日的寒冷的善良，

所有的意义和荣耀堆起来

是我们今日无言的饥荒，

……

穆旦常常是超越具体战争来揭示战争的本质的，他从不考虑战争的双方谁是正义？谁是邪恶？在他看来，正义与邪恶本身就是值得怀疑的。他考虑的是作为一种社会历史现象的战争，带给人类的巨大灾难。所以有学者这样评价穆旦的抗战诗歌："超越了具体的战争情景，把战争与战争中的人放置到人类、文化及历史的高度予以思考。"[①] 即使穆旦以军人身份亲历战争，也没有直接描写侵略者的凶残。例如，在直接来自战争体验的《森林之魅——祭胡康河上的白骨》一诗中，看不到敌人的影子，与诗人对立的是神秘的、令人恐怖的大森林。在大森林的背后，仿佛回荡着穆旦诗歌中经常出现的"海"和"洪水"的声音，那是一种来自至高虚无的力量。所以，严格说起来，《森林之魅——祭胡康河上的白骨》其实与战争没有直接关系。

社会中充满了虚妄，从日常生活的迷醉，到工具理性的压榨，再到战争的杀戮，都让人远离生存的本真状态。穆旦的诗歌正是通过揭穿这些掩盖生存本相的"阴谋"，向人们展现了一个荒原般的世界，由此唤醒沉睡中的人，撕开种种雾障，踏上通往真实的大路。正如王毅在评价穆旦的《蛇的诱惑——小资产阶级的手势之一》时所说："这里的现实，已经不是某时某地的现实，它是整个社会文明病的征兆，是诗人对现代文明的一次存在主义式的烛照。"[②]

---

① 曹元勇：《蛇的诱惑·编后记》，曹元勇编：《蛇的诱惑》，珠海出版社 1997 年版，第276 页。

② 王毅：《围困与突围：关于穆旦诗歌的文化阐释》，《文艺研究》1998 年第 3 期。

第三节　寻找意义的人：挣扎在社会中的生存探寻者

海德格尔说："此在充当的就是首先必须问及其存在的存在者。"① 穆旦正是这样一个存在者，他通过诗歌追问存在，在诗中他化身为各种各样的身份去追问存在，诗歌对于他不仅仅是文学创作，也是生存探寻的方式。因此，在穆旦的诗中，出现了一批现代社会中的生存探寻者。他们切身体验现代人的生存状态，感受社会对人性的扭曲，对存在的遮蔽。他们每天与德明太太、华参先生生活在一起，同他们在百货公司的玻璃柜前快乐地穿梭，看他们在公园里谈情说爱。但是他们不甘心沉沦，不甘心让生命变成"枯落的空壳"（《蛇的诱惑——小资产阶级的手势之一》），更不能容忍对死亡的无动于衷（《防空洞里的抒情诗》）。于是他们怀着一颗哭泣的心，"这里跪拜，那里去寻找"（《哀悼》），寻找"那山外的群山"，寻找那"比现实更真的梦，比水/更湿润的思想"（《海恋》）。

《从空虚到充实》是穆旦最为晦涩的诗歌之一，但是这首诗详细写出了生存探寻的过程。这既是诗中人物的生存探寻，也是穆旦自己的生存探寻，可以说，诗人与诗中的人物已经融合在一起，正如郑敏所说：穆旦是"一个抹去了'诗'和'生命'的界线的诗人"②。

从第一节中人物之间要谈一谈"生命的意义和苦难"，到最后一节里"我梦见小王的阴魂"要教给我"怎样爱怎样恨怎样生活"，整首诗正是一个寻找意义的过程。题目"从空虚到充实"也正是这个意思，虽然诗人最终并没有摆脱虚无，进入充实。整首诗就是一次寻找意义的精神旅行，或者说是为生命寻找终极关怀的一次精神追问，也就是一次生存探寻。

> 饥饿，寒冷，寂静无声，
> 广漠如流沙，在你脚下……

---

① ［德］海德格尔：《人，诗意地安居——海德格尔语要》，郜元宝译，世纪出版集团上海远东出版社 2004 年版，第 5 页。

② 郑敏：《诗人与矛盾》，杜运燮、袁可嘉、周与良编：《一个民族已经起来——怀念诗人翻译家穆旦》，江苏人民出版社 1987 年版，第 33 页。

诗歌开篇就呈现出一幅寒冷、空虚、死寂的画面，这是人的精神世界，是诗人从形而上的高度俯视现实的人生状态。随后诗人写道："让我们在岁月流逝的滴响中/固守着自己的孤岛。"孤独是人存在的真实状态，正如里尔克所说："您的孤独，在很不熟悉的境遇中间，将会成为您的支柱和故乡，从那里出发，您将找到您的一切道路。"① 人只有在孤独中才能直面"存在"，并由此展开意义追问和生存探寻。穆旦正是以此为"支柱和故乡"，进入现实社会，开始他的生存探寻之旅的。于是，他看到无数的人生活在虚无之中："一些影子，愉快又恐惧，/在无形的墙里等待着福音"。"这时候我碰见了 Henry 王"，开始谈论"生命的意义和苦难"。

在第二节里，诗人化用"一些可怜的化身"，通过一个个不同的生命去寻找意义，探寻存在。这里有"张公馆的少奶奶"，她已经彻底向现实投降；这里有"我"的一位朋友，他对"我"说：人生"不过是一场梦"；这里有一位流浪作家，在艰辛中度日；这里也有投身战争的战士。然而这一切最终都将在洪水和海涛中被淹没、毁灭。所有的生命都将毁灭，都将在虚无中沉没。在这一节的最后走出了一个奇怪的人，"他不是你也不是我"，他不在"我们的三段论法里"，"我不知道他是谁"。也许这是一个活在现实之外的人，但他是不可定义和无法形容的，穆旦也只是让他留下一个模糊的背影。穆旦似乎已经认识到，终极存在是不可言说的。

在第三节里，诗人跳出个体生命的局限，对世界予以整体观照。"我"仿佛置身于时间之外，坐在"岸上"看世间万物在面前流逝：

> 艳丽的歌声流过去了，
> 祖传的契据流过去了，
> 茶会后两点钟的雄辩，故园，
> 黄油面包，家谱，长指甲的手，
> 道德法规都流去了……

---

① ［奥］里尔克：《致一位青年诗人的信》，《里尔克散文选》，绿原、张黎、钱春绮译，百花文艺出版社 2002 年版，第 358 页。

世间万物都是虚无，一切都将随时间之流一去不返，所有曾经让人痴迷的，都将化为乌有。此刻只有"我"把住"枯寂的大地"，坐在岸上哭泣。但是，当洪水来临，这脚下的岸也将流去。"我"为世间万物的虚无而哭泣，但是"我"也是站在虚无之上的，难逃虚无的宿命。

在第四、五节中，诗人从现实超越而出，深入至高的虚无，在形而上的世界中追问存在。于是我们看见"洪水越过了无声的原野，/漫过了山角，切割，暴击；/展开，带着庞大的黑色轮廓""我看见了遍野的白骨""我听见了洪水，随着巨风，/从远而近，在我们的心里拍打，/吞噬着古旧的血液和骨肉！"第五节中有一个场景："我"在游击区里教日本人唱《义勇军进行曲》，只有在这个具体语境中才能正确阐释。穆旦虽然亲历战争，也介入现实，但是在诗歌中很少涉及具体事件。在他的诗中也极少直接出现日本侵略者形象，他更喜欢超出现实的、形而上的思考。所以正如常常出现在穆旦诗歌中的轰炸其实与洪水、大海是同类意象一样，这里的日本人代表的是死亡。对于当时的中国人来说，对于一名中国军人来说，将日本人作为死亡的象征是很自然的事情。于是，"我"教日本人唱《义勇军进行曲》，听他们的嘲笑声，是暗示了"我"在死神面前的挣扎。诗的最后，"我梦见小王的阴魂向我走来"，他要教给"我""怎样爱怎样恨怎样生活"。这也就是回答"我"关于生存意义的追问。但是他说"只有死后才能知道"。"我"拒绝了，"我"宁愿在现实中、在虚无的折磨中不断探寻。

王佐良评价穆旦的诗歌说："他所表达的不是思想的结果，而是思想的过程。"①《从空虚到充实》正是一次生存探寻的完整过程。诗人立足于现实体验，从一个人到无数的个人，从个体的人到整个社会，最终进入形而上的世界。但是，最终并没有找到生命的终极意义，没有找到"充实"。

如果说《从空虚到充实》主要是从个体生命的角度，投身到具体的社会生活中追问生存意义，那么《悲观论者的画像》就是从人类的宏观角度，在历史的长河中考察人类生存探寻的历史与现状。诗歌开篇便写出宗教在现代社会中的没落：

---

① 王佐良：《论穆旦的诗》，李方编：《穆旦诗全集》，中国文学出版社1996年版，第6页。

……幽暗的佛殿里充满寂寞，

银白的香炉里早就熄灭了火星，

我们知道万有的只是些干燥的泥土，

……

穆旦的诗歌深受艾略特的影响，这是公认的事实，但是在宗教问题上，穆旦却与艾略特不同。艾略特把最后一点得救的希望留给了宗教，但是穆旦并不相信宗教。在穆旦看来，挣脱宗教的桎梏，正是人类的觉醒。虽然从此要独自担当命运，独立面对虚无，但这是人迈向自由的必由之路。在这首诗中也正是如此，人们终于明白佛殿上的神像不过只是"干燥的泥土"，于是从佛殿离去。失去了宗教的庇护，人开始寻找新的精神避难所，从"政论家们枉然呐喊"到"伟大的爱情"，最终都是虚妄与假象。所以"我"彻悟般地高呼"'都去掉吧：那些喧嚣，愤怒，血汗，／人间的尘土！'"然而弃绝了人间的种种虚幻的热情和事业，并没有得到自由，而是生命被"冻结在流转的冰川里"。时间依然无情地流逝，生命依然无可挽回地老去。最终我们面对的还是"那不可挽救的死和不可触及的希望"，最终诗人只能绝望地呼喊：

"让我知道自己究竟是死还是生，

为什么太阳永在地平的远处绕走……"

穆旦的诗可以说是真实到冷酷，深刻到残忍，"在别人懦弱得不敢正视的地方他却有足够的勇敢去突破"[1]。在中国现代诗人中，这样的精神，这样的勇气，是找不出第二人的。也只有这样的诗人才能够进行如此深刻的生存探寻，才能够把人从日常的沉醉中唤醒，从社会的轧肉机中拯救出来。他"几近绝望的自省，决非感伤的玩味或病态的显弄。集拢痛苦于己身，为的是整个人类最终弃绝悲剧的命运"[2]。

在穆旦的诗中，类似的生存探寻者还有很多，而且大多带有穆旦自己的性格特征。所以当这类人物在诗中出现，常常使用第一人称。在《蛇

---

① 唐湜：《九叶诗人："中国新诗"的中兴》，上海教育出版社 2003 年版，第 88 页。

② 李方：《解读穆旦诗中的"自己"》，《诗探索》1996 年第 4 期。

的诱惑——小资产阶级的手势之一》中，"我""陪德明太太坐在汽车里/开往百货公司"。这个"我"把去往百货公司看作"一个廿世纪的哥伦布，走向他/探寻的墓地"。与德明太太相比，"我"是"夏天的飞蛾"，"啜泣在光天化日下""我要盼望黑夜，朝电灯光上扑"。这个"我"拒绝吃下第二颗禁果，拒绝进入德明太太们的世界，拒绝"带上遮阳光的墨镜，在雪天，/穿一件轻羊毛衫围着火炉，/用巴黎香水，培植着暖房的花朵"。在《玫瑰之歌》中，"我"拒绝"走进一座诡秘的迷宫，/在那里像一头吐丝的蚕，抽出青春的汁液来团团地自缚"。"我"厌恶这个世界，"我们的太阳也是太古老了，/没有气流的激变，没有山海的倒转，人在单调疲倦中死去"。"什么都显然褪色了，一切是病恹而虚空。""我要去寻找异方的梦，我要走出凡是落絮飞扬的地方。"在《防空洞里的抒情诗》中，"我"看到无所不在的死亡。在《哀悼》中，"我们"在荒原般的世界上，"这里跪拜，那里去寻找"。在《控诉》中，"我们""走在无家的土地上，/跋涉着经验，失迷的灵魂/再不能安于一个角度/的温暖"。

"面对荒诞人所能做也应当做的就是走向荒诞，以自己的全部生命力量担当起那一无庇护的、赤裸裸的生命的全部事实性进而对存在的目的予以终极追问，终极追问则指向超越现存荒诞的存在。这不仅有赖于生命意识的觉醒，而且还有赖于决断和勇气的确立。但这也恰恰是生命意义之所在。"[①] 穆旦诗歌中的生存探寻者正是这样的人，他们冲破习俗的遮蔽，独立担当生命，追问终极，寻求意义。

穆旦在中国现代诗歌史上是一位与众不同的诗人，他的特异性主要表现在两个方面：首先是对于现代社会体验之深，这是其他诗人难以相比的。左翼诗人笔下的都市是一个阶级化的都市，停留于现实层面。现代派诗人虽然长期生活在都市之中，对都市生活有着较为丰富的感受，但是多以感性见长，缺乏思想深度，没有形而上的视角。其次是穆旦勇于受难的品格，他敢于踏上前人不敢涉足的灵魂的悬崖，他敢于正视前人不敢正视的黑暗的深渊。这种勇气和执着，这种永不逃避、九死不悔的残忍追问，在中国现代诗歌史上再没有第二人。

因此，也只有穆旦这样的诗人才能够无情地揭开现代社会温情、虚伪

---

① 杨经建:《中国文学中"孤独"与"荒诞"问题》,《文艺争鸣》2008 年第 4 期。

的面纱，露出其丑陋、阴暗的面目。让我们看到，五彩缤纷的黄金国不过是蚕食生命的怪兽，无忧无虑的幸福生活不过是一场自欺欺人的大梦，光彩耀人的躯壳之中生命之树已经枯萎。在"去蔽"中追问，戳穿谎言，彰显本真，正是穆旦所踏出的生存探寻之路。

第五章　生存探寻在中国现代诗歌史上的意义

　　近年来，从语言和形式的角度研究文学、研究诗歌的文章很多，也确实取得了很多成果。但是这种潮流的形成也导致对其他研究方法的轻视。一些学者认为，文学研究的对象是怎么写，而不是写什么，仿佛对于作品思想内容的研究已经成为文学的外部研究，只有艺术手法才是文学的本体。事实上，关于文学的本体历来有着多种阐释，语言形式本体论不过是其中一家而已。

　　从文学史的事实来看，语言形式本体论的局限也是很明显的。例如，它无法解释 20 世纪 80 年代"先锋小说"的"精神贫血"，曾经在其他国家震撼人心的文学作品，转化成种种可以直接引进的技法，在"先锋小说"那里生成了种种杂耍表演。如果仅仅从形式来看，无法辨别真品与赝品之间的差异，事实上二者存在着天壤之别。语言形式本体论也无法解释李金发的诗歌、邵洵美的诗歌与波德莱尔、魏尔伦诗歌的差异，技法、意象都可以照搬过来，精神与灵魂是搬不过来的，那一颗流血的心灵、那一双忧郁的眼睛是搬不过来的。

　　同样，语言形式本体论也无法解释《女神》《十四行集》以及穆旦的诗歌，这些显然都是中国现代诗歌史上的重镇。不谈一个现代中国人冲破传统文化束缚之后的强大自由感、解放感，是无法理解《天狗》、《凤凰涅槃》的。脱离这种内在精神与情绪，仅仅研究诗歌的形式和语言，针对五四时期郭沫若的诗歌而言，永远是隔靴搔痒。冯至的《十四行集》也是如此。同样的十四行诗体为什么在别人笔下不能成功？为什么冯至后来再难有成功的十四行诗问世？对照冯至"杨家山"时期日记中的只言片语，可以看到同样的情绪、语言风格在日记中也存在着，这其实是诗人本色的语言风格，是心灵的自然倾诉。当他像面对一位圣者一样面对着有加利树，在一片落叶、一丝风声中，心灵颤抖，精神飞升之时，当他在风雨中感受到生命的无助时，当他在深山小屋里不能忍受个体生命的狭小时，当他在陌生的小路上感悟到生命的绽开时，十四行诗为之提供了一个合适的表达方式。如果研究者仅仅盯住这种形式与语言，最终只能是舍本逐末。

穆旦的诗更是如此。以穆旦诗中的拼贴现象来看，与某些"先锋小说""第三代诗歌"（"后朦胧诗"）中的拼贴截然不同，后者不过是拙劣的模仿，贫血的表演。但是如果仅仅从语言、形式层面来看，二者没有差异。我常常觉得，穆旦诗歌中的拼贴不是一种手法，而是一种真实的精神状态。纵观穆旦的全部诗歌，可以明白穆旦最关心的是什么？每天思考的是什么？他关心的不是现实，而是现实背后那个世界，或者说，他关注现实的目的是要通过现实抵达后面那个世界。如果用波德莱尔的话说，穆旦感兴趣的就是那"坟墓后面的光辉"[1]。只有这样的诗人，才会在防空洞里看见无所不在的死亡，在咖啡店里看见永恒的海，在琳琅满目的商品中看到"生命树被剑守住"，在爱情的诱惑中听到海上舟子的嘶喊。这样的拼贴与其说是手法、技巧，不如说是一种真实的精神状态，它与那些轻飘飘的文学技巧的杂耍表演有着本质的不同。如果说前者是一个有着心跳与呼吸的人，后者不过是一尊蜡像。

笔者无意否定文学形式研究的意义，只是认为任何一种研究方法都是有局限的，不应将其推上独尊的位置。文学研究不应该仅仅限于形式和语言，内容与主题的研究永远是一个重要方面，永远不会过时。正如王岳川所说："只有直接进入人类本体反思之中，只有在人类本体和艺术本体的关系中，在艺术意义求索的路途上，我们才能去与艺术本体谋面，才能揭示和敞亮艺术本体的终极价值和意义。"[2] 同时，文学内容的研究也不能沦为思想史的注脚与材料，不能成为对于一种既定理论的形象化、艺术化的演绎，而应该从作品出发，从历史出发，在丰富多彩的文学实践中发现问题，解决问题。

"凡没有担当起在世界的黑夜中追问终极价值的诗人，都称不上贫困

---

① ［法］波德莱尔：《论泰奥菲尔·戈蒂耶》，《波德莱尔美学论文选》，郭宏安译，人民文学出版社 1987 年版，第 75 页。

② 王岳川：《艺术本体论》，上海三联书店 1994 年版，第 3 页。

时代中真正的诗人。"① 在现代社会里，文学艺术常常承担着一种类似于宗教的救赎功能。中国现代诗歌中的生存探寻，作为一种创作现象，其最根本的意义就在于此。在此基础之上，这种创作现象也给中国现代诗歌的发展带来诸多方面的影响，具有多方面的意义。

第一节　生存探寻建设了中国现代诗歌的审美超越性

一

"审美超越性""审美超越"是近年来美学界讨论较多的话题，一些美学学者对此作过以下阐述：

> 审美的"超越"应理解为"超验"，与"形而下"相对应的"形而上"，与"理性"相对应的"超理性"，它与"超理性"、"最高的生存方式"、"自由的生存方式"、"形而上追求"等等说的是一个东西，即是指审美活动对于人的生存意义的终极性建构。审美活动不仅超越现实的真善，而且超越个体生命的有限性，它建构着个体生命独特的精神性的超验意义。②
>
> 审美超越显现着人生的高级境界，在审美超越中我们追问着人的生命和存在的意义，这种追问将在百折不回的时代长河中始终焕发出崭新活力，不断接近那自由的辉煌。③
>
> 审美要为无意义的世界创造出意义，要为无价值的人生寻找到价值，要为孤独、漂泊的心灵安置一个永久的居所。一句话，审美要为人类创造一个超验的价值世界。④

有的学者将审美超越性看作审美活动中必备的本质属性：

> 所谓审美超越，也就是审美的形上追求，亦即审美的超验性追

---

① 刘小枫：《拯救与逍遥》（修订本），上海三联书店 2001 年版，第 71 页。
② 章辉：《论审美超越——兼向邓晓芒先生请教》，《人文杂志》2003 年第 6 期。
③ 朱立元、刘阳：《论审美超越》，《文艺研究》2007 年第 4 期。
④ 蒋培坤：《论审美与形上追求》，《学术月刊》1993 年第 9 期。

求。审美不能没有这样的追求，否则就不是真正意义上的审美。①

杨春时认为，文学具有多重本质，审美超越性是其中一个重要属性，他将文学划分为三种类型，其中"纯文学的首要特征是审美超越性"：

> 纯文学在关注现实问题、干预现实生活方面可能不如严肃文学，但它却可以超越现实层面，触及更为根本的生存意义问题。纯文学对社会人生的描写，主要不在于说明、干预社会问题，而在于通过对人的命运的探索和对人的内心世界的发掘，揭示生存意义问题。它因此具有了审美超越性。②

另外一些学者虽然没有使用"审美超越"作为能指，但是所指是基本一致的，他们事实上是阐述了同样的观点：

> 艺术成了人追问终极价值而达到超越之境的绝对中介，艺术的言说使人的混沌的存在转化为明朗的价值存在。③
>
> 毫无疑问，作品深层结构所达到的对生命本体存在和对人类历史的感悟，正是作家所能达到的最高点：透过作品对整体人生和历史的深邃而神秘的理性直观。④
>
> 审美活动从终极关怀出发，坚决地拒斥有限的生命，无情地揭示出固执着有限的自我的濒临价值虚无的深渊、自我的丑陋灵魂、自我的在失去精神家园之后的痛苦漂泊的放逐、自我的生命意义的沦丧和颠覆，并且着力去完成自由生命的定向、自由生命的追问，自由生命的清理和自由生命的创设，从而在生命的荒原中去不断地叩问精神家园，不断向理想生成，不断向自由的人生成。⑤

---

① 蒋培坤：《论审美与形上追求》，《学术月刊》1993 年第 9 期。
② 杨春时：《论文学的多重本质》，《学术研究》2004 年第 1 期。
③ 王岳川：《艺术本体论》，上海三联书店 1994 年版，第 18 页。
④ 同上书，第 251 页。
⑤ 潘知常：《诗与思的对话——审美活动的本体论内涵及其现代阐释》，上海三联书店 1997 年版，第 168 页。

在上述观点中，不论是审美超越还是审美的形上追求、超验性追求，以及对终极价值的追问，生命的不断创生都说明了文学应该具有审美超越性，审美超越性对于文学而言是非常重要的甚至是最高的品质。①

二

当我们用上述理论观点审视中国现代文学，发现如此重要的属性在中国现代文学中表现得很单薄，这一点已经是学界的共识。传统儒家文化注重实用，关注现实，对形而上世界颇为淡漠。禅与道将得救的希望、生命的终极关怀设置在此岸世界，并在反向消解自身的过程中寻求解脱，其超越性也大打折扣。进入 20 世纪后，在输入西方文化的时候，只从现实功利出发，片面强调科学、民主等实用层面，对宗教、哲学等形而上层面注意不足。在此基础上形成的中国现代文学已经是先天不足，再加上过度追求文学为现实服务，为政治服务，更使其在很大程度上丧失了超越性。所以有学者指出："从整体上看，中国现代文学的审美超越性确实受到了很大的局限。""现实功利的羁绊和传统的束缚，在很大的程度上局限了中国现代文学，使它羽翼沉重，难于超越。"② 杨春时则从哲学与文化的高度探究其原因，他认为，五四新文化运动只注重吸收西方文化中的"理性精神即古希腊传统"，"而忽略了宗教文化即希伯来传统以及艺术、哲学的超越性，因此，引进的现代性只限于社会现代性，即科学、民主等实用层面"。"这给中国文化的转型造成了结构性缺陷——超越领域的缺失，

---

① 以上内容参见杨春时《超越实践美学》(《学术交流》1993 年第 2 期)，蒋培坤《论审美与形上追求》(《学术月刊》1993 年第 9 期)，杨春时《生存与超越》(《黑龙江社会科学》1995 年第 4 期)，杨春时《文学理论：从主体性到主体间性》〔《厦门大学学报》(哲学社会科学版) 2002 年第 1 期〕，杨春时《生存——超越美学的现代性》〔《郑州大学学报》(哲学社会科学版) 2003 年第 3 期〕，章辉《论审美超越——兼向邓晓芒先生请教》(《人文杂志》2003 年第 6 期)，王会平《论哲学"终极关怀"》(《社会科学辑刊》2005 年第 3 期)，张荣《形而上学与终极关怀》(《江苏社会科学》2005 年第 4 期)，章辉《对当前实践美学论争中几个问题的思考》〔《西北师大学报》(社会科学版) 2005 年第 6 期〕，陈炎《审美也是一种终极关怀》(《中国人民大学学报》2006 年第 2 期)，朱立元、刘阳《论审美超越》(《文艺研究》2007 年第 4 期)，张士清《论终极关怀》(吉林大学 2005 年博士学位论文)，刘三秀《论审美超越性》(厦门大学 2001 年硕士学位论文)，王岳川《艺术本体论》(上海三联书店 1994 年版)，潘知常《诗与思的对话——审美活动的本体论内涵及其现代阐释》(上海三联书店 1997 年版)，杨国荣《存在之维：后形而上学时代的形上学》(人民出版社 2005 年版)。

② 张林杰、方长安：《现代文学的审美超越性与现实功利的羁绊》，《学习与探索》2001 年第 3 期。

中国人丧失了终极价值。"他认为："五四文学革命是启蒙理性主导的启蒙主义文学潮流，科学、民主的诉求排除了形而上的追求，因此，五四文学注重启蒙功用，突出社会意义，缺少对人生的反思和终极意义的追求，难以达到形而上的高度。"①

在此背景之下，中国现代诗歌也难以摆脱同样的命运。一般认为，诗歌长于表现深幽的个人精神世界，表现孤独个体的精神探索，远离各种外在因素的干扰，应该是最具有审美超越性的文体。刘小枫曾经说：诗人是"现世（可见世界）与超验的意义世界（不可见的世界）之间的中介者"②"诗人的使命是守护此世与超越世界之间的精神纽带"③。但是中国现代诗歌在这方面却表现出不足，这同样是学界的共识。

相对而言，现代主义诗歌的审美超越性应该更为突出，例如里尔克的诗歌表现了个体生命的本体性孤独，艾略特的诗歌表现了丧失彼岸信仰之后的精神焦虑。但是大多数中国现代主义诗歌却只停留于此岸，正如一些学者指出的："西方现代主义诗人思索人类命运与宇宙问题，进行人的心灵探险，而中国现代主义诗人则无法将关注的目光从现实移开，现实性、政治性成为突出特质。"④"中国的现代派诗人与西方的现代派诗人在本质上是有很大区别的。西方的现代派诗人，他们在厌恶否定丑陋的现实的同时，企求将感情升华到一种超越肉体苦难的更高层次，去接近完美的天国意识。中国早期的现代派诗人，他们则更多是受中国封建士大夫文人遭遇挫折后暂时避世或出世思想的熏陶与影响，很难真正达到灵魂自然净化和人格自我完善的境界。避世与出世只是寻找灵魂的瞬间慰藉，带有明显的实用主义功利色彩，并不是出自于生命的自觉意识。"⑤"相比较而言，中国现代主义诗人则鲜有这类抽象的关于生命意义的玄思。他们对个体生存、民族生存等现实人生问题具有更浓厚的兴趣。"⑥

①　杨春时：《中国反思现代性的缺失与反现代性文学思潮的乏力》，《社会科学战线》2008年第9期。

②　刘小枫：《拯救与逍遥》（修订本），上海三联书店2001年版，第53页。

③　同上书，第392页。

④　张同道：《中西文化的宁馨儿——中国现代主义诗的特质研究》，《文学评论》1994年第3期。

⑤　宋剑华：《都市流浪汉咏叹调——试论吴奔星早期诗歌创作》，《中国文学研究》1992年第2期。

⑥　方涛：《精神的追问：中国现代主义诗歌流脉》，南海出版公司2002年版，第26页。

以上援引众多学者的观点，旨在表明，审美超越性之于文学的重大意义，同时中国现代诗歌却在这方面显出单薄与不足。在此背景之下，中国现代诗歌生存探寻现象的意义也就凸显出来了。一方面应该承认，与西方诗歌相比，中国现代诗歌的审美超越性显得不足，这也是特定历史文化、民族传统使然。另一方面也应看到，这种品质毕竟存在，并且正因其欠缺才更加弥足珍贵。正是在此意义上，作为直接建构了中国现代诗歌审美超越性的生存探寻就显得尤为可贵。另外，还有一点值得注意，以往对这方面研究的不足，致使一些作品散落在研究者视野之外，研究对象的缺失有时也反映了研究者视野的局限。探讨中国现代诗歌中的生存探寻，正是对于中国现代诗歌审美超越性的重新认识。

三

生存探寻通过追问人的生存意义，寻找终极关怀，将有限的人生向无限敞开，从现实的此岸遥望理想的彼岸，并从彼岸返回此岸，引领此在以实现超越。

以冰心、废名为代表的诗人将宗教引入诗歌，他们或者在诗歌中建立宗教的天国，将终极关怀放在神的手中，或者经由"明心见性"求得解脱，从而在宗教中觅得一个精神的彼岸世界。但是，他们毕竟不是宗教徒，作为现代知识分子，他们清醒地认识到宗教不过是精神之梦，所以他们以宗教为文化资源，作为超越的力量，展开个体的生存探寻。冰心的"爱的哲学"正是这样的产物，"爱的哲学"深受宗教文化的影响，既是人性的、此岸性的、现实性的，也是神性的、彼岸性的、形而上的。

在冯至、宗白华等人笔下，自然不再只是一个物质世界，而是精神的圣殿。置身于此，诗人的灵魂为之震撼，自然成为沟通形而下与形而上的中介，自然中闪烁着超验的灵光。诗人在自然的引领下实现自我超越，让有限的生命向无限绽开。冰心、林徽因等在宏大自然的震撼中，体验到生命的微末状态，在绝望中抗争；宗白华在夜空与流云中看到涌动的宇宙精神；冯至在杨家山上的一草一木中领悟到无限绽开的生命真谛。在他们的诗中，自然已经不是一个科学理性视野中的、冷冰冰的物件组合，而是推动生命由低级向高级发展的"大优美精神"，是让人的灵魂震撼、引领生命向上飞升的"圣者"。

在路易士、穆旦等人的诗歌中，身体不再仅仅是反抗理性的感性盛宴，而是成为体验生存的凭借、追问意义的途径、探寻天堂与地狱的工具。他们用身体思想，用身体的"眼睛"省察世界，甚至将身体上升为终极存在，在身体中建立精神家园。身体成为"不肯定中肯定的岛屿"（穆旦《我歌颂肉体》），成为超越有限之外的、超越时间之上的、不可撼动的"岩石"（同上）。

与上述诗歌不同，穆旦通过揭示现代社会的非本真状态，建构了诗歌的审美超越性。他从形而上的高度俯视现实，揭开现代社会的虚妄假象，直面现代人虚无的生存境遇。由此让读者看到生命已经成为"枯落的空壳"（穆旦《蛇的诱惑——小资产阶级的手势之一》），看到那落在每个人身上的"另外一条鞭子"（同上），看到无所不在的死亡。

审美超越性是文学更是诗歌的重要品格，生存探寻正是建构了中国现代诗歌的审美超越性，在特定的时代，在价值转型时期，这尤其是一种极为宝贵的品格、极为重要的贡献。诗人在虚无中寻找意义，在意义中再度遭遇虚无，在怀疑中寻找信仰，在信仰中再度怀疑，如此一路走去，在一条永远没有尽头的路上，让生命向无限敞开，诗歌的审美超越性也在这个过程中不断生成，不断丰富。

第二节　生存探寻丰富了中国现代诗歌的意象

生存探寻不仅丰富了中国现代诗歌的内容，提升了精神品格，而且也丰富了中国现代诗歌的艺术魅力，其中最为突出的表现是创造了无数丰富多彩的意象。这些意象可以分为两种类型：虚无的现实意象和超越意象。当诗人从形而上的高度反观现实时，那些曾经让人们沉醉其中的事物露出虚无本相；生存探寻是一条向彼岸延伸的无限的路，在这条漫长的路上洒满闪烁着神性光芒的意象，引领人走向超越。

一　虚无的现实意象

常人快乐地生活在虚妄的现实之中，在常人眼里，现实世界是一个幸福的、自足的、充满意义的世界。现实世界是一个高级魔术师，它制造了无数虚妄的神话、无意义的事业、无休止的消遣娱乐，让人遗忘死亡，远离孤独，在欺骗中达到"和谐的顶尖"（穆旦《哀悼》），这就是一个非本真的世界。

在一个生存者看来,现实中的一切都难逃死亡的宿命,人只有直面死亡与虚无,才能从日常的迷醉中、习俗的遮蔽中猛醒,反抗虚无,反抗死亡,并在此过程中不断自我绽开,实现向自由境界的超越。体验到虚无,正是生存者的觉醒。

"如残叶溅/血在我们/脚上,//生命便是/死神唇边/的笑。"在李金发的《有感》中,秋天的红叶成为象征死亡的血迹。一叶虽轻,却给读者以沉重的撞击,让人从以往的审美习惯中猛醒,在美的迷醉中猛醒,看到身边无所不在的死亡。林徽因的诗没有李金发的晦涩,不像李金发那样直接承袭西方象征主义意象,但是在《题剔空菩提叶》中表达了同样的感受:一片美丽、智慧之叶,终逃不出"时间的威严"。此类意象还有很多,像周作人诗中凋零的慈姑(《慈姑的盆》),陈梦家诗中如晚霞般飘零的小红花、不知死亡在前的小金鱼(《生命》)、无奈地等着被吹落的红果(《红果》)、在遗忘中自我麻醉的雁子(《雁子》),冰心笔下的流星与小花(《繁星》《春水》),陈敬容诗中的杏子与菊花(《给杏子》)等。在这些意象中,诗人对于生命虚无与脆弱的体验,对于死亡的恐惧,与外在的微末生命形象遇合,产生出无数具有形而上意蕴的、悲剧性的意象。

在生存者眼里,生命不仅无法逃避死亡的命运,而且生存的真实境遇是孤独,这种孤独不是日常生活中独处的孤独,而是不可摆脱的本体存在境遇。在冯至的诗中,威尼斯那一座座寂寞、孤零的岛屿,象征了人的孤独存在状态(《威尼斯》)①。在路易士笔下,人孤独地存在于天堂与地狱之间,是一座太寂寞的无人岛(《无人岛》)。在郑敏笔下,人的孤独境遇如同两块并排的岩石、两棵并立的大树以及玻璃窗上的格子,看似时时相依,实则各自孤独地"生活着自己的生命"(《寂寞》)。上述意象在前文已经做过分析,这里不再赘述,下面来看冯至的《原野的哭声》。

冯至在杨家山居住期间,常常往返于城区与林场之间,这首诗应该来自他在郊外路上的所见所感。原野上啼哭的村童和农妇是诗歌的核心意象,同时他们又是具有形而上意蕴的意象。"我觉得他们好象从古来/就一任眼泪不住地流/为了一个绝望的宇宙。"他们的啼哭象征了人类本体性的悲剧境遇。不仅如此,他们还昭示了人的孤独状态。每个人只能活在

---

① 该诗与《十四行集》中第 5 首《威尼斯》同名,初刊于《大公报·文艺》第 55 期,1935 年 12 月 6 日出版,本书据《冯至全集》第 1 卷,河北教育出版社 1999 年版,第 327 页。

自己的生命里，关于啼哭的原因，诗人只能猜测。"象整个的生命都嵌在／一个框子里，在框子外／没有人生，也没有世界。"所谓"原野的哭声"已经不再是一个现实层面的意象，而是喻示了人的绝望与孤独的存在状态。

穆旦最为擅长揭示现代社会的虚无本相，在他的诗中出现了病院意象。

> 是这样广大的病院，
> O 太阳一天的旅程！
> 我们为了防止着疲倦，
> 这里跪拜，那里去寻找，
> 我们的心哭泣着，枉然。
>
> O，哪里是我们的医生？
> 躲远！他有他自己的病症，
> 一如我们每日的传染，
> 人世的幸福在于欺瞒
> 达到了一个和谐的顶尖。
>
> O 爱情，O 希望，O 勇敢，
> 你使我们拾起又唾弃，
> 唾弃了，我们自己受了伤！
> 我们躺下来没有救治，
> 我们走去，O 无边的荒凉！
>
> ——穆旦《哀悼》

这首诗的核心就是病院意象，这个病院广大无边，是"太阳一天的旅程"，这个病院其实就是整个世界。这里所有的人都生了病，连医生也患着同样的病，这种病就是失去了信仰，丢失了意义。这个病院其实就是陷入虚无之中的现代社会，其中可以看到艾略特笔下"荒原"的影子。艾略特的《荒原》在 20 世纪 30 年代就对中国诗歌产生了重大影响，在卞之琳、何其芳等人的诗中还出现了荒街、荒城等意象，但应该说，他们仅仅是承袭了"荒原"的"象"。穆旦对于现代城市生活有着深刻体验，他的病院真正延续了"荒原"的血脉。

其实，可以说穆旦大部分诗歌都是在共同营造一个病院意象，这就是诗中病态的社会以及那些幸福地生活在欺瞒中的人们。这个病院里充满了暴力、战争与杀戮（《暴力》《胜利》《牺牲》），充满着灭绝人性的工具理性（《城市的舞》《裂纹》《线上》），也充满着各种不可猜度的、毁灭性的力量（《手》《被围者》）。这个病院里只有"不可挽救的死和不可触及的希望""太阳永在地平的远处绕走"（《悲观论者的画像》）。在这个病院里有无数幸福地生活在欺瞒中的人，他们是穿梭在百货公司"玻璃的夹道"里的"德明太太"（《蛇的诱惑——小资产阶级的手势之一》），在恋爱中游戏的"华参先生"（《华参先生的疲倦》），在成群的死亡降临之时，仍然不忘记消遣的人（《防空洞里的抒情诗》）。他们在现实的迷宫里，"像一头吐丝的蚕，抽出青春的汁液来团团地自缚"（《玫瑰之歌》），他们有着"无神的眼""陷落的两肩""痛苦的头脑现在已经安分"（《线上》）。

二　超越意象

波德莱尔在《感应》一诗中写道："自然是一座神殿"，是"象征的森林"，从那里"远远传来一些悠长的回音"。波德莱尔认为，在现象世界背后还隐藏着更真实的"另一世界"，即超验的审美世界。"正是由于诗，同时也通过诗，由于音乐，同时也通过音乐，灵魂窥见了坟墓后面的光辉。""它（诗）想立即在地上获得被揭示出来的天堂。"① 《感应》一诗中的"悠长的回音"正是这"坟墓后面的光辉""被揭示出来的天堂"。同属象征主义诗人，兰波也认为，诗人应该是"通灵者"：他是"至高无上的智者！——因为他达到了未知！"② 象征主义诗歌传入中国之后，其意象中"通灵"的成分、超验的成分被中国诗人滤掉了，在李金发的诗中只有少数意象还留有这种成分。与之不同，生存探寻使得中国现代诗歌中的意象具有了形而上的意蕴，可以说，象征主义意象在表现生存

---

① ［法］波德莱尔：《论泰奥菲尔·戈蒂耶》，《波德莱尔美学论文选》，郭宏安译，人民文学出版社 1987 年版，第 75 页。

② ［法］兰波：《致保尔·德梅尼的信》（1871 年 5 月 15 日），黄晋凯、张秉真、杨恒夫主编：《象征主义·意象派》，中国人民大学出版社 1989 年版，第 36 页。

探寻的诗歌里得到了发扬。

　　生存探寻是一条由此岸通向彼岸的路，诗人置身此岸，遥望彼岸，在他们的诗歌之路上留下了一批闪烁着神性光芒的意象。它们既是此岸之物，同时又闪烁着彼岸的灵光，引领人的精神向彼岸飞升。

　　戴望舒诗中的乐园鸟（《乐园鸟》）、穆旦诗中的白色海鸟（《海恋》）就是这样的意象。那昼夜不停地飞舞的"华羽的乐园鸟"，寄托着诗人对于天的乡思，寄托着他超越现实、超越有限人生的愿望，也表现了诗人对于生命本质、生命归宿与意义的考问。生命是"幸福的云游"还是"永恒的苦役"？"是从乐园里来的呢，/还是到乐园里去的？""那天上的花园已荒芜到怎样了？"一只翱翔的乐园鸟，让我们仿佛看到那个患着"对于天的怀乡病"的诗人（《对于天的怀乡病》），那个踟蹰在都市街头的"单恋者"（《单恋者》），足音跫然的"夜行者"（《夜行者》），以及那个"攀九年的冰山""航九年的旱海"的"寻梦者"（《寻梦者》）。在穆旦的《海恋》中，那翱翔的白色海鸟是"蓝天之漫游者，海的恋人"。它"自由一如无迹的歌声，博大/占领万物""那我们不能拥有的，你已站在中心"。这只白色海鸟同样寄托了诗人对自由与超越的向往。诗人渴望弃绝这个让梦和思想枯萎的现实世界，像海鸟一样飞向"知识以外"，飞向"山外的群山"。

　　在路易士的"宇宙诗"中同样充满着这样的超越意象，宇宙与星空构成自由与理想的世界。彗星象征着"自由自在"，诗人希望"骑上了它的脊梁"在星际遨游（《彗星》）。织女星、天狼星、PROXIMA（比邻星）、涡状星云成为超越现实的终极存在，接受诗人的精神寄托。星空中有着"永恒的秩序，永恒的结构和律动""夏夜的星空无乱世"（《失去的望远镜》）。这里的星空已经不是一个物理的星空，而是一个精神的星空，寄托了诗人超脱尘世、追求自由的向往。

　　同是路易士，在他的"身体写作"中，也有着丰富的超越意象。身体作为形而下的物件，成为通往形而上的通道，身体存在于此岸，却指向超越的彼岸。路易士在他"胸部的原野上"，倾听到时间之流（《时间之歌 No.2》），甚至以"足部运动"探寻天堂与地狱（《足部运动》），连身体的颜色也联系着永恒和不朽（《黑色赞美》）。

　　冰心、梁宗岱、宗白华等人诗中的自然意象也同样具有超越性。在冰心的诗中，窗外的落日蕴含着造物者的意志（《繁星·65》），闪烁的繁星是造物者的眼泪《晚祷·二》，星光里、树叶间有着上帝的言辞（《夜半》），晓光里充满了上帝的爱（《清晨》）。在梁宗岱的诗中，宁静的旷野笼罩着上帝"温严的慈爱"（《晚祷——呈泛，捷二兄》），"幽邃的星空"中回荡着"颂赞的歌声"（《星空》）。在宗白华的诗中，飞舞的流云蕴含着宇宙中大优美的精神（《夜中的流云》），"满天的繁星"奏出"宇宙底音乐"（《无题·城市的声》），在"落日的朦胧中""我与宇宙为一"（《流云·宇宙的核心是寂寞》）。

冰心诗中的母亲与儿童既有此岸的人性，也有彼岸的神性，这些人物已经不是现实中的人，而是蕴含着神性的意象。关于母亲意象，如前文所言，已经僭越了神的位格。母亲的怀抱是我的灵魂港湾（《繁星·33》）；母亲是花儿的春光（《繁星·102》）；母亲是鸟儿的巢（《繁星·159》）；母亲是我生命的小舟（《春水·105》）；母亲是我的太阳，生命的中心，母亲是我的故枝，生命的根源（《致辞》）；坐在母亲身边，可以得到造物者无穷的安慰（《安慰·一》）。

冰心诗中的儿童同样也是一个"通灵"的意象，她在诗中歌咏：

> 婴儿，
> 在他颤动的啼声中
> 有无限神秘的言语，
> 从最初的灵魂里带来
> 要告诉世界。
>
> ——《春水·64》

在儿童的意象中充满了神性：儿童"细小的身躯里""含着伟大的灵魂"（《繁星·35》），在婴儿的沉默中蕴含着真理（《繁星·43》），儿童是可以升入天堂的"圣子"（《孩子》），是诗人生命的向导（《往事——以诗代序》）。

在超越意象中，最突出的是"树"与"路"意象，这两种意象都有着共同的特征：自我展开与不断生成。树不断向上生长，路永远向远方延伸，在生长与延伸中不断成就自己，生成自己。它们置身于现在，而指向未来，身处有限，而伸向无限。

在"树"意象中，最著名的是冯至诗中的有加利树。首先，它是现实中的树，在秋风里"萧萧"，无时不脱着躯壳，伟岸如"晴空的高塔"。
其次，它又是精神之树，它是"一座严肃的殿堂""一个圣者的身体"
（《有加利树》），引领诗人走向超越的境界。冯至曾经在文章中写道："有
时在月夜里，月光把被微风摇摆的叶子镀成银色，我们望着它每瞬间都在
生长，仿佛把我们的身体，我们的周围，甚至全山都带着生长起来。"①
冯至眼中的树已经成为超越精神的象征，它虽然矗立在现实中的杨家山，
它的精神却联系着永恒的彼岸，成为诗人向无限超越的路径。同是"树"
意象，在《什么能从我们身上脱落》中成为"蜕变论"的绝好象征。"蜕
变论"是冯至实现自我超越、从有限走向无限的重要思想武器，诗中的
树不断脱落树叶和花朵，正是通过蜕变，向无限的未来伸展。诗人由此感
悟到自己也应该像蜕化的蝉蛾一样，不断地在蜕变中实现超越。

　　番草是现代派诗人，在他的《白杨》一诗中，同样出现了一棵具有
超越性的树。那是一棵"孤零零地矗立在辽旷的平原上"的白杨，与它
对立的是低矮的畜厩与茅舍，黄昏的牧歌与炊烟，夜晚的睡眠，这些显然
象征了平庸的日常生活，浑浑噩噩的生命形态。白杨树与之截然不同：

> 而他
> 不问是夜，是白昼，
> 什么时候，都是
> 高高地站着，仰着头；
> 向著那远远的，远远的
> 不可知的彼方
> 望著，而恒想着
> 一个象是启示又象是希望的
> 不可思议的思念，

　　白杨超越于畜厩与茅舍之上，眺望着远方，为了能够望得更远，它不
断向上生长。但是它望到的只能是地平线，而不是世界的边沿，平原辽阔
无边，如同"一个不可知的无限"，永远有"望不见的彼方"。不管番草

---

① 冯至：《一个消逝了的山村》，冯至：《冯至全集》第 3 卷，河北教育出版社 1999 年版，
第 49 页。

是否接受过存在主义哲学或者里尔克诗歌的影响，这一棵白杨已经成为一个生存者的精神象征。它矗立在无限的平原之上，努力自我生长，向更远处瞭望，寻找更远的彼岸。终极和彼岸永远遥遥无期，永远是天空中的星辰，但是在追问终极的过程中，白杨树长得更高，看得更远，生命更为茁壮。

生存探寻就是一条向终极和彼岸无限延伸的路，同时，每个人只能踏上一条路，十字路口的徘徊成为每个人必须面临的选择。寻找路，选择路，成为每一个自觉的生命不可躲避的问题，更是一个生存探寻者必须面对的问题。

冯至十四行诗中的"小路"是常常被人们提到的重要意象，主要出现在《原野的小路》《我们天天走着一条小路》中。后者在前文中已经做过较为详细的分析，诗中的那一条"熟路"是习俗之内的、与主体发生关系的、世界之内的事物。那许多条隐藏在林中的小路，处于世界之外，期待着我们的发现。踏上陌生的小路，就是冲出习俗的包围，在探险中打开一个新的世界。这一条条小路既是昆明郊外现实中的路，也是诗人的生存探寻之路。在《原野的小路》中，一条条小路是生命的象征，诗人从原野上的小路联想到生命之路，想到记忆中的生命。诗人说最爱看原野上的小路，事实上表达了对于生命的爱。

冰心在《春水·163》中描写了一条在暮色中曲折蜿蜒的小道。在第一段中，它只是一条现实中的小道："暮色苍苍——/远村在前，/山门在后。/黄土的小道曲折着，/踽踽的我无心的走着。"在第二段中，这条小道化作一条抽象的生命之路："宇宙昏昏——/表现在前，/消灭在后。/生命的小道曲折着，/踽踽的我不自主的走着"。一条具体的"黄土的小道"触动了诗人对于生命的感触，将主体情感赋予对象，形成了"生命的小道"，从一时一地的具体生活场景，升华为对于生命形而上的观照。

按照存在主义的观点，人的自由是选择的自由，人的本质在自我选择中不断生成，选择是每个生存者无法回避的。摆在生存者面前的路不止一条，而是无数的路要求你选择，路上还有着无数的十字路口，所以我们在生存探寻的路上看到了三首同样名为《歧路》的诗歌。

> 荒野上许多足迹，
> 指示着前人走过的道路，

有向东的，有向西的，
也有一直向南去的。
这许多道路究竟到一同的去处么？
我相信是这样的。
而我不能决定向那一条路去，
只是睁了眼望着，站在歧路的中间。
……

——周作人《歧路》

　　周作人的《歧路》表现了中国现代知识分子身处价值转型时期的精神困惑。旧的价值体系已经崩溃，没有一条既定的前人选定的路可以遵循。面对令人眼花缭乱的西方思潮，诗人如同突然置身于无数条歧路的路口，茫然失措。

　　一年之后，冰心写了一首同名的《歧路》：

今天没有歧路，
也不容有歧路了——
上帝！
不安和疑难都融作
感恩的泪眼，
献在你的座前了！

　　这首诗虽然名为《歧路》，事实上并没有歧路。不过，诗歌开篇突兀地写到"今天没有歧路，/也不容有歧路了"，说明此前充满歧路，此前诗人饱受歧路的折磨。从冰心的思想历程来看，也确实如此。这首诗仿佛是承接了周作人的《歧路》。在周作人的《歧路》中，诗人置身于歧路之中无所适从；在冰心的《歧路》中，诗人选择了一条路，不再犹疑徘徊。在周作人的《歧路》中，"耶稣"与"十字架"是无数条路中的一条，他并没有走上这条路；在冰心的《歧路》中，冰心踏上了这条路，所以上帝出场了，各种"不安和疑难"都在感恩的泪水中融化。通往天国的路是幸福的，但也是自我消解的末路，对于冰心而言，其实只是一时的慰藉。

20 年后，冯至又写了一首《歧路》，此时他所关心的不是选择哪条路的问题，而是希望超越选择。在冯至看来，所有的选择都是割舍，所有的创生都同时带来死亡。他不是要选择一条路，他是想在所有的路上留下足迹。这是有限的生命对于无限的渴望，这是此岸的蝼蚁一般的生命对于彼岸的万有之神的渴望。但这不是拜倒在神的面前，消解自己，而是渴望自己成为神，成为自由，成为无限。因为这种愿望无法实现，所以诗中表现了诗人被割裂的痛苦。

> 我们越是向前走，
> 我们便有更多的
> 不得不割舍的道路。
> 当我们感到不可能，
> 把那些折断的枝条
> 聚起来，堆聚成一座
> 望得见的坟墓，
> 我们
> 全生命无处不感到
> 永久的割裂的痛苦。

不论是树，还是路，不论是戴望舒诗中的乐园鸟、穆旦诗中的海鸟，还是路易士诗中的身体，都是置身此岸，而在精神上指向彼岸。在此意义上说，它们也是"通灵者"，它们闪烁着"坟墓后面的光辉"，它们是"在地上获得被揭示出来的天堂"①。

中国现代诗歌中的生存探寻创造了一批优秀的诗歌意象。一方面，这类意象蕴含着深邃的哲学意蕴，具有高度的智性特征；另一方面，这类意象表现了诗人丰富的生命体验，也具有鲜活的感性特征。它们的出现丰富了中国现代诗歌的意象世界。

三　穆旦诗歌中的"海"（"洪水"）意象

在穆旦的诗中，"海"出现得很多，但有时是实指，有时是简单的比

---

① ［法］波德莱尔：《论泰奥菲尔·戈蒂耶》，《波德莱尔美学论文选》，郭宏安译，人民文学出版社 1987 年版。

喻，在前期的诗歌中尤其如此，在"诗剧体"诗中的"海"，也不是严格意义上的意象。排除了这些之后，再来考察穆旦诗歌中作为意象的"海"，就会发现这些"海"意象几乎都出现在穆旦生存探寻的脉络之上，而且每次出现都具有相同或者相似的意蕴，也就是这个意象之"意"具有统一性。"海"意象在穆旦诗歌中都是作为背景出现的，因而常常被人们忽略。

"海"意象在穆旦的诗中具有重要意义，尤其是对于分析穆旦诗歌中的生存探寻而言，其意义重大。在穆旦的诗中还出现过"洪水"意象，不论从"象"的层面还是从"意"的层面来看，它与"海"都极为相似，可以归为一类，这里统称为"海"意象。

穆旦要在诗中实现他的生存探寻，必然会涉及超出现实的终极存在，以往人们常常被表面假想所迷惑，错把"上帝""主"当作终极存在物，却放过了真正的永恒之物。在穆旦的诗中，上帝是在穆旦需要一个呼求对象的时候，作为借词出现的，只是一个虚设的超越性存在。在穆旦的诗中另有一个事物是真正活在历史之外的，它是永恒地存在着的，这就是"海"意象。

在穆旦的诗中，几乎所有事物都不能摆脱最终毁灭的命运，在终极意义上都是虚无的，唯有"海"意象才是处于时间之外的永恒的在。它无始无终地存在着，无边无垠地存在着，它的法力无边，它可以吞没一切，摧毁一切，它残忍而真实，它是穆旦诗歌中唯一的实在，但是它本身却代表了虚无。王佐良曾经说：穆旦"最后所达到的上帝也可能不是上帝，而是魔鬼本身"[①]。如果使用宗教词汇来形容这个"海"意象，确实更接近撒旦，它狰狞、无情、冷漠、毁灭一切，这是一个至高的虚无。

穆旦从来没有明确阐释过这个意象，我们只能从文本出发，详细分析、归纳这个意象。

在穆旦的诗中，"海"意象作为一种终极存在物最早出现在《从空虚到充实》中，在全诗五节当中，"海"的影子闪烁在每一节当中，在第四节中成为中心意象。在第一节中，当"我们"开始谈论"生命的意义和苦难"的时候，"他"看见了"海"，这是"海"第一次作为终极存在闪现出来，这时的海还没有暴露本色："海，那样平静，明亮的呵。"

----

① 王佐良：《一个中国诗人》，曹元勇编：《蛇的诱惑》，珠海出版社1997年版，第17页。

在第二节中，"海"的本性逐渐呈现出来。

> ……在轰炸的时候，
> （一片洪水又来把我们淹没，）
> 整个城市投进毁灭，卷进了
> 海涛里，海涛里有血
> 的浪花，浪花上有光。

在第三节中，现实中的一切都是流逝的，诗人抓不住任何可靠之物，最终他抓住"枯寂的大地"，但是随着"泛滥"时刻的到来，"海"（"洪水"）登场了，大地也成为靠不住的："可是水来了，站脚的地方，/也许，不久你也要流去。"

在第四节中，"海"（"洪水"）成为中心意象。

> 洪水越过了无声的原野，
> 漫过了山角，切割，暴击；
> 展开，带着庞大的黑色轮廓
> 和恐怖，和我们失去的自己。
> 死亡的符咒突然碎裂了
> 发出崩溃的巨响，在一瞬间
> 我看见了遍野的白骨
> 旋动……

在听到现实中一位战士战死的消息之后，诗人却写道：

> 然而这不值得挂念，我知道
> 一个更静的死亡追在后头，
> 因为我听见了洪水，随着巨风，
> 从远而近，在我们的心里拍打，
> 吞噬着古旧的血液和骨肉！

第五节是诗的最后一节，在"我"拒绝跟随小王下地狱之后，"海"

的意象又出现了：

> 海，无尽的波涛，在我的身上涌，
> 流不尽的血磨亮了我的眼睛，
> 在我死去时让我听见海鸟的歌唱，
> 虽然我不会和，也不愿谁看见我的心胸。

现在，我们可以对《从空虚到充实》中"海"（"洪水"）意象做一个总结：

1. "海"与关于生命的意义与本质的探讨相关，只有关注生命意义和本质的人，才能够看到"海"。

2. "海"（"洪水"）与轰炸一样，是一种可以毁灭一切的力量，可以毁灭整个城市，毁灭我们。

3. "海"（"洪水"）将会冲走一切，包括大地。

4. "海"（"洪水"）淹没一切，摧毁一切，海就是死亡；"海"（"洪水"）是无时无刻不尾随着每个人的死亡。

5. "海"也在"我的身上"，"我"死去后将去到海上。

由此可以隐约看到"海"的含义：它是死亡，它具有毁灭一切的力量，它比大地更永恒。在这首诗中，一切都是会死的，只有海不死；一切都是会流逝的，只有海不流逝。世间万物都将在它到来之时被毁灭，它是一种终极存在物，它在时间之外。同时，"海"并不外在于人，海也在人的精神之中，它关涉到人的终极关怀。当毁灭、死亡成为唯一的终极存在时，虚无也就统治了人的精神，"海"在外部世界里是毁灭与死亡，在人的精神世界里就是虚无。

在《不幸的人们》中也出现了这样的"海"：

> 一切的不幸汇合，像汹涌的海浪，
> 我们的大陆将被残酷来冲洗，
> 洗去人间多年山峦的图案——
> 是那里凝固着我们的血泪和阴影。——
> 而海，这解救我们的猖狂的母亲，
> 永远地溶解，永远地向我们呼啸，

> 呼啸着山峦间隔离的儿女们，
>
> 无论在黄昏的路上，或从碎裂的心里，
>
> 我都听见了她的不可抗拒的声音，
>
> 低沉的，摇动在睡眠和睡眠之间，

在这首诗中，"海"又出现了一个新的含义，它是"解救我们的猖狂的母亲"，它溶解我们，消除人与人之间的隔膜。在《我》一诗中，诗人曾经表达了对于人的孤独存在状态的不满："从子宫割裂，失去了温暖，/是残缺的部分渴望着救援，/永远是自己，锁在荒野里。"在《不幸的人们》中，"海"具有一种将我们从孤独的个体中拯救的力量。不论它是虚无、毁灭还是死亡，它终能解决个体生命的生存焦虑。虽然穆旦未必喜欢这个母亲，未必愿意投入它的怀抱，但是它确实具有一种彻底解除痛苦的诱惑，这个诱惑与那个诱惑了无数痛苦灵魂的死亡何其相似。此时的穆旦仿佛走在生命的悬崖上。

在《夜晚的告别》中，"海"意象与现实中的美好爱情不断拼贴，"海"显然来自诗人的内心世界，它冷酷而真实，在它面前，现实中美好的爱情变成一场虚妄。诗中，"海上的舟子"可以看作穆旦的化身，那是一个航行在虚无、冷酷的真实中的精神的"搏求者"。"海"是处于诗人精神之中的终极存在，诗人的生存探寻就是在这个海上航行，这里的"海"仍然是残暴的："风粗暴地吹打，海上这样凶险。"

在《活下去》中，"海"代表死亡、凶残和狰狞："成群死亡的降临"，"如同暴露的大海/凶残摧毁凶残"，生命和希望被"无尽的波涛"淹没。在《胜利》一诗中，胜利不过是战争与杀戮的同俦，与有限的生命相比，它仿佛更为永恒，"他是一个无限的骑士"。诗中的"海"正是这位"无限的骑士"活动的舞台，也是他的同谋，它放纵"无限的骑士""在没有岸沿的海坡上"一次次上演蛊惑与杀戮，并帮助他掩埋血污。人类在他们的合谋下"变成海底的血骨"。这个"海"一方面是冷漠的、近于邪恶的，另一方面又是与"有限的生命"对立的无限存在。在《海恋》中，"海"意象单纯而明朗，但是它在"知识以外"，是"山外的群山"，是"我们不能拥有的"。"海"与"沉重的现实""微末的具形"形成鲜明对比，是一个处于现实与时间之外的终极存在。

至此可以看到，穆旦诗中"海"意象是基本统一的，基本上延续着

《从空虚到充实》中的意蕴。在穆旦的诗中，它是唯一贯穿了整个生存探寻的终极存在物，在这个意象背后，隐约可以看到穆旦心中那个至高的虚无的影子。

"海"在穆旦的诗中是不可抗拒的、至高的力量，是毁灭，是虚无，但是不能因此就断定穆旦是悲观的。在穆旦的诗中涌动着旺盛的生命激情，可以说，他的大部分诗歌都是在反抗这个虚无。认识到虚无，又不能接受虚无，这正是穆旦痛苦的根源。在这里我们又看到了存在主义的影子，认识到虚无而反抗虚无，看到了死亡而毅然"向死而生"，生命的意义就在这个过程中不断创生，此在的绽开由此成为可能。

第三节　生存探寻成就了一批优秀诗人

在本书所涉及的诗人中，其诗歌成就与生存探寻密切相关，有的甚至以此确立了诗人的诗歌史地位，冰心、冯至、穆旦就是最为典型的例子。其他诗人表现得虽然没有如此鲜明，但是生存探寻已经成为其诗歌中不可忽视的重要组成部分，例如路易士、宗白华、林徽因、废名、卞之琳、金克木、番草、郑敏、陈敬容等。

一

在冰心的诗歌中，生存探寻是贯穿整个创作的内在线索，不论是基督教意识还是"爱的哲学"都处于生存探寻的红线之上。可以说，反抗虚无、寻找生存意义是其诗歌创作的内在动力。冰心的生存探寻可能受到了基督教的启发，使其领悟到生命的虚无境遇，但是基督教所提供的终极关怀却不能让她皈依，所以在她的创作中随处可以看到虚无的影子。"爱的哲学"同样如此。为了反抗虚无，冰心创生了"爱的哲学"，但是"爱的哲学"不过是短暂的慰安，她自己都不能信服。正如茅盾所说，那不过是她的"橡皮衣"。在此意义上，基督教与"爱的哲学"不过是生存探寻之路上的驿站。所以，生存探寻构成了冰心诗歌的主体，没有这部分作品，冰心的诗歌成就就会大打折扣，冰心的诗歌史地位也就大为逊色了。

前人对此也有不少阐述，有学者指出："冰心的发问实质上指向人为什么存在和存在于何处这两大人类史上的古老而永恒的问题，可以称之为终极问题。"①　"她试图在哲学上，宗教上对宇宙人生进行整体的把握。"②
"冰心是站在人类的立场和理性的高度，审视本民族和人类的生存状态，
反思本民族历史和人类历史，探索人类的存在方式和出路，关注人类的前
途和命运的。"③

　　即使回到 20 世纪二三十年代，一些左翼评论家同样看到这一点，只
不过他们是持否定态度的。阿英认为："她觉得生命是'空虚'，生命是
'模糊'，同时，生命也是'充实'，终结到生命也是不可理解的'神
秘'。""她终于没有克服这种不正确的倾向，依旧是觉得'人生不免是虚
无'，而'要用歌音来填满它'。"④　茅盾则认为："她的所谓'爱的哲学'
的立脚点不是科学的，——生物学的，而是玄学的，神秘主义的。"⑤　这
些评价显然带有时代的局限。从上述观点一方面可以看到生存探寻在冰心
诗歌中已经构成一种重要的创作现象，受到文坛的重视；另一方面则应跳
出时代局限，看到这正是冰心诗歌的重要成就。

　　同是"小诗"代表诗人，如果从宗白华的诗歌中去除那些在人与自
然同游中体验生存、追问终极意义、寻找"大优美精神"的诗歌，好诗
就所剩无几了。失去了这些，其实就失去了宗白华得以在诗坛立身的个性
特征。正是生存探寻使其短小的诗歌凝聚着智性之美，使得星辰与流云成
为"大优美精神"的舞蹈，焕发出神性的异彩。

　　在新月派诗人中，林徽因以其诗中的形而上之思与其他诗人特别是前
期新月派诗人显出差异。有学者指出："对生命本体的思考构成了林徽因
诗歌的理性形态。"⑥　"虽为女性的林徽因，和新月一些男诗人相比，她的
诗歌反而能多一点思想分量、多一点表现力度。"⑦　后期新月派诗人陈梦
家因其独特的基督教背景而获得了与其他诗人迥异的超越性视角。有学者

---

　　①　汪卫东：《重读冰心》，《中国现代文学研究丛刊》2003 年第 1 期。
　　②　王学富：《冰心与基督教——析冰心"爱的哲学"的建立》，《中国现代文学研究丛刊》
1994 年第 3 期。
　　③　刘岸挺：《有了爱才有和谐——冰心文学精神的文化价值和当代意义》，《山东社会科
学》2007 年第 6 期。
　　④　黄英（阿英）：《谢冰心》，范伯群编：《冰心研究资料》，北京出版社 1984 年版，第
198 页。
　　⑤　茅盾：《冰心论》，范伯群编：《冰心研究资料》，北京出版社 1984 年版，第 246 页。
　　⑥　李蓉：《林徽因诗歌哲学意蕴解读》，《福建论坛》（人文社会科学版）2004 年第 6 期。
　　⑦　陈学勇：《林徽因文存·前言》，陈学勇编：《林徽因文存》，四川出版集团四川文艺出
版社 2005 年版，第 14 页。

指出："陈梦家的许多诗歌都是对生命本体、对人的普遍生存处境进行形而上的、终极意义的思考和探究，这类题材的诗歌成为他其他诗歌的起点、基础和背景。"① 他的诗具有一种对于"形而上意味的'大爱'精神的向往，以及对于超越尘世的'真实的美'的追求"②，"一种对生命奥秘的深切感悟、人格的自我塑造"，"一种对宇宙神秘的体验、对超然之爱的崇敬"③。

另外，徐志摩在 1926 年之后诗歌风格发生了转变，也与生存探寻有了很大的关系。在《泰山》《渺小》中，他不再如前期诗歌那样在自然中沉醉，而是在宏大自然的震撼中猛醒，彻悟到生命的微末；在《残破》中，他直面孤独与虚无；《三月十二深夜大沽口外》从形而上的高度体验生命的脆弱和无助。徐志摩后期诗歌不是走向了绝望，而是走向了厚重。在这个转变过程中，能够从形而上的高度审视生命、直面生命的有限、生存的虚无境遇是其重要原因。

在现代派诗人的创作中，生存探寻也是构成其诗歌成就的重要因素。卞之琳的诗歌虽然因为情感寡淡而影响了诗歌成就，但是其现有的诗歌史地位主要来自于诗中的智性之美，而其智性中的很大一部分就是对于生命的形而上把握，对于生存意义的追问。例如，《投》《倦》《对照》《水成岩》《足迹》《灯虫》等诗的主题就是表现生命的虚无境遇的。《古镇的梦》《寂寞》《距离的组织》《无题·五》等反映了诗人观察生命的超越性视角。但是，由于卞之琳片面追求"非个人化""一向怕写自己的私生活""仿佛故意要做'冷血动物'"④，导致其诗歌中的生存探寻缺乏深刻的生命体验，陶醉于小的智趣中，因而影响了他的诗歌成就。

与北方的现代派诗人不同，活跃在江南地区的现代派诗人以感性见长，擅长表现都市生活中的个人体验。路易士却以其诗歌中的生存探寻，显现出独特个性。他诗歌中的"身体写作"打通了形而下与形而上，由经验世界进入超验世界，使其与戴望舒、徐迟相比较，多了一种内在的哲理筋骨。

---

① 王昌忠：《浅析陈梦家早期诗歌的精神指向》，《南京师范大学文学院学报》2006 年第 2 期。

② 陈山：《陈梦家论》，《中国现代文学研究丛刊》1988 年第 3 期。

③ 许正林：《中国现代文学与基督教》，上海大学出版社 2003 年版，第 129 页。

④ 卞之琳：《雕虫纪历·自序》，卞之琳：《雕虫纪历》，人民文学出版社 1984 年版。

二

提到冯至，人们首先会想到《十四行集》；提到《十四行集》，马上又会想到存在主义，想到里尔克，想到有加利树、鼠曲草和原野上的小路。冯至诗歌中的生存探寻确立了他在中国现代诗歌史上的地位，这已经是一个无可争议的事实。例如，钱理群等主编的《中国现代文学三十年》认为：冯至的《十四行集》表现了"关于个体与人类的生存状态、人的生命的形而上的体验与思考"，"上升到生命哲学的层次"①。朱栋霖等主编的《中国现代文学史 （1917—1997）》认为：《十四行集》"深沉地思考着个体生命的意义和人类的前途……在存在的自我承担和生命的相互关怀中找到了肯定的答案，极富生命——存在哲学的深度和宽广的人文情怀"②。此外，龙泉明在《中国新诗流变论》一书中说：《十四行集》"在诗艺上自觉师法后期象征派大师里尔克，而在意蕴上则将存在主义引进了中国新诗创作"③。解志熙在《生的执着——存在主义与中国现代文学》一书中用专章讨论了冯至与存在主义的关系。④

专门探讨冯至诗歌中存在主义的文章更多，如张桃洲在《存在之思：非永恒性及其魅力——从整体上读解冯至的〈十四行集〉》一文中认为："作为一个浑然的整体，《十四行集》回答了如下追问：什么是'我们的实在'？如何正视'我们生命的暂住'并达乎超越？可以说，这全部二十七首十四行诗都是围绕此一追问的回答。"⑤ 马绍玺在《生存意义的关怀与探寻——读冯至〈十四行集〉的一个视角》中认为："冯至在自己的诗歌里，经由存在与时间问题的提出与思考，对生命的意义问题给予了深深的关怀。"⑥ 杨经建在《存在的"危机"与"边缘"的存在——再论20世纪中国存在主义文学"边缘性"》一文中认为："质言之，《十四行集》

---

① 钱理群等：《中国现代文学三十年》（修订本），北京大学出版社1998年版，第447页。
② 朱栋霖等：《中国现代文学史 （1917—1997）》上册，高等教育出版社1999年版，第292页。
③ 龙泉明：《中国新诗流变论》，人民文学出版社1999年版，第373页。
④ 参见解志熙《生的执着——存在主义与中国现代文学》，人民文学出版社1999年版。
⑤ 张桃洲：《存在之思：非永恒性及其魅力——从整体上读解冯至的〈十四行集〉》，《名作欣赏》2001年第6期。
⑥ 马绍玺：《生存意义的关怀与探寻——读冯至〈十四行集〉的一个视角》，《思想战线》2001年第3期。

是关于'我们的实在'的诗思，呈示了诗人在危机化境遇下对人的本体性存在境况的哲思。"① 这方面的书籍和文章还有许多，这里不再一一列举。

前人的研究已经从总体上肯定了生存探寻对于冯至诗歌的重大意义，此处无须重复论证。笔者希望从另一个角度来认识生存探寻对于冯至诗歌创作的意义，深入其作品内部，探讨冯至诗中的生存探寻与十四行诗体形式之间的关系。

冯至《十四行集》的成功与十四行诗体形式有关，这一点前人已有不少论述，但是这种诗体形式本身并不能决定《十四行集》的成就，而是因为它适合表达生存探寻的内容。在中国现代文学史中，不论是冯至本人还是其他诗人，在《十四行集》之外，都没有再创作出值得称道的十四行诗。这个事实无疑说明，这种诗体形式并不是《十四行集》成功的决定性因素。废名在谈到《十四行集》的诗体形式时就曾经说：冯至"是图自己个人的方便，而天下不懂新诗的人反而买椟还珠，以为这个形式是怎么好怎么好，对于新诗的前途与其说是有开导，无宁说是有障碍"②。

《十四行集》发表不久，一些人过高地估计了这种诗体的作用，朱自清曾经说："这集子可以说建立了中国十四行的基础，使得向来怀疑这诗体的人也相信它可以在中国诗里活下去。"③ 今天看来，这些看法实在是过于乐观了。半个世纪之后，有学者做出总结："作为一种纯西方格律形式，十四行诗并未在中国得到长足的发展，即是说它没有真正的深入人心，蔚为大观，因而十四行就不可能真正的中国化，所以，它在现代中国诗坛难以构成一种趋势，一股潮流。"④

十四行诗的诗体形式并不是《十四行集》取得成功的决定性因素，但是在《十四行集》中，由于它适合了冯至表现生存探寻的需要，从而促成了《十四行集》的成就。正如冯至自己所说：他采用十四行体"纯

---

① 杨经建：《存在的"危机"与"边缘"的存在——再论 20 世纪中国存在主义文学"边缘性"》，《人文杂志》2009 年第 2 期。

② 废名：《〈十四行集〉》，废名：《新诗十二讲——废名的老北大讲义》，辽宁教育出版社 2006 年版。

③ 朱自清：《新诗杂话·诗的形式》，蔡清富、朱金顺、孙可中编：《朱自清选集》第 2 卷，河北教育出版社 1989 年版，第 325 页。

④ 杜荣根：《寻求与超越——中国新诗形式批评》，复旦大学出版社 1993 年版，第 181 页。

然是为了自己的方便"。"它正宜于表现我要表现的事物；它不曾限制了我活动的思想，而是把我的思想接过来，给一个适当的安排。"① 所以，与其说是十四行诗体成就了《十四行集》，不如说是生存探寻成就了冯至笔下的十四行诗体。

首先，冯至的十四行诗与里尔克、歌德有着密切关系，尤其是里尔克。当冯至从里尔克那里学会"观看"，懂得"工作"和"经验"的时候，当他从歌德那里得到"蜕变论"的时候，承载这些内容的诗体形式也必然会对其产生影响，在耳濡目染中，将其化入自己的艺术创造。尤其是里尔克的《致奥尔弗斯的十四行》，冯至经常将其带在身边。可以说，十四行的诗体形式是冯至在接受"观看""工作""经验"的同时，从里尔克那里拿来的。正因为这种形式在里尔克那里本来就是表达一种"与天地精灵相往还的"精神的工具，所以当冯至要表达生存探寻的时候，就成为最为便捷的手法。可以说，没有冯至诗中的生存探寻，也就谈不上十四行的诗体形式。

其次，十四行诗体适合表现生存探寻。冯至的十四行诗都是采用前八后六的格式，这类十四行诗"前八行叙述或提出一项建议或问题。后六行则用一般抽象的评论将前面叙述过的题意点明，或应用前面的建议，或解答问题"②。这样的内在结构正好符合冯至表达生存探寻——先在自然中感悟，而后上升到形而上的高度省察生命——的需要。

在冯至的十四行诗中，那些表现生存探寻的诗歌往往有着相似的内在结构，其内在理路可以分为三个片段：感→理悟→在形而上层面把握生命（超越、沉醉或虚无）。先是观看自然，而后主体的理性因素介入，将"感"上升到一般性的理性认识上，最后达到对生命终极的观照，完成生存探寻。《十四行集》中成功的诗歌，大多有着这样的内在结构。在《有加利树》中，先是"感"：观看现实中的有加利树；而后进入"悟"：有加利树在诗人心中化作"圣者"，并代表了"蜕变"精神；最后，诗人在有加利树的引领下，向无限与永恒超越。在《什么能从我们身上脱落》中，先是观看有加利树不断飘散的树叶和花朵，其后"蜕变论"理念出

---

① 冯至：《〈十四行集〉再版序》，冯至：《冯至全集》第 1 卷，河北教育出版社 1999 年版，第 214 页。

② 杜荣根：《寻求与超越——中国新诗形式批评》，复旦大学出版社 1993 年版，第 172 页。

现，诗人联想到自己的生命，认识到只有丢弃过去，生命才能向未来伸展。最后，诗人跨越生死把握生命，进入超越的境界。在《原野的哭声》中，先是看到现实中啼哭的人，而后悟到人生的孤独与悲哀，最后从形而上的高度彰显了生存者所面对的虚无境遇。其他如《看这一队队的驮马》《我们站立在高高的山巅》《有多少面容，有多少语声》《我们听着狂风里的暴雨》《这里几千年前》等都是如此。虽然有的终结于超越，有的终结于沉醉，有的终结于虚无，但都是终结于个体生命的终极与本体层面。从个体生命体验出发，经由理性升华，最终达到超越境界，正是完成了生存探寻的过程。

所以，十四行诗能够在冯至笔下取得成功，不是形式本身的问题，而是因为它符合了冯至生存探寻的方式，符合表达冯至在自然中领悟，并返回自身，引领生命走向超越的内在理路。

三

生存探寻是穆旦诗歌的灵魂，是其诗歌大厦的柱石，是贯穿穆旦诗歌创作的主脉，但在很长时期里，却被研究者以种种方式绕过了。近年来，一些从宗教、"身体"等角度研究穆旦诗歌的文章开始认识到这一点，但是又受到先入为主的理论的限制。为了能够辨析生存探寻对于穆旦诗歌的意义及其被掩盖的状况，不妨从清理他的几部"代表作"的经典化过程入手。

在 20 世纪 40 年代，穆旦诗歌的影响还是很有限的，当时关于他的评论，多限于西南联大师生的小圈子里。闻一多编选的《现代诗钞》虽然选了他的四首诗（其中的《诗八首》应该看作不可拆分的一部作品），但是一方面这个选本对于西南联大的学生有所偏爱，另一方面由于处于战乱时期，其影响很有限。即使从来自左翼阵营的批判文章来看，对于穆旦的批判也只是附带性的，他还不足以成为独立的对象。①

穆旦诗歌真正产生大范围的影响是在"文化大革命"之后，其中《赞美》、《诗八首》入选各种选本的频率最高。有学者做过详细统计：在

① 参见易彬《论穆旦诗歌艺术精神与中国新诗的历史建构》（华东师范大学 2007 年博士学位论文），方长安、纪海龙《穆旦被经典化的话语历程》〔《南开学报》（哲学社会科学版）2007 年第 3 期〕。

5 种穆旦个人诗集中，《诗八首》5 次入选，《赞美》4 次入选；在"九叶派"的 3 种选本中，这两首诗全部入选；在"文学作品选"选本中，出现频率最高的是《诗八首》，其次是《赞美》；在文学教育类图书中，入选频率最高的是《赞美》，第三是《诗八首》；在其他图书中，入选频率最高的是《赞美》，其次为《诗八首》。① 由此看来，《赞美》和《诗八首》已经是穆旦公认的经典之作。近年来，随着宗教文化的兴起，穆旦研究也深受影响，由此出现了新的经典——《隐现》。

（一）关于《赞美》

在当前通行的文学史教材中，涉及穆旦的章节几乎都会提到《赞美》，而且常常放在重要的位置上。事实上，《赞美》根本就不能代表穆旦的创作风格，也不是穆旦诗歌中成就最高的作品。甚至可以说，将《赞美》奉为穆旦的代表作，就等于对穆旦创作风格的否定。

首先，《赞美》歌咏的是"到处看见的人民""在耻辱里生活的人民，佝偻的人民"，反复出现的中心句是"一个民族已经起来"，表现了诗人对于国家民族的深厚情感。如果将其放回到穆旦的全部作品中，就会发现《赞美》显得很突兀。穆旦很少如此讴歌具体的国家、民族，他或者关注独立的个体生命，或者上升到整个人类的高度，像这样讴歌"一个民族已经起来"的诗歌是非常罕见的，即使《在寒冷的腊月的夜里》也不能简单地将其理解为只是表现一个具体的国家和民族。

其次，穆旦的诗歌主要关注的是现代人的精神信仰问题，以及在现代社会中人的精神被扭曲的痛苦和挣扎过程，像《赞美》这样把焦点对准农民的作品很少。在穆旦的诗歌中找不出几个农民形象。

最后，从抒情主人公与对象的关系来看，穆旦很少把二者分得很清楚。他常常是一会儿作为抒情主人公去观察、咏叹，一会儿又不知不觉地融入对象中去抒怀，二者之间没有明确的界线，这也是造成穆旦诗中人称混乱的原因。但是《赞美》并不是这样，其中抒情主人公与对象的界线分明，因为始终停留在现实层面，所以抒情主人公无法融入对象（农夫）中去。与之不同，即使同是表现农民的《在寒冷的腊月的夜里》，因为诗歌将农民的具体生命状态上升到形而上的层面，所以抒情主人公在不知不

---

① 参见易彬《论穆旦诗歌艺术精神与中国新诗的历史建构》，华东师范大学 2007 年博士学位论文。

觉中融入了那个有着"一副厚重的,多纹的脸"的"他",于是在第二段中出现了"我们"。

如果进一步分析,《赞美》在许多方面都表现出穆旦诗歌的异质性,由于篇幅原因,这里仅谈几点。

从当时的材料来看,《赞美》并没有引起关注,例如在王佐良那篇著名的文章《一个中国诗人》中,对《赞美》只字未提,闻一多在《现代诗钞》中也没有选入《赞美》。回到穆旦自身来看,其后,他也没有继续同类创作。《赞美》真正引起高度重视是在"文化大革命"之后。此时,九叶派诗人要重新"归来",就必须符合主流文学标准,当时现代主义还是一种值得怀疑的文学,表现现代人的精神焦虑属于资产阶级文学中的颓废思潮、末世情调。在这种时代背景下,《赞美》脱颖而出就势所必然。

从整体上看,《赞美》应该属于现实主义诗歌,其中凸显了一个农民形象,这个形象是高大的、忍辱负重的,而且诗人要与以他为代表的"在耻辱里生活的人民""一一拥抱"。另外,还有那句反复出现的著名诗句:"一个民族已经起来"。不论是现实主义,还是爱国主义,不论是农民形象,还是知识分子对农民的敬仰态度、投入人民怀抱的意愿,都符合了主流文学的标准。同时,艾青式的忧郁、现代主义手法又符合了新时期文学冲破"文化大革命"束缚的需要。

由此可以明白,《赞美》被定为穆旦的代表作,不是因为它代表了穆旦的风格和成就,而是因为特定时代对穆旦有选择的接受,而且是歪曲的接受。所以,随着这个时代的远去,其经典性和代表作身份就不复存在了。

(二) 关于《诗八首》

王佐良评价《诗八首》说:"我不知道别人怎样看这首诗,对于我,这个将肉体与形而上的玄思混合的作品是现代中国最好的情诗之一。"[①]这是对《诗八首》的经典性评价,其中涉及两个内容:一个是"最好的情诗",也就是爱情主题;一个是"肉体与形而上的玄思混合",就是所谓"用身体思想"。后人对该诗的评价基本上没有跳出这个范围。《诗八首》后来之所以备受青睐,也与"文化大革命"后郑敏、孙玉石专门对

---

① 王佐良:《一个中国诗人》,曹元勇编:《蛇的诱惑》,珠海出版社 1997 年版,第 14 页。

其做过详细阐释有关。①

　　《诗八首》屡屡进入研究者的视野，其中一个重要原因是它与研究者理论视野之间存在着契合关系。一方面，爱情诗历来是抒情诗中的重头戏，一旦一部作品在这方面有所突破，就很容易被研究者抓住。尤其是在新时期初期，文学中"人性"的回归，更使得爱情诗尤为引人注目。另一方面，"用身体思想"正是非理性的重要内容，以此反对理性主义的"我思故我在"。同时，非理性是现代主义的思想内核，现代主义不论是在 20 世纪 40 年代还是在 20 世纪 80 年代都是引人关注的话题，这就为《诗八首》提供了接受的土壤。

　　但是，仅仅关注这两个方面，其实偏离了作品的事实。其中还有一个因素起着更为关键的作用，却被习惯的理论视野遮蔽了，这就是生存探寻。

　　先从爱情方面来看，孙玉石当年认为《诗八首》是"一首生命的赞美诗""礼赞了人类生命的爱情""礼赞了它的美、力量和永恒"。② 今天看来这个观点已经站不住了，《诗八首》是对爱情神话的颠覆与消解，这已经是学界的共识。作为"最好的情诗之一"的《诗八首》，其实不是讴歌爱情，而是颠覆爱情，这表明诗中存在着两个相互矛盾的因素：一个是爱情，一个是消解爱情的力量，后者就是生存探寻。在以往的解读中，人们以前者为本位，后者只因消解爱情而存在。事实并非如此，纵观穆旦的创作，后者才是主线，爱情不过是这条线上的一个点。

　　《诗八首》的主题是用生存探寻的利剑击碎爱情神话，因为爱情是抒情诗中最易于引起关注的事物，所以当生存探寻击碎爱情时，对读者产生了震撼。事实上，穆旦一路仗剑而来，击碎过很多事物，消解了无数谎言，爱情仅仅是其中一个不太重要的对象。读者只注意到诗中的爱情，说明读者自身视野有局限，他们只看见一个颓然倒下的爱情，却没有看到穆旦那支"去蔽"的利剑。穆旦笔下的爱情诗只有屈指可数的几首，除《诗八首》外很少进入研究者的视野。所以，把《诗八首》看作爱情诗是

---

① 参见郑敏《诗人与矛盾》，杜运燮、袁可嘉、周与良编：《一个民族已经起来——怀念诗人翻译家穆旦》，江苏人民出版社 1987 年版；孙玉石《穆旦的〈诗八首〉解读》（《中国现代主义诗潮史论》，北京大学出版社 1999 年版）。

② 孙玉石：《穆旦的〈诗八首〉解读》，孙玉石：《中国现代主义诗潮史论》，北京大学出版社 1999 年版，第 353 页。

可以的，但是如果将其上升为穆旦的代表作，就不应强调这是一首爱情诗，而应强调其背后的那支利剑。《诗八首》的价值不在于爱神的颓然倒下，而在于彰显了生命的虚无境遇。

从"身体"方面来看，人们常说《诗八首》是"用身体思想"，但是往往忽略了王佐良所说的不是一般的思想，而是"形而上的玄思"。"用身体思想"如果不能上升到人的本体的高度，就仅仅是半截子的非理性。如果说非理性是"我感故我在"，那么仅仅"我感"还是不够的，还要落实到"我在"上。但是中国现代主义文学只重视前者，往往忽略后者，戴望舒、何其芳、徐迟等人的诗歌都是如此。对于《诗八首》而言，也不应只看到肉体的"感"，以及一般性的思想，而应该看到它已经上升到形而上的高度，直面虚无，但是以往的研究往往对此重视不够。殊不知，如果不能把"用身体思想"上升到"形而上的玄思"的高度，《诗八首》就无法实现对爱情的消解，肉体的"感"很可能会变为对爱情的沉醉和感性的盛宴，最终走向肯定爱情。所以，当使用"用身体思想"来评价《诗八首》时，不能忘记这是"形而上的玄思"。

生存探寻是贯穿穆旦诗歌创作的一条主线，穆旦以生存探寻的利剑击碎了社会与人生中种种虚妄的谎言，并在绝望中努力寻找"肯定的岛屿"（《我歌颂肉体》），《诗八首》只有处于这条主线上，才能得到正确的认识与合理的评价。

（三）关于《隐现》

近年来，《隐现》越来越引起研究者的关注。谢冕在多年前就曾经说："《隐现》是迄今为止很少被人谈论的穆旦最重要的一首长诗。"[①] 遗憾的是，当时他对《隐现》的分析基本上还停留在现实层面。事实上，如果不引入一个彼岸视角、超越视角，根本不可能正确解读《隐现》。

随着宗教研究方法的兴起，穆旦诗歌中的宗教意识受到关注，《隐现》成为探讨穆旦诗歌宗教意识的代表之作，其实这是对《隐现》的误读。为了更好地理解《隐现》一诗，首先要澄清穆旦诗歌中的宗教问题。

王佐良在《一个中国诗人》中曾经说："穆旦对于中国新诗写作的最大贡献，照我看，还是在他的创造了一个上帝。"[②] 这句话后来经常被引

---

① 谢冕：《一颗星亮在天边——纪念穆旦》，《山花》1996 年第 6 期。
② 王佐良：《一个中国诗人》，曹元勇编：《蛇的诱惑》，珠海出版社 1997 年版，第 15 页。

用，以论证穆旦诗歌中的宗教意识。一些文章则从穆旦诗歌中的宗教语汇、宗教典故出发，阐释穆旦诗歌中的基督教精神。近年来，已经有一些学者指出，这种研究失于表面化，并否认穆旦诗歌中的基督教精神。① 综观穆旦的诗歌，除去《忆》之外，诗人始终处于怀疑与痛苦之中。即使是《忆》也应该解释为诗人在精神极度痛苦中、在虚无的日夜折磨中的一次精神放松，在宗教迷梦中的小憩。不妨将其看作一个每天生活在焦虑中的人，偶尔小酌几杯，得片刻陶然。

在穆旦的诗歌中并没有多少基督教精神，更谈不上信仰，他不过是将基督教视为一种文化资源。《蛇的诱惑——小资产阶级的手势之一》化用了基督教典故，但是实际内容与基督教无关，是人的信仰和终极关怀问题，人的信仰不限于宗教信仰，终极关怀也不局限于宗教，更不仅仅局限于基督教。在《他们死去了》中，上帝是被讥讽的对象，诗中的上帝冷漠而庸俗。当可怜的人们死去，上帝却"在原野上／在树林和小鸟的喉咙里情话绵绵""他们是为无忧的上帝死去了"，而上帝依然无动于衷地享受着他那美丽的大自然。在《我向自己说》中，穆旦不过是在寻找信仰的路上与上帝相遇，但是他们各自走着自己的路。所以，当他置身于神坛之下，"不断的暗笑在周身传开"。

至于在其他诗中出现的"上帝""主"等，不过是诗人假想的吁求对象，将其换作苍天、菩萨、真主都无碍。穆旦是外文系学生，深受西方诗歌的影响，使用"上帝""主"来表达渴求终极关怀的情绪，是很自然的。所以一些学者指出："'上帝'、'救主'等词在穆旦诗歌中的出现，一是借词方式，二是接受西方文化教育之人在日常文化运用中的习惯体现，而非具真正的宗教意识。"② "穆旦在诗歌中创造一个上帝……最终不过是在信仰缺失的慌乱中的临时救急策略。他的目的与其说是为上帝为宗教，不如说是为自己，一种身处现代文明荒原中的自赎。"③

---

① 相关文章参见王毅《围困与突围：关于穆旦诗歌的文化阐释》（《文艺研究》1998年第3期），易彬《王佐良论穆旦——兼及其他穆旦研究》〔《长沙电力学院学报》（社会科学版）2003年第3期〕，李方《解读穆旦诗中的"自己"》（《诗探索》1996年第4期），〔韩〕吴允淑《穆旦的诗歌想象与基督教话语》（《中国现代文学研究丛刊》2000年第1期），段从学《从〈出发〉看穆旦诗歌的宗教意识》（《中国比较文学》2006年第3期），王学海《穆旦诗歌中不存在宗教意识》（《文学评论》2007年第6期）。

② 王学海：《穆旦诗歌中不存在宗教意识》，《文学评论》2007年第6期。

③ 王毅：《围困与突围：关于穆旦诗歌的文化阐释》，《文艺研究》1998年第3期。

其实，王佐良当年说穆旦"创造了一个上帝"，也不是指穆旦把基督教带进了中国现代诗歌。他在同一篇文章中说："他最后所达到的上帝也可能不是上帝，而是魔鬼本身。这种努力是值得称赞的，而这种艺术的进展——去爬灵魂的禁人上去的山峰，一件在中国几乎完全是新的事——值得我们的注意。"① 这个"爬灵魂的禁人上去的山峰"的工作正是生存探寻。

那些喜欢在穆旦诗歌与基督教之间做文章的研究者，其研究方法是可疑的。首先，他们先入为主地使用宗教研究、宗教文学研究的套路，将穆旦的诗歌肢解，与基督教一一对应，有用则取之，无用则弃之，最终证明穆旦诗歌的基督教特征。在这个过程中，作品本来的主题遭到消解，只剩下支离破碎的材料，用以论证一些宗教命题。其次，他们喜欢援引一些基督教内部人士或者信仰基督教的学者的观点，作为理论依据，这显然是错误的。在科学研究中，应该多借鉴专业人士的观点，但是在宗教研究中，只有那些不信仰宗教的宗教学者的观点才是值得借鉴的。一旦他信仰了宗教，就失去了客观性，就转变为研究对象，对于他们的观点尤其要小心甄别。

由此再回到这首《隐现》上，问题就很清楚了。诗中反复出现的"主啊"，不过是穆旦在精神极度痛苦中的吁求对象。诗中没有获得宗教信仰之后、精神皈依之后的安详、和谐、愉悦的情绪，没有一个至高的神引领诗人的灵魂，帮他承担，替他疗伤。诗中出现的不过是一个在精神的荒原上走投无路的弃儿，满目都是死亡，一切都在流逝，一切都是靠不住的，希望永远是遥不可及，他已经走到了崩溃的边缘。穆旦渴望得到终极关怀，渴望为生命找到精神皈依，但是他那深刻到残忍的怀疑精神不允许他放弃理智走入宗教。

清除了伪宗教的雾障之后，再来看《隐现》，这确实是穆旦诗歌中难得的佳作。正如一位学者所指出的："从某种意义上说，《隐现》之于穆旦，犹如《浮士德》之于歌德，更似《野草》之于20世纪20年代中期的鲁迅。""《隐现》一诗的重要性确定地超过《诗八首》。可以说，这是理解穆旦诗歌世界——尤其是诗人'丰富的痛苦'的精神结构——的关

---

① 王佐良：《一个中国诗人》，曹元勇编：《蛇的诱惑》，珠海出版社1997年版，第17页。

键性作品。"①

在《隐现》中，现实世界到处是虚无，到处是错误，一切都在流逝，一切都是命定，人对此无能为力。诗人从形而上层面彻底否定了人类的虚妄，同时他拒绝宗教的诱惑，拒绝陷入宗教之梦。在诗中，穆旦好像已经追问到自身无法承受的地步，已经到了或者走向宗教或者崩溃的边缘。

《隐现》是一首折磨人灵魂的诗，它折磨了穆旦，又折磨着每一个后来的读者。它让我们看到我们最不愿看到的，也是从来不敢正视的东西。读这样的诗，需要勇气，你仿佛在精神的悬崖上挪动颤抖的脚步，你看到了也许是人不该看到的深渊。由此我们难以想象诗人是怎样写出这样的作品的，或许是他从魔鬼那里借来了冷酷和残忍。《隐现》是伟大的诗，这里有着人类的痛苦，有着终极的困惑，有着极度的、最高的痛苦和困惑，有着最高级的情感，最深刻的受难，这是人类撕心裂肺的哀号！

当我们完成了在穆旦"代表作"中的精神旅行，也便清理出了贯穿穆旦诗歌的主线，这是一条生存探寻的路。

生存探寻作为中国现代诗歌史上重要的创作现象，不仅丰富了诗歌的思想内容，提升了精神品格，而且承担起在世界的黑夜里追问终极价值的重任，在中华民族的精神史上留下了宝贵的足迹。在此基础上，建构了中国现代诗歌的审美超越性，使过度黏滞于现实的中国现代诗歌，具有了超越时空的艺术魅力。生存探寻还丰富了诗歌的艺术风格，创造了无数新颖的意象。同时，一批优秀的诗人在生存探寻的路上结出了丰硕的果实，冯至、穆旦就是最为杰出的代表。

---

① 张岩泉：《肉搏空虚的破围之痛——穆旦诗作〈隐现〉神性救赎主题解读》，《创作评谭》2005 年第 6 期。

结　语

　　在这条永无止境的生存探寻之路上，中国现代诗人忍受着虚无、绝望和孤独的煎熬，艰难跋涉，在民族的精神之路上踏出一个个带血的脚印。他们向上帝求援，在空寂中寻找圣地，但是最终他们砸破了神龛，拒绝在"精神之梦"中安眠，讨回属于自己的思想，重新上路。他们在大自然的震撼中猛醒，认识到此在的真实境遇，他们相信面前这个无边无际、无始无终的庞然大物中有着"大优美精神"，有着通往彼岸的路。于是，他们怀着虔诚、敬畏的心，苦苦寻找，深深领悟，在一草一木中寻找来自彼岸的灵光，在山川原野、流水飘风中倾听宇宙的脉搏。他们也反观自身，在身体中寻找超越之路，于是身体在灵与肉两个维度同时展开，"欲望的暗室"中埋藏着神灵的种子，感性的盛宴可以化作精神的家园。然而，这里遍布着陷阱，上帝与魔鬼悄然在身体中现身。他们也在现实社会中跌爬滚打，深刻体验着。他们在繁华的现代都市中看到"第二条鞭子"，丧失了家园的人们再次遭到放逐。他们在幸福的人群中看到冰冷的僵尸，谎言与虚妄遮蔽了虚无的逼视。于是，撕去面纱，彰显本真，唤醒迷醉的人，直面虚无，正是他们踏出的返回家园之路。

　　在这条生存探寻之路上，无数的诗人留下了探索的足迹，也诞生了无数优秀的诗歌，丰富了中国现代诗歌的百花园。但是，在历史中，这样的创作却受到不公的待遇，甚至遭到责难。在时代的压力下，诗人纷纷转变创作风格，放弃了生存探寻，这不仅是诗人自己的遗憾，也是整个文学史的遗憾。虽然这些诗人最终都不得不放弃诗歌中的生存探寻，甚至放弃诗歌创作，但是他们走过的路，留下的作品，已经化作一串串璀璨的艺术明珠，成为文学史上宝贵的财富。

　　在现代中国，救亡与启蒙的强大压力导致诗歌过于黏滞于现实，诗的翅膀无法飞离苦难的大地，使得为数不少的诗歌在脱离了特定时代之后,艺术价值几乎荡然无存,一些曾经产生很大影响的诗歌,很快被人遗忘,这显然是一个重大的缺陷。中国现代诗歌中的生存探寻正是弥补了这个缺陷。由于生存探寻关注人的本体问题,探讨人的本质,生命的终极意义,寻求生命的超越,这些内容都超越了特定时代和民族、地域的局限,使得中国现代诗歌具有了超越时空的艺术魅力。

寻求终极关怀,找寻生命的终极意义,这是人的一种常态需求。一个人在解决了温饱之后,就会遇到精神与价值问题;一个民族在走出了救亡时代之后,同样无法躲避这些形而上的问题。在此意义上,可以说这是一种永存的创作现象。

最后,以冯至《原野的小路》一诗结束全书:

你说,你最爱看这原野里
一条条充满生命的小路,
是多少无名行人的步履
踏出来这些活泼的道路。

在我们心灵的原野里
也有几条宛转的小路,
但曾经在路上走过的
行人多半已不知去处:

寂寞的儿童、白发的夫妇,
还有些年纪轻轻的男女,
还有死去的朋友,他们都

给我们踏出来这些道路;
我们纪念着他们的步履
不要荒芜了这几条小路。

附录一 冯至与《鼠曲草》

1939 年 8 月，冯至来到昆明郊外杨家山上居住，一年后，正式搬家到山上。原本只是躲避空袭的不得已之举，却让他深得大自然的滋养，不经意间，复活了昔日的诗人情怀，从学者复归为诗人。就在这里，他写下了一生中最优秀的诗篇——《十四行集》。

谈到《十四行集》，便会让人想起高大的有加利树、渺小的鼠曲草和蜿蜒的小路。有加利树像是一座精神圣殿，又像是精神界的伟人，引领着诗人向超越的境界飞升；原野上的小路蕴含着无尽的"发现"，引导诗人走出习俗的遮蔽。比较而言，鼠曲草的意象似乎简单得多，没有深奥的哲学意蕴。

从表面上看，《鼠曲草》浅显直白，不像《十四行集》中的其他诗歌那样切入生命幽微之处，富有深邃的哲学意蕴。置身于后世的语境阅读《鼠曲草》，其中仿佛还暗含着与主流意识形态相契合的关系，例如，它很容易让人联想到 20 世纪 80 年代一首脍炙人口的流行歌曲：《小草》，它们仿佛都在讴歌平凡、渺小的生命，表达了对普通人、小人物的尊重。在《鼠曲草》中，一位高级知识分子向一个渺小的生命"祈祷"，又与鲁迅小说《一件小事》中的场景相似，二者都与 1949 年之后的主流意识形态契合。其实，《鼠曲草》与它们有着本质的不同，问题的关键在于鼠曲草这个意象，以往种种模糊的认识都是因为对这个核心意象认识不清。

冯至诗中的鼠曲草并不是今天人们所说的鼠曲草。例如，《辞海》对"鼠曲草"的解释是："亦称'佛耳草'。菊科。二年生草本，茎基部即分枝，呈丛生状，全株密生白色绵毛。叶互生，多为匙形。头状花序簇生枝顶，初夏开花，花黄白色。我国各地普遍分布。……民间于清明节时常采嫩茎叶和米粉制饼团食用。"① 显然，这与冯至诗中的鼠曲草不同。首先，花色、花形与冯至所描述的不同，在冯至的作品中，鼠曲草的花色是洁白的，《辞海》中是黄白色；《辞海》中的花形是"头状花序簇生枝顶"，这与冯至的描述也不相符。其次，冯至在《一个消逝了的山村》一文中曾经写道：鼠曲草只生长在高海拔地区，"一年两季地开遍了山坡"，生长环境和开花季节与《辞海》所述也不符。

值得庆幸的是，冯至当年大概预料到"鼠曲草"会有歧义，所以特意在诗的下面做了注释："鼠曲草在欧洲几种不同的语言里都称作 Edel-weiss，源于德语，可译为贵白草。"② 这就启发我们去汉英词典中寻找"鼠曲草"，果然，"鼠曲草"的英文不是冯至注释中所说的 edelweiss，而是"affine cudweed（Gnaphalium affine）"③。回过头来，再到英汉词典中查找 edelweiss，问题就更清楚了。edelweiss 在今天一般译为"高山火绒草"④"火绒草"⑤"薄雪草"⑥。此外，edelweiss 还有一个更为中国大众所熟悉的名字：雪绒花。

由雪绒花我们自然会想到影片《音乐之声》中那首著名的歌曲，联想到影片中那个动人的场景：在布满纳粹军警的奥地利剧场中，那位奥地利上校深情地唱起《雪绒花》，引起全场共鸣，形成了影片中的一个高潮。但是，我们却未必知道这位奥地利上校为什么要演唱《雪绒花》？为什么他说这是献给奥地利同胞的情歌？为什么这首歌会引起剧场中所有奥地利人的强烈共鸣？这是因为雪绒花是奥地利的国花，歌曲《雪绒花》是一首像中国的《龙的传人》一样富有民族情感的歌曲。所以，要真正理解《音乐之声》中的这个场面，就不能不理解《雪绒花》的文化背景，同样，要理解冯至的《鼠曲草》也不能离开 edelweiss 的文化背景。

雪绒花不仅是奥地利的国花，在整个欧洲它都不是一种平常的"小草"。它生长于极为恶劣的自然环境里，在高山岩石缝隙中生存，具有顽

① 《辞海》编委会：《辞海》，上海辞书出版社 1979 年版。

② 冯至：《十四行集》，作家出版社 2000 年版，第 4 页。

③ 吴景荣、程镇球编：《新时代汉英大词典》，商务印书馆 2000 年版；北京外国语学院英语系《汉英词典》编写组编：《汉英词典》，商务印书馆 1979 年版。

④ 王同亿编：《英汉大学词典》，科学普及出版社 1986 年版；吴光华编：《现代英汉综合大辞典》，上海科学技术文献出版社 1990 年版。

⑤ 《新英汉词典》编写组编：《新英汉词典》（增补本），上海译文出版社 1986 年版。

⑥ 梁实秋编：《远东英汉大辞典》，台湾远东图书公司 1977 年版。

强的生命力，在欧洲人眼中，它象征着勇敢、坚强、孤独、高贵。据说，一些年轻人为了表达坚贞的爱情，会冒着生命危险攀上陡峭的山崖，摘下几朵献给心上人。

再来看 edelweiss 这个词，它来自于德语，其中"edel"有高贵的意思，"weiss"是洁白的意思，仅就这个词的语素来看，就不是一种普通的小草。从 edelweiss 到鼠曲草，语素义发生了重大变化，从高贵和洁白变成了极为卑微的"鼠曲"，这仿佛是给一个贵族罩上一件平民的袍子。一般读者不了解其中的文化背景，被表面的语素所蒙蔽，在理解上就会产生偏差。

下面来看《鼠曲草》的第一段：

> 我常常想到人的一生，
> 便不由得要向你祈祷。
> 你一丛白茸茸的小草，
> 不曾辜负了一个名称；

"名称"在这里具有重要意义，不曾辜负了"鼠曲草"，和不曾辜负了"edelweiss"（高贵和洁白），意义截然不同。当"鼠曲草"与前面的"一丛白茸茸的小草"搭配在一起，读者的理解只能是普通人或者所谓"卑贱者"；但是当"edelweiss"（高贵和洁白）与前面的诗行组合在一起，我们看到的是一位超然的精神贵族。当我们明白了鼠曲草其实不是"鼠曲"而是高贵和洁白（edelweiss）之后，也就知道这首诗的主题与《小草》《一件小事》不同了，它所讴歌的不是一个普通的生命，而是有着高贵身世的精神贵族。

不论读者是否了解鼠曲草，冯至自己是很明白的。在德国留学期间，他曾经痴迷于里尔克的诗歌，里尔克正是奥地利人，冯至也曾在文章中多次提到鼠曲草在欧洲的高贵身世：

> 这种在欧洲非登上阿尔卑斯山的高处不容易采撷得到的名贵的小草，在这里却每逢暮春和初秋一年两季地开遍了山坡。我爱它那从叶子演变成的，有白色茸毛的花朵，谦虚地掺杂在乱草的中间。但是在

这谦虚里没有卑躬，只有纯洁；没有矜持，只有坚强。[①]

鼠曲草作为欧洲"名贵的小草"，在昆明却"谦虚地掺杂在乱草的中间"，它虽然有着来自欧洲的高贵血统，但是在中国人看来却与杂草同类，这与冯至当时在昆明的处境极为相似。

冯至早年曾在德国留学，当时存在主义哲学正在德国兴起，冯至在海德堡大学直接聆听存在主义哲学大师的教诲，对深得存在主义大师推崇的里尔克诗歌如痴如醉。归国后，冯至在存在主义哲学、里尔克诗歌等领域已经处于国内最前列，这个时候的冯至正是承载着一种来自欧洲的精神血脉。就他对于存在主义、对于里尔克的痴迷来看，他自信地坚守着这种精神血脉，至少在创作《十四行集》时期，存在主义是他的精神支柱。但是，时代的演变，抗战的爆发，民族危亡的迫切形势使得这种强调个人精神超越、质疑集体的孤傲思想遭到冷落。不论冯至自己如何信服存在主义哲学，如何在里尔克的诗中如醉如痴，如何在远离日本飞机的轰炸、远离现实的杨家山上沉醉于大自然，与万物神交，与天地同游，但是他所怀抱的这些思想无疑是不合时宜的。在《十四行集》发表之前，他似乎已经被文坛遗忘了，此时的冯至正如同昆明的鼠曲草，虽然有着来自欧洲的高贵血统，却只能"谦虚地掺杂在乱草的中间"。

冯至曾经在给朋友的信中写道："我们必须有耐心，并甘于寂寞，不抱怨也不叹息。让我们把里尔克的话牢记心间：他们要开花，/开花是灿烂的；可是我们要成熟，/这就叫甘居幽暗而努力不懈。"[②] "甘居幽暗而努力不懈"正是冯至从里尔克诗歌和存在主义哲学那里得到的生命精神，这种精神已经深深地融入他的生命，成为面对生活、面对世界的基本态度。正如《鼠曲草》第二段的诗句：

> 但你躲避着一切名称，
> 过一个渺小的生活，
> 不辜负高贵和洁白，

---

① 冯至：《一个消逝了的山村》，冯至：《冯至全集》第 3 卷，河北教育出版社 1999 年版，第 48 页。

② 冯至：《1931 年 9 月 10 日致维利·鲍尔信》，冯至：《冯至全集》第 12 卷，河北教育出版社 1999 年版，第 147 页。

默默地成就你的死生。

　　就冯至的思想而言，在 1949 年之前，他应该属于自由主义知识分子，这不仅是因为曾经受到存在主义哲学的影响，而是在他去德国留学之前就如此。早在 20 年代，冯至就对国家和民族表现出冷漠。1924 年暑假，他到青岛度假，陶醉于青岛的自然风光和"异国情调"，虽然他也知道"青岛完全是日本人的青岛"，但是并没有任何国家民族的责任感，而是怡然沉醉其中：

　　　　青岛完全是日本人的青岛。市上、山上，都是清凉凉地有一种幽静的情调。路上既少行人，行人又舒散。海滨上是无时无地不好的。夜间在路上独行，常常可以听见琴声。山里树木葱郁，有鹿、有兔、有雉鸡。①

　　同年中秋，还是在写给杨晦的信中，冯至先是描写了一番自家小院的秋景，而后说："中国即使亡了，这个中秋节，在人的心坎里不易消灭吧？"②

　　到了德国之后，冯至的这种倾向更加明显，不仅身体远离了祖国，在精神上也自愿与祖国隔离，他在给朋友的信中写道：

　　　　我近来的生活没有闲空。Academic 的生活在引诱我，好像不知道外边的世界是什么世界。③

　　　　这期间我们知道世界上发生了许多事情。不过对我来说一切似乎都无所谓，和我关系不大。④

　　　　我的故乡现在是什么样子了，我想都不敢去想；我只觉得德国，

---

　　① 冯至：《1924 年 7 月 13 日致杨晦信》，冯至：《冯至全集》第 12 卷，河北教育出版社 1999 年版，第 10 页。

　　② 冯至：《1924 年 9 月 16 日致杨晦信》，冯至：《冯至全集》第 12 卷，河北教育出版社 1999 年版，第 23 页。

　　③ 冯至：《1931 年 1 月 16 日致杨晦、废名信》，冯至：《冯至全集》第 12 卷，河北教育出版社 1999 年版，第 110 页。

　　④ 冯至：《1932 年 7 月致维利·鲍尔信》，冯至：《冯至全集》第 12 卷，河北教育出版社 1999 年版，第 162 页。

这个我一年半前来到时所认识的德国，今天也发生了很多变化。——不过我的生活仍然很安静。①

　　我乐意同我的同胞保持距离，他们把我看做一本无言的书，看做一个抽象的人。我也弄不清他们在忙什么。②

　　即使在抗战期间，甚至在逃难途中，冯至仍然常常超然世外。在《忆平乐》一文中，他这样记述逃难途中的人："他们不但没有抱怨，反倒常常怀着感谢的心情说：'若不是抗战，怎么会看到这里的山水。'"③

　　这样一个冯至，不论是在二三十年代还是抗战时期，都是与主流疏离的。20 年代的文化空间还较为宽松，冯至的创作风格也较为多样，疏离现实的倾向表得并不突出。抗战期间，面对民族危亡，任何人都无法置身世外，自由主义作家也积极参与到为抗战服务的创作潮流中来。伴随着十四行诗的陆续发表，冯至重新引起文坛的关注，他已经不能居于幽暗，默默工作，来自主流文学的压力也变得大了起来。

　　面对外界的压力，冯至的创作也出现了犹豫，包括在《十四行集》中也出现了一些迎合主流的作品，但是这些作品无论在艺术上还是在内容上都属于《十四行集》的下乘之作。面对来自文坛主流的非议，他一方面为自己不能写抗战文学而遭受良心上的谴责，一方面又不愿放弃个性，违背真实的内心感受：

　　　1941 年秋，老舍应罗常培的邀请，来昆明住了两三个月。他作过几次讲演，讲演中有这样一段话，大意说，抗战时期写文章的人应为抗敌而写作，不要在小花小草中寻求趣味。我在学生壁报上读到这段话的记录，内心里感到歉疚。我自信并没有在小花小草中去寻找什么小趣味，也思索一些宇宙和人生的问题，但是我的确没有为抗敌而写作。我一走近那两间茅屋，环顾周围的松林，就被那里自然界的一

---

　　①　冯至：《1932 年致维利·鲍尔信》，冯至：《冯至全集》第 12 卷，河北教育出版社 1999 年版，第 158 页。

　　②　冯至：《1931 年 9 月 10 日致维利·鲍尔信》，冯至：《冯至全集》第 12 卷，河北教育出版社 1999 年版，第 147 页。

　　③　冯至：《忆平乐》，冯至：《冯至全集》第 3 卷，河北教育出版社 1999 年版．第 67 页。

切给迷住了。①

冯至也时常在文章中通过种种方式为自己辩驳：

> 我们应该相信在那些不显著的地方，在不能蔽风雨的房屋里，还有青年——纵使是极少数——用些简陋的仪器一天不放松地工作着；在陋巷里还有中年人……他们工作而忍耐，我们对于他们应该信赖，而且必须信赖……真正为战后做积极准备的，正是这些不顾时代的艰虞，在幽暗处努力的人们。他们绝不是躲避现实，而是忍受着现实为将来工作。②

在《工作而等待》一文中，他讲述了里尔克的两件事。一个是里尔克在第一次世界大战中的沉默，"在幽暗中工作"，这其实是冯至在为自己踏踏实实的"工作"精神辩护，抵抗来自主流文学的非议。另一个是详细记述里尔克拒绝奥地利政府奖励的事件，把里尔克三段呈文引入文中，冯至显然是在借里尔克表达自己对文坛主流的态度。拒绝奖励，表明他对于主流的拒斥，不仅拒绝你的奖励，也抵抗你的非议，同时希望自己重新回到幽暗之中，"甘居幽暗而努力不懈"。由此返回《鼠曲草》的最后两段，我们便明白了诗句背后的意蕴。

> 一切的形容、一切喧嚣
> 到你身边，有的就凋落，
> 有的化成了你的静默：
>
> 这是你伟大的骄傲
> 却在你的否定里完成。

至此，我们明白了《鼠曲草》其实是冯至自己的精神写照，与流行

---

① 冯至：《昆明往事》，《新文学史料》1986 年第 1 期。

② 冯至：《工作而等待》，冯至：《冯至全集》第 4 卷，河北教育出版社 1999 年版，第 99 页。

歌曲《小草》、鲁迅的《一件小事》以及某种主流意识形态是南辕北辙的。如果说《十四行集》中的其他诗歌更注重对生命的形而上的精神探寻，那么《鼠曲草》就是诗人对自己现实处境、精神焦虑的写照，写出了一名自由主义者与时代大潮、国家民族之间的矛盾。

经过长期的徘徊和犹豫，冯至最终还是选择顺应时代，放弃自己。冯至的转向缓解了他对于现实和国家民族的愧疚感，完善了自己的社会良心，但是却远离了艺术个性。最终，新中国多了一位平庸的文化官员，中国历史上少了一位杰出的诗人。他所信奉的存在主义的"决断"（选择），并没有让他挣脱历史的洪流，他的"决断"正是走向了存在主义所追求的"自由"的反面。

鼠曲草不仅是冯至个人的精神写照，也是20世纪自由主义知识分子的精神雕塑。他们远离"形容"和"喧嚣"，在幽暗之中努力"工作"，坚守着高贵与洁白，他们表面上"渺小""静默"，内心却有着"伟大的骄傲"。但是，不论他们在中国历史上留下多少宝贵的精神财富，却总是被看作一批可疑的人。在一个缺乏自由主义思想传统的民族中，在个人本位永远让位于集体本位的国家里，他们被丑化为自私、冷漠的异类。《鼠曲草》可以说是中国自由主义知识分子的一座精神雕像，置身于高贵的边缘，坚持着对于中心的低调抵抗。

附录二　论穆旦《防空洞里的抒情诗》

穆旦《防空洞里的抒情诗》写于 1939 年，此时他是西南联大外文系的一名学生，深受欧美现代主义诗歌的影响。从表面上看，这首诗只是客观叙述了一次躲避空袭的过程，诗人近乎冷漠的叙述和诗中人物心不在焉的态度，与惊心动魄的空袭形成强烈反差。从主题层面来看，这首诗虽然来自诗人躲避空袭的"跑警"经历，却没有局限于具体的现实，诗歌表现的是一个具有普适性的死亡命题。

一　"防空洞"：躲避空袭中的死亡

从表层来看，这首诗只是叙述了一次躲避空袭的过程，从"我"进入防空洞开始："他向我，笑着，这儿倒凉快，//当我擦着汗珠，弹去爬山的土"，到空袭结束："人们回到家里"为止。在这个过程中，防空洞是一个重要场所。

在防空洞之外，惊恐的人们正遭受着死亡的威胁：

> 我想起大街上疯狂的跑着的人们，
> 那些个残酷的，为死亡恫吓的人们，
> 像是蜂拥的昆虫，向我们的洞里挤。

在防空洞内，却是另一番景象：人们轻松地谈笑，无动于衷地看着报纸上的花边新闻。在空袭中，正是防空洞把一座城市分成截然不同的两个世界：一个是洞外，人们暴露在死亡的威胁之下；一个是洞内，人们成功地躲避了死亡，正如诗中所写："地下是安全的"。洞外的人是惊慌的、疯狂的，洞里的人是麻木地、无动于衷的。诗中，洞里、洞外其实是有深刻意蕴的，在现实生活中，人们一旦面临死亡的威胁，就会变得惊恐无助；一旦暂时远离死亡，就无动于衷地空耗生命，生命变得苍白甚至荒诞。

诗中的防空洞正是一个可以有效躲避死亡的场所，防空洞的意义就是使人摆脱死亡的威胁。但是防空洞的保护是有限的，它只能让人逃避空袭所造成的死亡，这是一种战争中非常态的死亡，防空洞不能让人躲避常态的生活中的死亡。其实，如何能够战胜或者说逃避现实中常态的死亡，才是穆旦最关心的。

二　"炉丹"：术士的长生梦

在《防空洞里的抒情诗》中，除去一个冷漠的现实叙事之外，还交织着一个古代炼丹士的叙事，第三、六两段叙述的是古代大森林中的一个炼丹术士："在古代的大森林里，//那个渐渐冰冷了的僵尸！""那个僵尸在痛苦地动转，//他轻轻地起来烧着炉丹"。炼丹是道家的一种修炼方式，希望以此实现长生不老的目的，所以术士炼丹同样是为了战胜死亡，正是在此意义上，穆旦把古代大森林里的炼丹术士与现代城市的防空洞中躲避空袭的人拼接在一起。不过二者又具有质的差异，空袭造成的特定场景中的死亡是可以战胜的，防空洞可以使人们逃避空袭中的死亡，但是人必然会死的命运却是无法改变的，炉丹不能把我们从必死的命运中拯救出来。最终，那"枉然的古旧的炉丹"只能让术士"死在梦里！坠入你的苦难！"

死亡一旦不再局限于具体的空袭，而是回到常态，它就变成无法战胜的必然命运，人类自古以来采取种种方式企图战胜它，最终都是枉然。今天，炼丹已经退出了历史舞台，但是在历史上多少代中国人曾经期望通过它超越有限生命，进入无限境界。

三　"消遣"：遮蔽死亡的现代方式

既然死亡的命运不可战胜，又不能忍受每天生活在痛苦、无奈和绝望之中，于是人们就选择了回避和遗忘。在现代社会中，人们或者让生命奔波于忙忙碌碌的工作、事业中，或者沉迷于五光十色的消遣、娱乐里，只要每一刻时间都被事务充满，就不会在闲暇中忽然看到死神恐惧的面容。在《防空洞里的抒情诗》中，洞里的人们正是如此。一旦他们摆脱了暂时的死亡威胁，回到日常生活之中，就需要回避死亡，否则生活对于他们会变得苦不堪言。于是，"消遣"登场了：

> 他笑着，你不应该放过这个消遣的时机，
> 这是上海的申报，唉这五光十色的新闻，
> 让我们坐过去，那里有一线暗黄的光。
> ……
> 你想最近的市价会有变动吗？府上是？
> 哦哦，改日一定拜访，我最近很忙。
> ……
> 我说，一切完了吧，让我们出去！
> 但是他拉住我，这是不是你的好友，
> 她在上海的饭店结了婚，看看这启事！

　　上述情景从诗中单独抽出来看是平淡无奇的，但是将其放回到空袭的背景之下，就变得触目惊心了。就在防空洞之外，死亡正在成片降临，整个城市被死亡笼罩着，他们却仍然可以无动于衷地沉浸于种种可怜的"消遣"。在仅有的"一线暗黄的光"下，陶醉于"五光十色的新闻"，这里还有絮絮叨叨的家长里短，死亡和空袭对于他们来讲似乎并不存在。

　　现代人的消遣，其实已经成为一种"逃避自由"① 的方式。在无处不在的消遣中，人得以沉醉于日常，满足于表面的生活，肤浅的乐趣，从而无暇考虑生命的本质和意义。在一个个精美的梦中躲避了、遗忘了虚无的逼视，使得生命永远徘徊在虚假的表面。当整个城市都暴露在死亡的威胁之中，轰炸如同一种不可抗拒的力量，摧毁着一切。躲在防空洞里的人却仍然对此视而不见，津津乐道于各种生活趣闻，这样的麻木不能不让人震惊。

　　穆旦最关心的不是非常态的战争中的生命与死亡，正如在写于同一年的《从空虚到充实》一诗中，当"我"听到一个战士战死的消息之后，

---

　　① 参见［美］埃里希·弗洛姆：《逃避自由》，刘林海译，国际文化出版公司 2000 年版。

写道:"然而这不值得挂念,我知道/一个更静的死亡追在后头"。这里指的是常态生活中一般性的死亡。《防空洞里的抒情诗》也是如此。它是通过一个非常态的生活场景昭示了被人遗忘的常态的生存状况。我们每天都生活在死亡的笼罩之下,死亡无所不在,死亡紧跟着每一个人。但是人们对此视而不见,甚至自我欺骗,通过各式各样的"消遣"回避真实。面对空袭带来的死亡,可以躲到防空洞里去,但是面对日常的死亡,人是无处可逃的。

海德格尔曾经说:"时代处于贫乏并非在于上帝之死,而在于短暂者对他们自身的短暂性几乎没有认识和没有能力承受。短暂者没有获得到达他自身本性的所有权。死亡陷入了谜一般的东西之中。"① 死亡其实是使人从现代社会的种种虚妄中重返清醒的灌顶醍醐,在它面前,种种谎言露出真相,很多貌似宏大的事业变成了镜花水月。正视死亡可以把我们从虚假的生命形态中拯救出来,返回真实,重新思考生命。

对于穆旦而言,防空洞可能只是一个引发创作灵感的现实事物,由它联想到躲避死亡,进而引出古代的炼丹术士。诗中最让人触目惊心的并不是防空洞,也不是已经成为历史的术士,而是防空洞中那些现代人的麻木状态。

四　客观化的抒情

虽然这首诗的题目是"防空洞里的抒情诗",但是整首诗在表层上并不是抒情,而是叙事。从表层上看,它应该属于一首叙事诗,诗中有人物:"我""他"和炼丹术士等。诗中还有对话:"府上是? //哦哦,改日一定拜访,我最近很忙。""这是不是你的好友, //她在上海的饭店结了婚,看看这启事!"同时,诗中的情节线索也很鲜明,共有两条:

1. "我":躲避空袭→逃入防空洞→闲聊→空袭结束→回到家。
2. 古代术士:炼丹→噩梦→死亡。

《防空洞里的抒情诗》表层的叙事是冷漠的、无动于衷的,但是所传达的情绪、表现的主题却是痛楚的。语言和叙事层面的冷漠,与诗歌内在的浓郁情感形成强烈反差,这种冷漠让人感觉无法容忍,表面上冷漠的叙

① [德]海德格尔:《诗·语言·思》,彭富春译,文化艺术出版社1990年版,第87页。

事，带给读者的却是彻骨的寒冷、灵魂的战栗。

把浓郁的情感溶化在貌似冷漠的客观叙事之中，这正是穆旦从艾略特那里学到的客观化的抒情方法。此时，穆旦"在西南联大外文系学习，开始系统接触英美现代派诗歌和文论，产生强烈兴趣"①。作为西南联大外文系的学生诗人，学习艾略特的诗歌创作手法是不足为奇的，不过并不能将其认定为简单的模仿。正如一位学者所言："他借用以艾略特为代表的西方现代主义的形式，表达中国人自身的现实感受，尤其是战争年代中国知识分子的切肤之痛。"② 手法可以借鉴，诗人的经验和诗歌内在精神是无法模仿的，《防空洞里的抒情诗》正是如此。在一次躲避空袭的经历中，由防空洞联想到抵御死亡的种种方式，引出现代人麻木的精神状态，并创造性地把中国古代炼丹术士引入诗歌，从经验到题材都是穆旦自己的。虽然主题与艾略特诗歌接近，但是这个主题并不是艾略特所独有的，这是大多数现代主义诗人都关心的问题。

---

① 李方：《穆旦（查良铮）年谱简编》，李方编：《穆旦诗全集》，中国文学出版社 1996 年版，第 373 页。
② 刘燕：《穆旦诗歌中的"T. S. 艾略特传统"》，《外国文学评论》2003 年第 2 期。

参考文献

作品、资料类

冰心:《冰心全集》,卓如编,海峡文艺出版社 1994 年版。

宗白华:《宗白华全集》,安徽教育出版社 2000 年版。

宗白华:《流云小诗》,安徽教育出版社 2000 年版。

梁宗岱:《梁宗岱文集》,中央编译出版社 2003 年版。

李金发:《微雨》,《新文学碑林》,人民文学出版社 2000 年版。

李金发:《生之疲倦:李金发的诗》,张国岚编,河北人民出版社 1990 年版。

穆木天:《穆木天文学评论选集》,北京师范大学出版社 2000 年版。

徐志摩:《徐志摩全集》,赵遐秋、曾庆瑞、潘百生编,广西民族出版社 1991 年版。

闻一多:《闻一多全集》,孙党伯等编,湖北人民出版社 1993 年版。

朱湘:《朱湘诗集》,四川文艺出版社 1987 年版。

邵洵美:《诗二十五首》,上海书店影印 1988 年版。

邵洵美:《花一般的罪恶》,上海书店 1992 年版。

邵洵美:《洵美文存》,陈子善编,辽宁教育出版社 2006 年版。

林徽因:《林徽因文集》,梁从诫编,百花文艺出版社 1999 年版。

林徽因:《林徽因文存》,陈学勇编,四川出版集团·四川文艺出版社 2005 年版。

陈梦家:《铁马集》,上海书店影印 1992 年版。

陈梦家:《梦家诗集》,中华书局 2006 年版。

陈梦家:《梦甲室存文》,中华书局 2006 年版。

戴望舒:《戴望舒全集·诗歌卷》,王文彬、金石编,中国青年出版社 1999 年版。

纪弦:《纪弦自选集》,黎明文化事业股份有限公司 1980 年版。

纪弦:《纪弦精品》,人民文学出版社 1995 年版。

徐迟:《徐迟文集》,长江文艺出版社 1993 年版。

废名:《招隐集》,"中国现代小说、散文、诗歌名家名作原版库",中国
　　文联出版公司 1998 年版。

废名:《废名文集》,止庵编,东方出版社 2000 年版。

废名:《废名散文选集》,冯健男编,百花文艺出版社 1990 年版。

废名:　《新诗十二讲——废名的老北大讲义》,辽宁教育出版社 2006
　　年版。

废名:《阿赖耶识论》,止庵编,辽宁教育出版社 2000 年版。

金克木:《挂剑空垄:新旧诗集》,三联书店 1999 年版。

金克木:《旧学新知集》,三联书店 1991 年版。

卞之琳:《雕虫纪历》,人民文学出版社 1984 年版。

卞之琳:《卞之琳》,"中国现代作家选集丛书",张曼仪编,人民文学出
　　版社 1995 年版。

卞之琳:《卞之琳文集》,江弱水、青乔编,安徽教育出版社 2002 年版。

李广田:《李广田》,"中国现代文学百家",王省新编,华夏出版社 1996
　　年版。

吴奔星:《都市是死海》,漓江出版社 1988 年版。

吴奔星:《奔星集》,花城出版社 1988 年版。

冯至:《冯至全集》,河北教育出版社 1999 年版。

冯至:《十四行集》,"百年百种优秀文学图书",作家出版社 2000 年版。

穆旦:《穆旦诗全集》,李方编,中国文学出版社 1996 年版。

穆旦:《蛇的诱惑》,曹元勇编,珠海出版社 1997 年版。

穆旦:《穆旦诗文集》,李方编,人民文学出版社 2005 年版。

郑敏:《心象》,人民文学出版社 1991 年版。

郑敏:《诗集(一九四二——一九四七)》,"中国现代小说、散文、诗歌名
　　家名作原版库",中国文联出版公司 1998 年版。

陈敬容:《陈敬容选集》,四川人民出版社 1983 年版。

杜运燮:《杜运燮 60 年诗选》,人民文学出版社 2000 年版。

唐祈:《唐祈诗选》,人民文学出版社 1990 年版。

唐湜:《唐湜诗卷》,人民文学出版社 2003 年版。

唐湜：《新意度集》，三联书店 1990 年版。

辛笛：《辛笛诗稿》，人民文学出版社 1983 年版。

朱自清编：《中国新文学大系·诗集》，良友图书印刷公司 1935 年版。

蓝棣之编：《新月派诗选》，人民文学出版社 1989 年版。

陈梦家编：《新月诗选》，解放军文艺出版社 2000 年版。

蓝棣之编：《现代派诗选》，人民文学出版社 1986 年版。

辛笛等：《九叶集——四十年代九人诗选》，江苏人民出版社 1981 年版。

吴欢章编：《中国现代十大流派诗选》，上海文艺出版社 1989 年版。

陈独秀：《陈独秀学术文化随笔》，中国青年出版社 1999 年版。

周作人：《周作人批评文集》，珠海出版社 1998 年版。

朱自清：《朱自清选集》，蔡清富、朱金顺、孙可中编，河北教育出版社
　　1989 年版。

理论著作类

［德］海德格尔：《存在与时间》，陈嘉映、王庆杰译，三联书店 1987
　　年版。

［德］海德格尔：《诗·语言·思》，彭富春译，文化艺术出版社 1990
　　年版。

［德］海德格尔：《人，诗意地安居——海德格尔语要》，郜元宝译，世纪
　　出版集团上海远东出版社 2004 年版。

［德］卡尔·雅思贝斯：《生存哲学》，王玖兴译，上海译文出版社 1994
　　年版。

［德］恩斯特·卡西尔：《人论》，甘阳译，上海译文出版社 1985 年版。

［美］赫伯特·马尔库塞：《单向度的人——发达工业社会意识形态研
　　究》，张峰、吕世平译，重庆出版社 1988 年版。

［美］丹尼尔·贝尔：《资本主义的文化矛盾》，赵一凡、蒲隆、任晓晋
　　译，三联书店 1989 年版。

［奥］里尔克：《里尔克散文选》，绿原、张黎、钱春绮译，百花文艺出版
　　社 2002 年版。

冯友兰：《中国哲学简史》，北京大学出版社 1996 年版。

梁漱溟：《中国文化要义》，学林出版社 1987 年版。

方立天：《佛教哲学》，中国人民大学出版社 1986 年版。

杨国荣：《存在之维：后形而上学时代的形上学》，人民出版社 2005
　　年版。

刘小枫：《拯救与逍遥》（修订本），上海三联书店 2001 年版。

王岳川：《艺术本体论》，上海三联书店 1994 年版。

杨春时：《生存与超越》，广西师范大学出版社 1998 年版。

潘知常：《诗与思的对话——审美活动的本体论内涵及其现代阐释》，上
　　海三联书店 1997 年版。

潘知常：《生命美学论稿——在阐释中理解当代生命美学》，郑州大学出
　　版社 2002 年版。

潘知常：《众妙之门——中国美感心态的深层结构》，黄河文艺出版社
　　1989 年版。

张节末：《禅宗美学》，浙江人民出版社 1999 年版。

吴言生：《禅宗诗歌境界》，中华书局 2001 年版。

赵澧、徐京安编：《唯美主义》，中国人民大学出版社 1988 年版。

胡经之：《西方文学理论名著教程》，北京大学出版社 1989 年版。

朱立元、李钧编：《二十世纪西方文论选》，高等教育出版社 2002 年版。

汪晖：《反抗绝望：鲁迅及其文学世界》，河北教育出版社 2000 年版。

解志熙：《生的执着——存在主义与中国现代文学》，人民文学出版社
　　1999 年版。

解志熙：《美的偏至：中国现代唯美—颓废主义文学思潮研究》，上海文
　　艺出版社 1997 年版。

杨洪承：《现象与视域——20 世纪中国文学研究纵横》，吉林教育出版社
　　2003 年版。

杨洪承：《废墟上的精灵——前现代中国知识分子思想文化的理路》，人
　　民出版社 2006 年版。

张清华：《内心的迷津：当代诗歌与诗学求问录》，山东文艺出版社 2002
　　年版。

孙昌武：《佛教与中国文学》，上海人民出版社 1988 年版。

马佳：《十字架下的徘徊——基督宗教文化和中国现代文学》，学林出版
　　社 1995 年版。

杨剑龙：《旷野的呼声：中国现代作家与基督教文化》，上海教育出版社
　　1998 年版。

王列耀：《基督教与中国现代文学》，暨南大学出版社 1998 年版。

谭桂林：《20 世纪中国文学与佛学》，安徽教育出版社 1999 年版。

胡绍华：《中国现代文学与宗教文化》，华中师范大学出版社 1999 年版。

王本朝：《20 世纪中国文学与基督教文化》，安徽教育出版社 2000 年版。

谭桂林：《百年文学与宗教》，湖南教育出版社 2002 年版。

许正林：《中国现代文学与基督教》，上海大学出版社 2003 年版。

刘勇：《中国现代作家的宗教文化情结》，北京师范大学出版社 2003
　　年版。

龙泉明：《中国新诗流变论》，人民文学出版社 1999 年版。

王光明：《现代汉诗的百年演变》，河北人民出版社 2003 年版。

陆耀东：《中国新诗史（1916—1949）》，长江文艺出版社 2005 年版。

潘颂德：《中国现代新诗理论批评史》，学林出版社 2002 年版。

常文昌：《中国现代诗歌理论批评史》，人民文学出版社 2004 年版。

蓝棣之：《现代诗歌理论：渊源与走势》，清华大学出版社 2002 年版。

王光明：《灵魂的探险》，海峡文艺出版社 1991 年版。

杜荣根：《寻求与超越——中国新诗形式批评》，复旦大学出版社 1993
　　年版。

李怡：《中国现代诗歌与古典诗歌传统》，西南师范大学出版社 1994
　　年版。

王光明：《面向新诗的问题》，学苑出版社 2002 年版。

程光炜：《程光炜诗歌时评》，河南大学出版社 2002 年版。

高永年：《中国叙事诗研究》，江苏教育出版社 2002 年版。

罗振亚：《中国新诗的历史与文化透视》，黑龙江教育出版社 2002 年版。

姜涛：《"新诗集"与中国新诗的发生》，北京大学出版社 2005 年版。

张桃洲：《现代汉诗的诗性空间——新诗话语研究》，北京大学出版社
　　2005 年版。

张林杰：《都市环境中的 20 世纪 30 年代诗歌》，中国社会科学出版社
　　2007 年版。

王泽龙：《中国现代主义思潮论》，华中师范大学出版社 1995 年版。

张同道：《探险的风旗——论 20 世纪中国现代主义诗潮》，安徽教育出版
　　社 1998 年版。

孙玉石：《中国现代主义诗潮史论》，北京大学出版社 1999 年版。

吴忠诚：《现代派诗歌精神与方法》，东方出版社 1999 年版。

罗振亚：《中国现代主义诗歌史论》，社会科学文献出版社 2002 年版。

陈旭光：《中西诗学的会通——20 世纪中国现代主义诗学研究》，北京大学出版社 2002 年版。

方涛：《精神的追问：中国现代主义诗歌流脉》，南海出版公司 2002 年版。

曹万生：《现代派诗学与中西诗学》，人民出版社 2003 年版。

唐湜：《九叶诗人："中国新诗"的中兴》，上海教育出版社 2003 年版。

蒋登科：《九叶诗人论稿》，西南师范大学出版社 2006 年版。

刘烜：《闻一多评传》，北京大学出版社 1983 年版。

王文彬：《雨巷中走出的诗人——戴望舒传论》，商务印书馆 2006 年版。

周棉：《冯至传》，江苏文艺出版社 1993 年版。

张辉：《冯至未完成的自我》，文津出版社 2004 年版。

范伯群编：《冰心研究资料》，北京出版社 1984 年版。

邵华强编：《徐志摩研究资料》，陕西人民出版社 1988 年版。

陈振国编：《冯文炳研究资料》，海峡文艺出版社 1991 年版。

季镇淮主编：《闻一多研究四十年》，清华大学出版社 1988 年版。

中国社会科学院外国文学研究所编：《冯至先生纪念论文集》，社会科学文献出版社 1993 年版。

杜运燮、袁可嘉、周与良编：《一个民族已经起来——怀念诗人翻译家穆旦》，江苏人民出版社 1987 年版。

后　记

　　穆旦晚年在写给朋友的信中说："我记得我们中学时代总爱谈点人生意义，现在这个问题解决了没有呢？也可以说是解决了，那就是看不出有什么意义了。"当我完成了在现代诗人精神世界中的旅行，回到来处，心中的感觉与他很是相似。最终只是勘破了一些虚妄的谎言，终极意义永远遥不可及。

　　记得在年轻的时候就纠结于这个问题，所以我喜欢鲁迅的《野草》，喜欢西方现代主义文学。我的本科论文选择王英琦的散文作为研究对象，也是因为她后期散文中的这种情绪。在博士论文的选题阶段，我徘徊了很久，最终还是回到这个问题上。在我看来，能够将生命的困惑、追问与学术研究结合起来，这是多么完美的事情。

　　我毅然决定做这个题目，但是导师对此有些迟疑。正如他所担心的，开题的时候，院长大人一言九鼎地否定了这个题目。后来我一再坚持，并做了一些修改，终于获得了恩准。从此，我开始了这次大胆的精神探险。记得那时常常做一个相似的梦：我站在一座摇摇欲坠的高塔上，塔身左右摇摆，仿佛马上就要坍塌。直到答辩结束，我才告别了这个梦。

　　最终，我在盲审和答辩中都取得了很好的成绩，其实我此前的痛苦不是因为选题本身是否符合学科规范，而是因为"江湖"和帮派。最后，我终于拿着学位证书远离了那片险恶之地，逍遥于遥远的西南边陲。

　　记得很久以前，在刚刚走入大学的时候，我就面临着一个选择：是投身社会文化批评，还是潜心于自己的心灵世界？前者，可以在现实的烽烟中度过轰轰烈烈的一生，但是也会受困于时代，远离相对永恒的事业。后者，将会寂寞一生，但是这样的工作具有超越时代的价值。这可能是很多人文学者都要面对的选择，这篇博士论文把我引向了后者，如果我是在20世纪80年代选择该论文题目，肯定会走向另一个方向，今天的选择也是因为对于当前文学社会价值的失望。

　　写作这篇博士论文时，我明确感到自己与时尚、潮流相脱节，直至今天我也不喜欢那些时兴的学术潮流，我还是喜欢深入文本中去，与生命、心灵对话。我不想迎合任何潮流，更不想取悦权贵，我不想通过揣度政策去申报课题。我从开始求学之路起，就相信知识是丰富生命的方式，而不是为他人服务的器具。当学术法官们提问文章的研究意义时，我心中想的只有我的兴趣、生命的意义。

　　我不想再去感谢谁，在昔日的各种学位论文中我已经感谢过很多人，今天也不断地接受来自于"后记"中的各种感谢，或者真心，或者假意，难辨真伪。

　　书已经出来了，就由它去吧，如果侥幸遇到一颗契合的心灵，那是它的荣幸，也是我的荣幸。今天的我，更喜欢一个人驾车在大西南的山水中游荡，不知道将来该做什么研究，该进入什么领域。

　　一次，坐在束河古镇的酒吧里，听着流浪歌手的歌，我觉得自己与他们相似。他们没有大牌明星的声名和财富，但是他们活得自由，活得快意，活得真实。

刘纪新

2015 年 10 月于呈贡